Arena-Taschenbuch
Band 50386

Außerdem von Isabel Abedi im Arena Verlag:
Imago
Whisper
Lucian

Das gleichnamige Hörbuch
ist bei Arena audio erschienen

Isabel Abedi,
geboren 1967, ist eine der erfolgreichsten Kinder- und Jugendbuchschriftstellerinnen Deutschlands. Ihre Bücher wurden in zahlreiche Sprachen übersetzt und mehrfach mit Preisen ausgezeichnet. Ihr Jugendroman »Whisper« wurde auf Anhieb zum Bestseller und für den deutschen Jugendliteraturpreis 2006 nominiert, die Romane »Lucian« und »Isola« waren Spiegel-Bestseller. Die Autorin lebt mit ihrem Mann und ihren beiden Töchtern in Hamburg.
www.isabel-abedi.de
www.abedi-lesen.de

»Isola ist Krimi-, Liebes- und Selbstfindungsgeschichte in einem. Spannend, aufregend, modern.«
DIE RHEINPFALZ

Isabel Abedi

ISOLA

Arena

www.abedi-isola.de

MIX
Papier aus verantwortungsvollen Quellen
FSC® C110508

1. Auflage als Arena-Taschenbuch 2013

Umschlaggestaltung: Frauke Schneider unter Verwendung eines Fotos von Bruce Byers und Alberto Incrocci © gettyimages
Umschlagtypografie: knaus. büro für konzeptionelle und visuelle identitäten, Würzburg
Gesamtherstellung: Westermann Druck Zwickau GmbH
ISSN 0518-4002
ISBN 978-3-401-50386-8

www.arena-verlag.de
Mitreden unter forum.arena-verlag.de

Für Sylvia

ISOLA

Ein Film von Quint Tempelhoff

STARRING

Joy Reichert	als VERA
Ulla Sjöberg	als ELFE
Belinda Edgeworth	als MOON
Nana Makhetha	als PEARL
Kristina Peters	als KRYS
Beatá Krall	als DARLING
Sven Werner	als ALPHA
Richard Bussman	als MILKY
Naoki Shangyn	als LUNG
Tristan Leander	als NEANDER
Italo Mackenzie	als JOKER
Raphael T. Liebermann	als SOLO

Eins

Er war wie jedes Jahr um diese Zeit der einzige Mensch im Garten des Evangelischen Klinikums in Berlin. Es war sechs Uhr morgens, am Himmel stand noch der Mond und die kleinen Scheinwerfer auf der Wiese funkelten wie wachsame Augen. Aus einem der Fenster drang leise klassische Musik. Lauschend wandte er den Kopf. La Mer, von Debussy. Er lächelte, als wäre die Musik ein Zeichen, und das war sie ja auch. Langsam ging er auf den weißen Marmorengel zu. Die kleine Statue stand im hinteren Winkel des Gartens vor der Birke, an deren Zweigen sich die letzten Blätter festhielten. Ihm schien, als wären es in diesem Jahr noch weniger Blätter als sonst. Behutsam wickelte er die Orchidee aus dem braunen Papier und legte sie dem weißen Marmorengel in die steinernen Hände. Der Engel lächelte nicht. Still und stumm stand er da, genau wie immer. Von Norden her wehte ein schneidend kalter Wind und über der Wiese lag wie eine dünne Decke der Nebel. Aber die tiefrote Blüte strahlte Wärme aus. Wärme, Licht und Leben.

Er hatte Friedhöfe nie gemocht und verstand nicht, warum man die Toten dort besuchte. Mirjam hatte ihre letzten Stunden hier verbracht, hinter einem dieser Fenster, auf den Tag genau vor neunzehn Jahren. Auch das war ein Zeichen für ihn. Es war ein guter Tag zum Abschiednehmen.

Der Wind blies jetzt noch unbarmherziger. Ein Blatt löste sich von der Birke und trieb lautlos durch die beißend kalte Luft. Er fing es mit den Händen auf, wischte den gefrorenen Tau von der Oberfläche und sah noch einmal auf die Orchidee. Die Musik hinter dem Fenster verstummte und das tiefe Rot der Blüte erinnerte ihn plötzlich an frisches Blut. Fröstelnd zog er die Schultern hoch.

»Es tut mir so leid«, flüsterte er.

Dann drehte er sich um und verließ den Garten.

Es wurde Zeit. Seine Maschine ging in drei Stunden und am Tag darauf würde er auf der Insel sein. Vor den anderen natürlich. Wenn sie in der Luft waren, würde er schon am Ziel sein, um sie zu erwarten. Er rief sich noch einmal ihre Gesichter in Erinnerung und die Namen, die sie sich für ihre Zeit auf der Insel ausgesucht hatten. Wie passend sie waren, vor allem der Name von Raphael.

ICH GLAUBE an die Bedeutung von Namen. Das ist schon damals so gewesen. Es gibt ein Zitat von John Steinbeck, das ich mir einmal aus einer Schullektüre herausgeschrieben habe und an das ich im Flugzeug plötzlich wieder denken musste. »Ich bin mir nie ganz klar darüber geworden«, so heißt es in Steinbecks *Jenseits von Eden*, »ob der Name sich nach dem Kind formt oder sich das Kind verändert, um zum Namen zu werden. Eines ist sicher: Wenn ein Mensch einen Spitznamen hat, so ist das ein Beweis dafür, dass ihm der gegebene Taufname unrichtig war.«

Dabei war es in meinem Fall genau umgekehrt. Joy war der Name, den Erika und Bernhard für mich gewählt hatten, aber zu einer Joy war ich nicht geworden. Mein Geburtsname war Vera und zu diesem Namen würde ich nun zurückkehren. Als sich die Maschine auf der gestreuten Startfläche in Bewegung setzte, schneller und immer schneller wurde, nahm ich Abschied. Abschied von Deutschland, von der Kälte und dem Regen, von Erika und Bernhard und von Joy Reichert, meinem deutschen Namen. Es ist schwer, das Gemisch aus Gefühlen zu beschreiben, das in diesen Minuten in mir tobte, lauter und rasender als der Lärm um mich herum. Die Motoren heulten auf, mein Körper wurde in den Sitz gedrückt, alles vibrierte. Ich krallte meine Hände in die Lehnen und für einen kurzen Moment dachte ich, dass meine Entscheidung, auf die Insel zu fliegen, der helle Wahnsinn war. Dann, ganz plötzlich, wurde es ruhig. Wir hatten abgehoben.

»Ihr erster Flug?«

Der Sitz neben mir war frei, aber daneben, am Gang, saß ein älterer Herr. Freundlich lächelte er mich an. Der brasilianische Akzent in seiner Stimme ließ mein Herz noch schneller schlagen.

Ich nickte und dachte, dass man nicht sprechen muss, um zu lügen.

Dann sah ich aus dem Fenster. Frankfurt verschwand hinter den Wolken.

Quint Tempelhoff würde jetzt schon auf der Insel sein. Er war sicher von Berlin aus geflogen, während wir, seine Besetzung, den Flug nach Rio von Frankfurt aus angetreten hatten. Wir waren zwölf, aber die anderen kannte ich nicht und der ältere Herr in meiner Reihe gehörte bestimmt nicht dazu. Sechs Jungen, sechs Mädchen sollten wir sein und alle saßen wir im selben Flieger. Das gehörte zu den spärlichen Informationen über unsere Besetzung, die ich von Quint Tempelhoff erhalten hatte, als er mir Anfang Oktober in seinem Studio mitteilte, dass ich an seinem neuen Filmprojekt teilnehmen würde.

Mädchen und *Jungen*, erst jetzt merkte ich, wie unpassend das klang. Aber wären die Bezeichnungen *Frauen* und *Männer* passender? Was war ich – mit siebzehn? Wenn es stimmt, dass die deutsche Sprache aus ungefähr einer halben Million Wörtern besteht, dann frage ich mich, warum ein so wesentlicher Begriff wie der zwischen Mädchen und Frau nicht darin enthalten ist.

Im Brasilianischen ist es genauso. *Menina* heißt Mädchen, *Mulher* heißt Frau. Aber in der Umgangssprache, wie ich mittlerweile weiß, gibt es zahllose Begriffe für das weibliche Geschlecht. *Gathina*, das Kätzchen, *Gata*, die Katze, *Flor*, die Blume, *Brotinho*, die Knospe ...

Über meinem Sitz gingen die Anschnallzeichen aus.

Ich fuhr mir mit der Zunge über die Lippen. Sie waren rissig und trocken von der Kälte. Wie so oft war der Winter über Nacht gekommen, um sich grob und ungebeten für die nächsten Monate in Deutschland breitzumachen. Aber wir flogen in den Sommer und das deutsche Grau würde durch ein Meer aus Farben ersetzt werden.

Ich hielt Ausschau nach der Stewardess, die vorne in der ersten Klasse beschäftigt war. Es würde dauern, bis ich etwas zu trinken bekam. Stattdessen tauchte ein lilafarbener Wuschelkopf vor meiner Sitzreihe auf.

»Hey, bist du dabei?«

Ich zuckte zusammen.

Der lila Wuschelkopf gehörte zu einem molligen – ich entschied mich für *Mädchen*. Auf jeden Fall sah sie jünger aus als ich. Sie trug ein langes, wallendes Kleid, das aus unzähligen blauen, lilafarbenen und grünen Stoffmustern zusammengestückelt war. Manche von ihnen waren mit glitzrigen Pailletten und kleinen Spiegelscherben bestickt. Die Lippen des Mädchens waren pechschwarz geschminkt und verzogen sich zu einem breiten Lachen, während mich seine goldbraunen Augen neugierig musterten. Ehe ich etwas erwidern konnte, zwängte sich das Mädchen mit einem gemurmelten »'tschuldigung« an dem älteren Herrn vorbei, um sich zwischen uns auf dem freien Sitz niederzulassen. Sie roch süß, nach Moschus oder Patschuli, irgendetwas Indischem jedenfalls, und ich hielt unwillkürlich die Luft an.

»Du fliegst auf die Insel, stimmt's?« Das schwarze Lippenstiftlachen wurde noch breiter, dann streckte mir das Mädchen die Hand entgegen – eine Hand, an deren Gelenk drei Reihen bunter Glasperlen klimperten – und stellte sich, ohne meine Antwort abzuwarten, als »Elfe« vor.

»Das ist mein Inselname, ich schätze mal, der echte interessiert nicht, oder? Also, ich wette jedenfalls, du *bist* dabei. Wie heißt du?«

Für einen Moment überlegte ich, ob es mir passte, mich auf diese mollige Wallewalle-Elfe einzulassen. Die Vorstellung, dass ich die nächsten zwölf Stunden ihren süßen Moschusduft einatmen musste, machte mich noch nervöser, als ich ohnehin schon war. Aber etwas an ihr mochte ich seltsamerweise sofort und vielleicht würde sie mich ablenken – von mir selbst.

»Vera«, sagte ich.

»Vera?« Elfe runzelte die Stirn. »In echt oder auf der Insel?«

Ich zögerte. »Auf der Insel.«

»Hm.« Elfe streifte ihre Schuhe ab und versuchte, sich in einer Schneidersitzposition auf den schmalen Sitz zu quetschen, wobei sie dem älteren Herrn das Knie in die Seite rammte. »'tschuldigung ...« Sie griff in die Tasche ihres Kleides, kramte ein zusammengefaltetes Stück Zeitungspapier hervor, klappte es auf und hielt mir einen Artikel mit einem Foto von Quint Tempelhoff unter die Nase.

»Lies mal, was da über unser Projekt steht«, sagte sie, aber ehe ich dazu kam, tippte sie auf das Foto unseres Regisseurs. »Warst du auch bei Tempelhoff im Studio zu Probeaufnahmen? Wie fandest du ihn?« Elfe kräuselte ihre winzige Nase. »Seltsame Augen, oder? Hat er dich auch so gemustert? Wo hat er dich entdeckt? ... 'tschuldigung!« Elfe hatte dem älteren Herrn erneut ihr Knie in die Seite gerammt, machte aber keinerlei Anstalten, ihre Schneidersitzposition aufzugeben.

Ich musste lächeln. Ich verstand nicht viel vom Film, schon gar nicht von Projekten dieser Art, aber wenn die anderen Mitglieder unserer Crew nur halb so schräg waren wie diese Elfe, dann würden wir eine wilde Mischung sein.

Ich betrachtete das Foto von Quint Tempelhoff. Genau wie bei unserer ersten Begegnung fielen mir auch hier wieder seine verschiedenfarbigen Schuhe auf. Es waren halbhohe Schnürschuhe aus glänzend poliertem und sicher sündhaft teurem Glattleder – der eine war schwarz, der andere rot. Vielleicht sollten sie sein Markenzeichen sein, mir waren sie jedenfalls schon bei unserer ersten Begegnung etwas affektiert vorgekommen.

Und seine Augen waren wirklich seltsam, das hatte ich bei meinem Casting-Gespräch genauso empfunden. Klein, schwarz, kieselrund. Und unbeschreiblich flink. Die Art, wie sie sich hinter der roten Hornbrille bewegt hatten, rasend schnell hin und her gehuscht waren, um einen dann ganz plötzlich zu fixieren, stechend und fordernd.

Ich hatte mich gefürchtet vor diesen Augen.

Und auch sonst hatte ich mich in der Gegenwart dieses Mannes irgendwie unbehaglich gefühlt. Seine selbstherrliche, fast unheimliche Autorität spiegelte sich nicht nur in seinen Gesten, sondern auch in seinem Gesicht wider. Einem hageren Gesicht, scharf geschnitten mit einer Kerbe im Kinn und ausgefeilten Linien um den Mund. Schmerzfalten hatte Erika diese Linien genannt und dem Regisseur eine traurige Kindheit angedichtet, worüber Bernhard lächelnd mit dem Kopf geschüttelt hatte, nach dem Motto »Du und deine Psychotherapeutenkrankheit, allen Menschen ihre Vergangenheit vom Gesicht ablesen zu müssen«.

Aber Tempelhoffs Stimme war tief und warm gewesen.

Er hatte mich nach unserer Tanzaufführung angesprochen, aber natürlich war das Projekt auch ausgeschrieben worden und sicher hatten sich Tausende von Jugendlichen dafür beworben. Quint Tempelhoff, dessen letztes Projekt mit dem europäischen Filmpreis ausgezeichnet wurde, war ein gefeierter Star und schon jetzt sorgte sein neues Filmprojekt für Schlagzeilen – und Kontroversen.

Ich überflog den Artikel.

Tempelhoff is watching you – oder sieht das die Branche falsch? Im Rahmen der Verleihung des europäischen Filmpreises berichtet Starregisseur Quint Tempelhoff von seinen Zukunftsplänen und tritt eine Kritikerdiskussion von erstaunlichem Ausmaß los. Denn im Gegensatz zu der spröden Intellektualität seiner vergangenen Filme verankert Tempelhoff sein neuestes Projekt ausgerechnet im Zentrum der Populärkultur. Vor dem Hintergrund der allgegenwärtigen Casting-Shows will der mehrfach preisgekrönte Regisseur deren Prinzip auf die Spitze treiben und schickt zwölf Jugendliche im Alter zwischen sechzehn und neunzehn Jahren für drei Wochen auf eine kleine Insel vor der Küste Brasiliens. Lediglich drei Dinge dürfen die Teilnehmer mit auf das hermetisch überwachte Eiland nehmen, das ursprünglich einem Resozialisierungsprojekt für Häftlinge dienen sollte. Das Projekt scheiterte, was jedoch blieb, war die lückenlose Kameraüberwachung der gesamten Insel, deren Technik sich Tempelhoff bedient, um seine zwölf Probanden unbeobachtet filmen zu können. Ob aus den Überwachungsvideos am Ende tatsächlich ein Film entsteht, beantwortet Tempelhoff mit seiner Lieblingsaussage »Das wird sich zeigen oder nicht«. Ungeachtet dessen muss sich Tempelhoff jedoch die Frage gefallen lassen, ob er mit einem solchen Projekt nicht genau die Grenze zu dem bloßen Voyeurismus überschreitet, den er ins Zentrum seiner filmerischen Aussage stellen will. Reicht es aus, die Gesetze, die für »Big Brother« gelten, mit den Mitteln der Filmkunst zu adaptieren, um eine kritische Aussage über ebenjenes Medium zu erzielen? Das – um Quint Tempelhoff beim Wort zu nehmen – wird sich zeigen oder nicht.

»Ganz schön bissig, was?« Elfe nahm mir die Zeitschrift aus der Hand. »Aber jetzt sag mal, wie hast du dich bei Tempelhoff beworben? Noch kannst du frei sprechen oder glaubst du, der Maestro hat seine versteckten Kameras auch im Flieger installiert? ... Oh, 'tschuldigung!«

Der Mann neben Elfe erhob sich.

Elfe wurde rot. »Ich wollte Sie wirklich nicht ... «

»Schon gut. Drüben sind noch freie Plätze.« Der ältere Herr zwinkerte mir zu und ließ mich mit Elfe allein zurück.

»Tempelhoff hat mich auf einer Tanzaufführung gesehen.«

»*Tanz?*« Elfes Augen wurden kugelrund. »Ich dachte, Tempelhoff hat nur Leute von Schauspielschulen engagiert?«

»Offensichtlich nicht.« Mit Schauspielerei hatte ich nichts zu tun, dazu war ich viel zu schüchtern. Tanzen war etwas anderes. Dabei musste ich nicht sprechen, vor allem nicht bei Sabiá, meinem brasilianischen Meister. Ich war schon lange in seiner Gruppe und die Aufführung in der Hamburger *Fabrik* war unser erster großer Auftritt gewesen. Vor mehr als vierhundert Zuschauern hatten wir die Tänze der Orixás präsentiert, der brasilianischen Götter des Candomblé-Kultes. Mein Part war der Göttin Yansã gewidmet gewesen. Sie ist die Herrin der Blitze und Winde, aber auch die Führerin der Toten und wird in Brasilien als machtvolle, mutige Kriegerin verehrt. Begleitet von Atabaque-Trommeln und Sabiás Berimbau hatte ich Yansãs wildes, ungezähmtes Wesen zum Ausdruck gebracht und wie immer, wenn ich tanze, alles um mich herum vergessen. Als Quint Tempelhoff anschließend in unserer Garderobe stand, um mich zu fragen, ob ich Interesse hätte, bei seinem Filmprojekt mitzumachen, hatte mich fast der Schlag getroffen. Dann war alles ganz schnell gegangen; Tempelhoffs Einladung zum Casting in Berlin, die Informationen über das Projekt und schließlich die Zusage und das Gespräch mit meinen deutschen Eltern.

Erika zu überreden, war das Schwierigste gewesen, und am Ende war es Bernhard, der mir die Erlaubnis gegeben hatte. »Irgendwann wird Joy ohnehin gehen, Erika, mit oder ohne uns. Vielleicht ist es so am besten.«

Mein Mund war plötzlich wie ausgetrocknet. Ich sah den Gang hinunter. Hoffentlich kam bald die Stewardess mit den Getränken.

»Ich spiele klassisches Theater«, kam es von Elfe. »Neben der Schule natürlich. Ich bin in der Elften und du?« Elfe wartete meine Antwort nicht ab. »Jedenfalls kennt meine Lehrerin Tempelhoff, sie hat mal bei ihm hospitiert. Er kann angeblich ziemlich jähzornig sein, bin gespannt, ob wir ihn auf der Insel überhaupt zu Gesicht bekommen. Na ja.« Elfe fuhr sich durch ihre lila Wuschelhaare und ließ dabei ihre Glasperlen klimpern. »Jedenfalls bin ich postwendend zum Casting nach Berlin gefahren – und *tätää* ... drei Wochen später kam der Lottogewinn. Musstest du ihm auch deinen Inselnamen sagen? Bei meinem hat er gelächelt und meine drei Dinge für die Insel hat er auch abgenickt. Was sind deine drei Dinge? Meine sind im Rucksack, muss gleich mal schauen gehen, ob der noch am Platz liegt. Mann, das war ganz schön schwer, mich zu entscheiden. Sonnencreme und Zahnbürste werden die uns ja wohl ins Zimmer stellen, denk ich mal, oder? Und hat die Stylistin bei dir auch die Maße genommen?« Elfe schüttelte sich. »Ich hoffe, die hängen mir keine Jeans in den Kleiderschrank. Für nichts in der Welt zwänge ich meine Beine in Hosen, das sag ich dir. Ich bin jedenfalls so aufgeregt, dass ich *platze.*«

Ich seufzte. Das merkte man. Dabei war ich nicht weniger aufgeregt. Bei mir zeigt sich das nur anders – oder genauer gesagt: gar nicht. Je aufgeregter ich innerlich bin, desto ruhiger werde ich äußerlich. Das muss schon immer so gewesen sein. Jedenfalls hatte mir auch Erika so etwas gesagt. »Still«, sagte sie. »Du warst so still und stumm wie eine Puppe, als wir dich ... «

Ich presste die Lippen zusammen. Nein, nicht daran denken, nicht jetzt, nicht hier.

Die Stewardess kam. Elfe wollte Tomatensaft mit Salz und Pfeffer, ich bestellte ein stilles Wasser. Elfe leerte ihren Tomatensaft in einem Zug und wischte sich mit dem Handrücken den roten Bart über den schwarz geschminkten Lippen ab.

»Komm, wir sehen nach, ob wir noch ein paar aus der Crew finden. Die Blonde da drüben, die könnte doch auch eine von uns sein, was meinst du?« Elfe streckte ihren Finger aus und zeigte auf ein Mädchen, das eine Reihe vor uns saß. Seine hellen Locken fielen bis auf die Sitzlehnen. Als Elfe pfiff, drehte sich das Mädchen um. Eine lebendige Barbiepuppe, das war das Erste, was mir in den Kopf schoss. In der allerersten Sekunde wirkte das Mädchen überrascht, dann scannte sie Elfe mit den Augen ab, von oben nach unten und wieder zurück nach oben. Auf ihren Lippen erschien ein spöttisches Lächeln. Elfe stieß beleidigt die Luft aus. »Was hat die denn gebissen?«, murmelte sie. Dann drehte sie sich um, kniete sich auf den Sitz und begann, die Reihen hinter uns zu inspizieren.

»Schau mal, der dahinten. Ich wette, der ist auch dabei.«

Widerstrebend drehte ich meinen Kopf.

Und da sah ich ihn zum ersten Mal.

Er saß drei Reihen hinter uns. Er hatte dunkle, schulterlange Haare und sein Gesicht war über eine Zeitschrift gebeugt. Doch dann, als hätte er unsere Blicke bemerkt, hob der Junge den Kopf. Ich sage in diesem Fall bewusst der *Junge*, obwohl er deutlich älter war als ich. Er hatte ein schmales Gesicht mit großen dunklen Augen. Aber er sah nicht Elfe an, sondern mich.

Und dann lächelte er. Sein Lächeln war so warm und offen, wie ich es bisher bei keinem deutschen Lächeln gesehen hatte, und vielleicht war es das, was mich sofort zu ihm hinzog. Obwohl ... nein. Ich glaube, was mich von der ersten Sekunde an zu ihm hinzog, war etwas anderes.

Es lag in seinem Lächeln und ich kannte es, ich kannte es so verdammt gut. In seinem Lächeln lag Einsamkeit.

Ich tat etwas, was ich bisher nie getan hatte. Ich lächelte zurück.

Dann beugte sich das Gesicht des Jungen wieder über die Zeitschrift.

»Siehst du?«, sagte Elfe triumphierend. »Ich wette, da haben wir schon Nummer vier.« Sie kicherte. »Ich glaub, der mochte dich. Zumindest wirkt er nicht so arrogant wie die blonde Zicke. Komisch ... « Elfe drehte sich noch einmal zu dem Jungen um. »Irgendwie kommt er mir bekannt vor. Komm, wir fragen ihn, ob er dabei ist.« Elfe zog mich am Ärmel, aber ich schüttelte den Kopf.

»Lass mal. Ich brauch ein bisschen Ruhe. Hab nicht viel geschlafen letzte Nacht.«

»Ooch ... « Elfe zog eine Flunsch. »Aber halt mir den Platz frei, okay?«

Dann rauschte sie zu dem Jungen hinüber. Ein paar Sekunden später drang ihre helle Stimme an mein Ohr.

Ich schloss die Augen.

Die Maschine hatte die Lufthöhe erreicht und der Pilot meldete sich mit ersten Informationen zum Flug. Wir würden in São Paulo zwischenlanden und am nächsten Morgen um sechs Uhr brasilianischer Zeit in Rio de Janeiro ankommen.

Hitze stieg in mir auf, eine unangenehme, kribbelnde Hitze, die ich fast nicht aushalten konnte. Ich angelte meinen Rucksack zwischen meinen Füßen hervor und öffnete ihn.

Die weiße Kerze.

Das Feuerzeug.

Das Foto von Esperança.

Das waren die drei Dinge, die ich mit auf die Insel nehmen würde.

Zwei

ICH HÄTTE weglaufen können. Noch heute spukt dieser Gedanke oft durch meinen Kopf. Ich hätte mich heimlich von der Gruppe entfernen können, genügend Gelegenheiten hatte es gegeben; in Rio am Flughafen, auf dem Weg zu den Wagen, die uns nach Angra dos Reis brachten, oder am Hafen, kurz bevor wir ins Boot stiegen und zur Insel fuhren. Aber hätte das etwas geändert? Hätte Tempelhoff mich suchen lassen und wäre das Projekt dann womöglich abgebrochen worden? Wäre vielleicht kein Blut geflossen? Es ist so sinnlos, sich diese Fragen zu stellen, mein Verstand weiß das. Aber die Fragen wissen es nicht. Sie kommen – ohne vorher anzuklopfen und sich zu erkundigen, ob es gerade passt. Sie wollen, dass man sich mit ihnen beschäftigt, egal, zu welcher Zeit sie aufkreuzen. Ich habe mir angewöhnt, sie gut zu behandeln. Ich antworte ihnen, dass ich es nicht weiß. Manchmal sage ich ihnen auch, dass ich es nicht glaube. Es hätte nichts geändert. Vielleicht hätte es jemand anderen getroffen und vielleicht – oder sogar wahrscheinlich – wäre alles noch schlimmer gekommen, wenn ich weggelaufen wäre. Das beruhigt sie dann immer ein wenig.

Tatsache ist, dass der Gedanke, mich von der Gruppe zu entfernen, vor dem Anflug auf Rio da war.

Als über unseren Köpfen die Anschnallzeichen aufleuchteten und der Kapitän die Landung ankündigte, flüsterte eine Stimme in mir: Du kannst gehen. Du bist hier und gleich kannst du gehen. Du kannst die Telefonnummer auf der Rückseite von Esperanças Foto wählen, und wenn du Glück hast, bist du am Ziel. Wenn du Glück hast, bist du bei Esperança.

Warum habe ich es nicht getan?

Auf diese Frage gibt es nur eine Antwort: Ich konnte nicht.

Unzählige Male hatte ich mir diesen Moment ausgemalt, aber auf das, was ich empfand, als es endlich so weit war, hatte mich nichts vorbereiten können.

Ich saß noch immer allein. Elfe hatte ich während des zwölfstündigen Fluges nicht mehr zu Gesicht bekommen und trotz der drei Spielfilme, die ich mir auf dem kleinen Monitor über meinem Sitz angeschaut hatte, war die Zeit quälend langsam verstrichen.

Jetzt ging plötzlich alles so schnell – viel zu schnell. Die Maschine sackte ruckartig tiefer und ich musste schlucken, um den schmerzhaften Druck in meinen Ohren auszugleichen. Aber viel mehr machte mir der Druck zu schaffen, der auf meiner Brust lastete. Wir waren unter die weiße Wolkendecke gesunken, die uns wie ein dichter Vorhang von der Erde getrennt hatte, und es kostete mich körperliche Überwindung, meinen Blick zum Fenster zu richten. Als ich in die Tiefe sah, schob sich hinter dem Zuckerhut gerade die Sonne hervor. Ein rosafarbener Schimmer überzog den Himmel und die Wolken sahen aus, als ob sie Feuer fingen. Sie begannen zu glühen, erst an den Rändern, dann durch und durch, bis sie voller Licht und Wärme waren. Nur direkt vor meinem Fenster schwebte eine kleine, noch nebelblasse Wolke, deren Form mich an einen fallenden Engel mit ausgebreiteten Armen erinnerte.

Die Stadt sah aus, als ob sie dem Meer zu Füßen lag und träumte. Sanft und lagunenartig zogen sich die breiten Strandbuchten in das kristallblaue Wasser, auf dessen Oberfläche wie winzige Geisterwesen die Schaumkronen tanzten. Auch die Hochhäuser waren in dieses magische Licht getaucht, die grün bewachsenen Berge glänzten feucht und ich weiß noch, dass ich in diesen unwirklichen Minuten an Gott denken musste; an einen Gott, wie wir Menschen ihn uns meistens vorstellen, der von oben auf die Erde schaut; auf eine friedliche und zauberhafte Welt – in der es von diesem Blickwinkel aus betrachtet kein Leiden gab.

Es ist eine seltsame Sache mit den Wahrheiten. Von hier oben aus sah man alles – und von hier oben aus sah man nichts. Um zu erkennen, was es für Millionen von Menschen bedeutete, in einer Stadt wie Rio zu leben, musste man hinabsteigen, man musste, wie es so schön heißt, auf dem Boden der Tatsachen landen.

Das Flugzeug sackte durch ein letztes Luftloch und in diesem Moment fühlte ich, dass ich nicht die Kraft haben würde wegzulaufen. In diesem Moment wusste ich, dass ich mit auf die Insel fahren *musste* und dass ich weit, unendlich weit davon entfernt war, die Nummer auf der Rückseite des Fotos zu wählen.

Ich zog den Anschnallgurt enger. Der Druck auf meine Ohren und auf meine Brust war verschwunden, stattdessen breitete sich in meinem Magen eine flattrige Unruhe aus. Mein Herzschlag pochte spürbar gegen meine Rippen, unter mir klappte das Räderwerk des Flugzeugs heraus und ich spürte, wieder, wie wir sanken, tiefer und tiefer. Dann nahm die Maschine eine lang gestreckte Linkskurve, neigte sich noch einmal abwärts, verharrte einen Moment lang in der Luft und glitt schließlich auf das strahlend blaue Meer zu, als wollte der Pilot direkt im Wasser landen. Als wir stattdessen mit einem unsanften Ruck auf der Landebahn aufsetzten, hörte ich um mich herum erleichtertes Aufseufzen. Einige Passagiere klatschten, in der Kabine ging die Innenbeleuchtung an und aus den Lautsprechern ertönte eine Instrumentalversion von *Girl from Ipanema*, die so fürchterlich klang, dass sie den Namen Musik nicht verdiente. Meine Füße kribbelten und meine Beine fühlten sich vom stundenlangen Sitzen an, als gehörten sie nicht mehr zu mir. In das Lautsprechergedudel mischte sich das Stimmengewirr der anderen Passagiere und der nervöse Drang, endlich ins Freie zu kommen, machte sich im ganzen Flugzeug breit.

Mit einem müden Lächeln wünschte mir die Stewardess einen angenehmen Aufenthalt in Rio de Janeiro, und als ich die Gangway hinabstieg, drückte sich die feuchte Tropenluft wie ein unsichtbarer Waschlappen auf mein Gesicht, während hinter meinem Rücken noch die Motoren des Flugzeugs lärmten.

Im Bus, der uns zum Flughafengebäude fuhr, war ich eingepfercht zwischen einer hageren Frau mit verschmiertem Kajalstrich, aus deren roter Lackledertasche der Kopf eines schwarzen Pudels hervorlugte, und einem jungen Mädchen mit Glatze. Obwohl es mir den Hinterkopf zugewandt hatte, wusste ich, dass es ein Mädchen war. Ich erkannte es an seiner zierlichen Figur. Ganz unten am Hinterkopf, direkt über dem glatt rasierten Nacken war ein kleines Tattoo, ein Yin-Yang-Symbol, und als sich der Bus in Bewegung setzte, begann das Mädchen, mit einer leisen, ungewöhnlich hohen Stimme zu summen.

In meiner Nase war der Geruch von Schweiß und Staub, auf meiner Zunge lag ein feiner metallischer Geschmack, meine Finger waren taub.

Mit Hunderten von Menschen schleppte ich mich zur Passkontrolle, einem riesigen, durch eine Glastür abgetrennten Raum mit grünem Linoleumboden. Eine Klimaanlage summte, Füße scharrten, hinter mir hörte ich etwas zu Boden fallen, ein hartes Klirren, vielleicht waren es Münzen. Eine Frau fluchte, ein Kind weinte und ein Stück vor mir entdeckte ich Elfes lilafarbenen Schopf. Ihr helles Lachen drang an mein Ohr, eine dunkelhäutige Frau im hellblauen Kittel wischte den Flur, sie sang. Ich hielt Ausschau nach dem Jungen mit dem traurigen Lächeln, aber ich konnte ihn nirgends entdecken.

Zwei Schlangen hatten sich gebildet; rechts die *Brasileiros*, links die *Estrangeiros*, die Fremden. Ein Teil von mir drängte nach rechts, aber dort gehörte ich nicht hin. Seit meinem vierten Lebensjahr hatte ich einen deutschen Pass und der bedeutete, dass ich mich links einordnen musste, in die Reihe der Fremden.

Die rechte Schlange schrumpfte zusehends auf eine Handvoll Brasilianer zusammen, während wir, die Fremden, im Schneckentempo vorwärtskrochen.

Mein Kopf tat weh, meine Muskeln machten schlapp und in meinem Magen rumorte der Hunger. Es roch nach Eukalyptus-Putzmittel und Müdigkeit und eins der Neonlichter über mir flimmerte wie blöde, bis es mit einem elektrischen Sirren erlosch. Gleich war ich an der Reihe. Vor mir stand nur noch das Mädchen mit der Glatze, das jetzt schon eine kleine Ewigkeit mit dem Passbeamten debattierte. Ob sie auch zu unserer Gruppe gehörte? Der Beamte hielt ein Papier in den Händen, das er, ohne eine Miene zu verziehen, studierte. Neben ihm stand der Rucksack des Mädchens.

Ich kramte in meiner Jackentasche. Wir alle hatten für die Einreise ein Schreiben erhalten, das wir zusammen mit unserem Pass vorzeigen sollten, denn Tempelhoffs Assistentin würde uns erst in der Empfangshalle abholen, um von dort unsere Überfahrt zur Insel zu leiten. Natürlich hatte der Zeitungsartikel, den Elfe mir im Flieger in die Hand gedrückt hatte, nur die halbe Wahrheit gesagt. Selbstverständlich würde Tempelhoff nicht der Einzige sein, der unser Projekt betreute. Ihm stand ein Team zur Seite – wenn auch ein kleines. Eine Designerin hatte unsere Unterkunft auf der Insel neu ausgestattet, eine Stylistin hatte unsere Garderobe bereitgelegt. (Um Elfes Frage zu beantworten, ja – auch meine Maße hatte die Stylistin in Deutschland notiert: Gewicht 52 kg, Größe 1,68, Schuhgröße 37, Brust 78, Taille 68, Oberweite schmal, Körbchengröße 70 A).

In Angra dos Reis würden ein Helikopterpilot und eine deutsche Ärztin abrufbereit für Notfälle sein. Aber für die Überwachung der Monitore hatte Tempelhoff lediglich einen Kameraassistenten eingestellt, der ihn schichtweise ablösen sollte. Ich war erleichtert darüber gewesen, denn die Vorstellung, von einer ganzen Horde von Filmleuten beobachtet oder gar belacht zu werden, war mir unerträglich. Dennoch fand ich es seltsam, dass nur ein einziger Assistent Tempelhoff zur Seite stand. Ich fragte mich, was das über den Regisseur aussagte. Wollte Tempelhoff die ersten Bilder von uns nicht mit anderen teilen? Wollte er Diskussionen aus dem Weg gehen? Seine Ruhe haben? Oder nahm er vielleicht sogar Rücksicht auf uns?

Wie auch immer: Unter ständiger Aufsicht waren wir in jedem Fall – zumindest hatte Tempelhoff das unseren Eltern garantiert.

Der Passbeamte verwies das Mädchen mit der Glatze an einen Kollegen und nickte mir zu. Meine Knie zitterten so sehr, dass ich Mühe hatte weiterzugehen.

Ich hielt den Kopf gesenkt, während mein Pass und die Einreisepapiere geprüft wurden, zu denen auch die Erlaubniserklärung von Erika und Bernhard gehörte. Die schwarzen Finger des Beamten waren sehnig, über den Handrücken zog sich eine wellenförmige Narbe und seine

Fingernägel schimmerten hell wie geschliffenes Elfenbein. Hinter ihm, an der Glastür war ein Militärpolizist aufgetaucht, ich sah ihn nur aus den Augenwinkeln; seine beige Uniform mit schwarzen Kampfstiefeln, Schlagstock – und Pistole. Bei ihrem Anblick hatte ich plötzlich das Gefühl, als ob kurze, grelle Blitze durch mein Gehirn schossen. Meine Augen zuckten, in meinem Bauch wurde es heiß und gleich darauf eiskalt, es war eine Mischung aus Todesangst und abgrundtiefem Hass. Der Polizist verschwand wieder und der Beamte gab mir die Papiere zurück.

»Pode passar. Bem vindo ao Brasil.«

Die dunkle Stimme des Beamten war ausdruckslos, aber in seinem Akzent war dieses Singen, dasselbe gelassen weiche Singen, das ich auch von Esperança im Ohr hatte, jedes Mal wenn ich an ihren Namen dachte – und an das Gesicht, das ich nur noch vom Foto und aus dem Internet kannte. Die schwarzen Locken, die ernste Stirn und die mandelförmigen, strahlenden Augen. *Esperança* bedeutet Hoffnung.

In der Empfangshalle sah ich Elfe wieder. Sie war barfuß und schwirrte in ihrem wallenden Kleid wie ein riesiger Schmetterling in einer Gruppe von Jugendlichen umher, die sich um eine junge Frau geschart hatten. Ich kannte sie von den Casting-Gesprächen, es war Maja, Tempelhoffs Assistentin. Sie trug ein sandfarbenes Leinenkleid und eine sonnengelbe Schirmmütze und neben ihr stand unverkennbar ein großes Schild mit einer schlichten Aufschrift: *Isola*.

Ich wich einer dicken Brasilianerin aus, die sich mit weit ausgebreiteten Armen auf zwei schwarzhäutige Jungen stürzte, und ging zögernd auf die Gruppe zu. *Isola* war der Titel, den Tempelhoff für unser Inselprojekt ausgewählt hatte. Eigentlich ist *Isola* das italienische Wort für Insel, die auf Portugiesisch *Ilha* heißt. Aber während in *Ilha* etwas Sinnliches, Sehnsuchtsvolles mitschwingt, verbirgt sich *Isola* in dem Wort Isolation – und genau das würde ja auch auf uns zutreffen. Unsere Insel gehörte zwar zu Brasilien, aber davon würden wir nichts mehr mitbekommen, wenn wir erst einmal dort waren. Auf der Insel würden wir abgetrennt sein vom Rest der Welt.

Neben Tempelhoffs Assistentin stand ein riesiger Junge mit einem hellen Strohhut und breiten, kantigen Schultern. Sein Gesicht war rot verschwitzt, er hatte beide Hände in den Hosentaschen vergraben und kaute nervös auf seiner Unterlippe herum. Vor ihnen kramte ein dünnes Mädchen mit flammend rotem Haar in ihrem Rucksack herum. Eine pelzige Tatze lugte aus der Rucksacköffnung hervor und das Mädchen stopfte sie mit einer hektischen Handbewegung zurück ins Innere.

Die blonde Barbie, die Elfe im Flugzeug so spöttisch gemustert hatte, gehörte offensichtlich auch zur Gruppe. Sie lehnte ein Stück weiter rechts an einem Leuchtplakat für Colawerbung. Die schweren, glänzend frisierten Locken reichten ihr bis zum Po. Zu ihren verwaschenen Hüftjeans trug sie rote Flip-Flops und ein bauchfreies Tanktop im Army-Look, das ihre Oberweite – die Betonung liegt auf *Weite* – deutlich zur Schau stellte. Ihr rechter Unterarm war bandagiert, mit einer knallroten Handgelenkschiene, an der sie ständig herumfummelte.

»Ist das hier die Gruppe?« Die helle Stimme an meinem Ohr gehörte zu einem Jungen mit langen, filzigen Rastalocken. Er hatte ein lustiges, offenes Gesicht mit einer Stupsnase und unzähligen Sommersprossen auf der milchfarbenen Haut. Unter dem Arm trug er ein Surfbrett und aus seiner Tasche ragte die glatte Oberfläche einer Trommel heraus.

Ich nickte.

»Richa. . . «, setzte der Junge an, dann grinste er. »Ich meinte Milky. Ich bin Milky. Und du?«

»Vera. Das ist Vera.« Elfe war zu uns herübergeschwirrt. Sie legte mir den Arm um die Schultern, als wären wir alte Freundinnen, und zeigte auf ein dunkelhäutiges Mädchen, deren krauses Haar unter einem afrikanischen Tuch hervorlugte. »Und das da drüben ist Pearl. Ihre Eltern kommen aus Trinidad, aber Pearl ist in Heidelberg aufgewachsen. Sie geht auch zur Schauspielschule, mit Schwerpunkt Gesang. Tempelhoff hat sie bei einer Musicalaufführung in Heidelberg entdeckt, cool, oder?« Elfe ließ ihre Glasperlen klimpern. »Der große Kleiderschrank, mit dem Tempelhoffs Assistentin gerade redet, nennt sich Neander, passt ja auch irgendwie, findet ihr nicht? Und das dahinten«, Elfe zeigte auf einen asiatischen Jungen mit langem lackschwarzem Haar, der im Schneidersitz und mit kerzengerader Haltung auf dem Boden hinter der Assistentin saß, »ist Lung. Neben dem hab ich die letzten Stunden im Flieger gesessen, und ob ihr es glaubt oder nicht, er kommt aus einem chinesischen Zirkus, eigentlich heißt er Noki oder Naki oder so ähnlich, das hab ich ihm aus der Nase gezogen, obwohl wir unsere echten Namen ja eigentlich nicht nennen dürfen, jedenfalls bedeutet sein echter Name im Chinesischen *gerader Baum*, während er auf der Insel Lung heißt, also Drache, tja, und die blonde Püppi da drüben ... « Elfe nutzte die kurze Atempause, um ihr Gesicht zu verziehen »... ist wohl leider auch mit von der Partie. Bin gespannt, wie die sich nennt. Ich tippe auf Paris Hilton und ihr?

»Ich tippe auf Ohne-Punkt-und-Komma, was dich betrifft«, kam es von Milky, aber dabei lachte er Elfe so offen an, dass sie ihn in die Seite knuffte und mich mit dem anderen Arm an ihren weichen Körper drückte. Noch immer roch sie nach dem indischen Parfüm.

»Dann bin ich ja eine gute Ergänzung zu Vera-ohne-Worte, stimmt's?«, sagte sie. »Los, kommt, wir gehen mal zu Tempelhoffs Assistentin und fragen, wann wir endlich losfahren. Wie viele sind wir denn bis jetzt?«

»Acht«, sagte Tempelhoffs Assistentin, als Elfe mich zu ihr hingezogen hatte. »Ihr seid jetzt acht – nein, neun.«

Sie hakte die Liste auf ihrem Klemmbord ab und nickte einem schlaksigen Jungen zu, der gerade auf uns zugeschlurft kam. Er hatte fettiges Haar und ein dunkles Ziegenbärtchen und auf seinem braunen T-Shirt stand in orangefarbenen Buchstaben: *Wusstest du, dass es unmöglich ist, deinen eigenen Ellenbogen zu lecken?*

»Nee, das wusste ich nicht«, bemerkte Elfe kichernd, aber es scheint zu stimmen. Seht mal, hinter euch macht sich gerade Nummer zehn zum Affen.«

Ich drehte mich um und mein Blick fiel auf einen Jungen mit hellen, fast weißen Haaren, der sich wohl schon länger im Schatten der Gruppe aufgehalten hatte. Offensichtlich in dem Gefühl, noch immer unbeobachtet zu sein, versuchte er, den Spruch auf dem T-Shirt des ziegenbärtigen Jungen zu überprüfen. Er hielt den einen Arm hinter seinem Kopf und zog mit der Hand am Gelenk des umgeknickten anderen Arms, um den Ellenbogen zu seinem Mund zu bewegen, was natürlich nicht funktionierte. Eine gute Handbreit fehlte. Mit weit ausgestreckter Zunge versuchte der Junge, den Abstand auszugleichen, wobei sich sein Gesicht zu einer grotesken Grimasse verdrehte. Mittlerweile hatte Elfe auch den Rest der Gruppe auf ihn aufmerksam gemacht. Lautes Gelächter erscholl und der Junge ließ wütend die Arme sinken. Sein hübsches Gesicht wurde feuerrot und sein betont lässiges Schnauben brachte die anderen nur noch mehr zum Lachen.

»Glückwunsch«, bemerkte der ziegenbärtige T-Shirt-Träger trocken. »Du hast den Idiotentest bestanden. Ich hab übrigens noch ein anderes T-Shirt, auf dem steht: *Wusstest du, dass es unmöglich ist, sich selbst am Arsch zu lecken?* Das kannst du uns dann ja auch auf der Insel dokumentieren, dann haben wir das gleich auf Film.« Nummer zehn ballte die Fäuste, aber blieb stumm, während sich Elfe vor Lachen bog.

Das zierliche Mädchen mit der Glatze war Nummer elf.

Ich hatte sie gar nicht kommen sehen, aber plötzlich stand sie da, neben Tempelhoffs Assistentin, klein, zart, die großen Augen weit aufgerissen. Sie sah aus, als hätte sie nicht von Deutschland, sondern von einem anderen Planeten aus den Flug nach Rio de Janeiro angetreten.

»Jetzt fehlt nur noch So...«, setzte Elfe gerade an, als hinter meinem Rücken ein Bellen ertönte. Im nächsten Moment leckte mir eine feuchte Zunge über die Hand.

»Hey, wen haben wir denn da? Gehörst du etwa zu Solo? Davon hat er mir im Flugzeug ja gar nichts erzählt!« Elfe beugte sich über den Hund, ein großer pechschwarzer Labrador, der sich hechelnd und schwanzwedelnd von ihr den Kopf kraulen ließ, ohne dabei von meiner Seite zu weichen. Und dann sah ich ihn, den Jungen mit dem traurigen Lächeln. Solo – der Einzelgänger. Ja, dieser Name passte zu ihm.

In langsamen, gelassenen Schritten kam er auf uns zu und das Instrument, das er wie einen Bogen über der Schulter trug, kannte ich nur allzu gut. Der gebogene Holzstock mit der langen Drahtsaite und dem ausgehöhlten Kürbis war eine Berimbau.

Vielleicht – auch das sage ich manchmal, wenn mich heute die Fragen überfallen –, vielleicht war in Wirklichkeit Solo der Grund, warum ich mich damals nicht von der Gruppe entfernte. Als ich ihn sah, hatte ich ein plötzliches und unerklärlich tiefes Gefühl von Ruhe.

»Dann seid herzlich willkommen«, sagte Tempelhoffs Assistentin und steckte ihr Klemmbord in die Tasche. »Draußen warten die Fahrer auf euch, dann geht es zum Hafen nach Angra dos Reis und von dort nach einer kleinen Erfrischung ab aufs Boot. Wenn wir Glück haben, seid ihr noch vor Sonnenuntergang auf der Insel. Na, aufgeregt?«

Sie zwinkerte in die Runde und zwölf Köpfe nickten zurück.

Unsere Fahrt durch Rio sehe ich im Rückblick nur noch wie eine rasende Abfolge von Bildern vor mir; fiebrige, zuckende, einander jagende Bilder, wie in einem zu schnell geschnittenen Musik-Clip. Es waren Bilder, die mir in den Augen schmerzten, die ich nicht verarbeiten konnte, weil sie zu viele waren, zu viele auf einmal, zu bunt, zu grell, zu widersprüchlich – und viel, viel zu dicht an mir dran.

Ich teilte einen Wagen mit Solo, Elfe und Neander, dem riesigen Jungen mit dem Strohhut und den breiten Schultern. Solo saß mit seinem schwarzen Labrador auf dem Beifahrersitz, ich war hinten eingestiegen und musste die Beine hochziehen, weil der Fahrer seinen Sitz so weit zurückgestellt hatte. Auf der Mitte der Rückbank klemmte Neander, der durchdringend nach Schweiß roch, und am anderen Fenster saß Elfe. Ich nahm ihre Stimme wahr, aber ich hörte ihre Worte nicht, sie rauschten dahin, ohne Unterlass, wie ein Wasserhahn, den man vergessen hat abzustellen, und sie vermischten sich mit den Geräuschen Rios, dieser lärmenden, stinkenden, atemberaubenden Stadt, die mich jetzt mit ihren Eindrücken bombardierte.

Hupende Busse, frisierte Mofas, Autos mit knatternden Motoren, die Skyline der Hochhäuser und Hotelburgen, moderne Banken, alte, sich duckende Kirchen, die im Sonnenlicht glänzende Niteroibrücke, im Hafen die riesigen Frachter und kleinen Fischerboote und an den sattgrünen Hügeln die endlosen Reihen der Baracken. Wie weit weg sie waren und wie schrecklich fremd sie mir vorkamen, diese aus Spanplatten, Wellblech und Pappe zusammengeschusterten Schuhkartons, in einem scheinbar wahllosen Wirrwarr übereinandergeworfen, als wären sie einem Riesen aus der Hand gefallen. Die Luft war ein drückendes Gemisch aus Smog, Meersalz und süßlichem Benzingeruch und sie vibrierte von den Stimmen der Menschen. Unzählige Menschen, überall, auf den Straßen und Gehwegen, auf der Promenade und an den Strandbuden. Mütter mit Babys, Geschäftsmänner in grauen Anzügen, Jogger in schrillen Lycra-Tops, dunkelhäutige Mädchen in winzigen Bikinis, schnorrende Bettler, junge Männer mit Trommeln, alte Männer mit klaffenden Zahnlücken, flirtende Pärchen, barfüßige Straßenkinder in gelb-grünen Trikots, die riesige Schubkarren voller Müll hinter sich herzogen oder am Strand Fußball spielten. Mitten auf einer Kreuzung stand eine große Tonschale mit Maismehl, einer Zigarre und daneben einer Flasche Schnaps – eine Opfergabe für Exú, den Torhüter und Götterboten des Candomblé-Kultes, dem sich auch mein brasilianischer Meister aus Deutschland zugehörig fühlte.

Und über allem schwebte Cristo, das Wahrzeichen Rios. Hoch oben auf seinem Berg, dem Corcovado, breitete er stumm seine steinernen Arme über der Stadt aus. Ich musste die Augen schließen und atmen und hoffen, dass die anderen mir nicht ansahen, wie mir zumute war.

Lange saß ich so da, meinen Kopf an den Rahmen der Hintertür gelehnt, bis ich plötzlich den Fahrer unseres Wagens fluchen hörte. Kurz darauf bremsten wir, scharf und abrupt. Ich flog nach vorn und wurde gleich darauf wieder zurück in den Sitz geworfen. Neben mir keuchte Neander und vorne bellte Solos Hund.

»Was?«, rief Elfe. »Was ist passiert?«

Bei einem Auto vor uns war ein Reifen geplatzt, es schlitterte quer über die Fahrbahn und blieb liegen, während der Verkehr um uns herum hupend zum Stehen kam. Auch unser Fahrer drückte minutenlang auf seine Hupe, aber es war nichts zu machen. Die brütende Hitze, in der wir festsaßen, benebelte meine Sinne und es dauerte eine ganze Weile, bis ich begriff, wo wir hier gelandet waren. Als ich zwischen Solo und dem Fahrer aus der Windschutzscheibe sah, presste ich beide Hände vor den Mund. Vor uns lag der *Dois Irmaos*, der Berg mit den zwei Hügelspitzen, die ihm seinen Namen gaben: zwei Brüder.

»Die Favela«, hörte ich Elfe sagen. »Liegt auf dem Berg da oben nicht dieses schreckliche Armenviertel mit den ganzen Drogendealern? Ich hab in einem Reiseführer gelesen, dass da sogar Touristenbusse hinfahren, das ist ja wohl das Letzte, findet ihr nicht? Obwohl ich schon gerne wissen möchte, wie die Menschen da oben leben. So was können wir uns ja gar nicht vorstellen. Seht mal, da ist einer von ihnen, ein Kind, oh Gott, wie süß ... «

Auf der Straße, mitten im Stau zwischen den Autos, stand ein barfüßiger Junge, fünf, höchstens sechs Jahre alt. Er trug kurze Hosen und ein weißes, ölverschmiertes T-Shirt. In den Händen hielt er einen Karton mit Wasserflaschen. Er kam direkt auf uns zugelaufen. Vor meinem Fenster blieb er stehen, klopfte an die Scheibe und zog eine der Plastikflaschen aus seinem Karton hervor. Sein Gesicht verschwamm vor meinen Augen, weil mir die Tränen kamen. Meine Hand krallte sich an den Türgriff und mein

Herz schlug, als wollte es aus meiner Brust springen und weglaufen, weg, weg, weg aus diesem Auto. Aber mein Körper war wie gelähmt und im nächsten Moment löste der Stau sich auf. Unser Fahrer gab Gas und der Junge verschwand aus meinem Sichtfeld. Dafür drehte sich Solo zu mir um. Unsere Blicke trafen sich und für eine endlose Sekunde hatte ich das Gefühl, er konnte direkt in mich hineinsehen. Dann schossen wir in das dunkle Loch des Tunnels, hinter dem wir immer am Strand entlang unter hellem Sonnenlicht nach Angra dos Reis, unserem Abfahrtshafen gelangten.

Drei

ES WAR früher Nachmittag, als ich hinter Elfe das Restaurant am Hafen betrat, vor dem uns der Fahrer abgesetzt hatte. Der große Raum mit den langen Holzbänken und Klapptischen, auf denen rot-weiß karierte Plastikdecken lagen, erinnerte mich an die portugiesischen Fischrestaurants im Hamburger Hafenviertel. Nur die Luft verriet, dass wir uns auf einem anderen Kontinent befanden. Es war drückend heiß, trotz des Ventilators, der über unseren Köpfen an der Decke surrte. Vor der Bar standen zwei Kellner in weißen Hemden und schwarzen Hosen, die uns freundlich zulächelten, aber an den Tischen saß niemand. Der große Raum war völlig leer und im ersten Moment dachte ich, wir wären falsch abgesetzt worden. Aber dann hörte ich aus dem hinteren Teil des Restaurants Stimmen und im nächsten Moment schoss Solos schwarzer Hund auf eine Nische zu, die durch einen dunkelroten Vorhang vom Rest des Raumes getrennt war. Dort, an einem kreisrunden Holztisch mit dem Schild *Reservado*, erwarteten uns die anderen. Offensichtlich waren sie schon eine Weile hier, denn die mit Saft gefüllten Gläser waren halb leer und die Tischplatte war voller Brotkrümel. Die Stimmung wirkte heiter, gelöst. Es kam mir so vor, als hätte irgendjemand gerade einen Witz gerissen. Der Junge mit den Rastalocken und der milchfarbenen Haut wischte sich lachend die Augen und die Blonde mit dem Tanktop und der roten Handgelenkschiene hatte ein zufriedenes Grinsen auf dem Gesicht. Aber als uns die anderen bemerkten, verstummten sie und Tempelhoffs Assistentin sah sichtlich erleichtert aus. Sie saß neben dem asiatischen Jungen und auf dem Stuhl neben ihr lag eine Filmkamera. »Na endlich«, sagte sie. »Da seid ihr ja.«

»Ihr habt wohl schon Rio unsicher gemacht, was?« Der schlaksige Junge mit dem Ziegenbart und dem Sprüche-T-Shirt musterte Solos Berimbau. Spöttisch zog er eine Augenbraue hoch. »Oder wart ihr Bogenschießen am Strand?«

Solo grinste gleichmütig und ließ sich neben der Blonden nieder. Neander, Elfe und ich verteilten uns auf die freien Stühle auf der anderen Seite. In die feuchtheiße Luft mischte sich Neanders Geruch nach Schweiß. Sein rotes Gesicht glänzte und das Mädchen mit den flammend roten Haaren, das am Flughafen in seinem Rucksack gewühlt hatte, rümpfte angewidert die Nase. »Vielleicht haben sie die letzte Chance genutzt, bevor wir eingesperrt werden«, sagte sie und öffnete ihren Rucksack. Von der pelzigen Tatze war jetzt nichts mehr zu sehen, dafür zog das Mädchen eine Packung Zigaretten hervor und ließ ein silbernes Feuerzeug aufklappen. Mir fiel auf, wie blass, ja sogar bleich das Mädchen war. Aber ihr perfekt geformtes Gesicht mit den fast gemeißelten Zügen erinnerte mich an die

Sorte Topmodel, die Erika immer als magersüchtig bezeichnete.

»Niemand wird eingesperrt.« Durch den dunkelroten Vorhang schob sich ein Mann mit grauen Wolfsaugen. Er trat vor den Stuhl mit der Filmkamera.

»Sven«, stellte Maja ihn vor. »Er ist Quints Kameraassistent.«

Sven begrüßte uns mit einem Kopfnicken, legte die Kamera vor sich auf die Tischplatte und setzte sich.

Es waren bestimmt über 30 Grad in der fensterlosen Nische des Restaurants, trotzdem fühlte ich, wie ich eine Gänsehaut bekam.

Sie werden dich sehen, dachte ich. Auf der Insel. Dieser grauäugige Sven und Quint Tempelhoff. Sie werden sehen, wie du schläfst und wie du aufwachst. Wie du isst, wie du sprichst – oder *nicht sprichst*. Sie werden alles sehen.

Sie hatten es uns erklärt, natürlich hatten sie das, wieder und wieder, denn darum ging es. Wir wussten, dass die Insel voller Kameras sein würde. Winzige, versteckte Spezialkameras, die sich über Bewegungsmelder anschalten und von Tempelhoff gesteuert werden konnten. Sogar das, was im Stockdunkeln geschah, würden diese Kameras erfassen können. Aber warum hier? Was machte diese Filmkamera im Restaurant? Sie war weder winzig noch versteckt. Was sollte das?

»Posso serví-los?«

Ein junger Kellner schob sich durch den Vorhang und stellte neue Gläser mit frischem Saft vor uns auf den Tisch. Ich hörte Neander neben mir erleichtert aufseufzen.

»Gott sei Dank«, entfuhr es Elfe. Sie griff so gierig nach ihrem Glas, dass es fast umgefallen wäre. »Ich verdurste! Und essen könnte ich auch was. Äh, excuse me ... « Sie schenkte dem Kellner ein strahlendes Lächeln. »Food?«

Der Kellner lächelte höflich zurück. Ich war mir ziemlich sicher, dass er kein Wort verstanden hatte, aber Elfes Wunsch erfüllte sich trotzdem, denn gleich darauf erschien der zweite, etwas ältere Kellner mit einem großen Tablett und unser Tisch füllte sich mit Vorspeisen; Krabben, Käsegebäck, Oliven, Fleischbällchen, Schinken, Tomaten und einem weiteren Korb mit Brot. Alle griffen zu, aber mein Magen war wie zugeschnürt. Selbst der Saft blieb mir in der Kehle stecken. Es war Mangosaft. Er schmeckte zu süß, als wäre er mit Unmengen von Zucker versetzt worden. Ich hätte gerne nach Wasser gefragt, aber ich traute mich nicht und hasste mich mehr denn je für meine Schüchternheit.

Um mich herum hatten die anderen wieder angefangen, sich zu unterhalten. Der weißblonde Junge, der am Flughafen versucht hatte, sich am Ellenbogen zu lecken, erzählte dem Asiaten gerade, dass seine chinesische Lieblingskampfkunst Aikido sei, bis ihn die Blonde beiläufig darauf aufmerksam machte, dass Aikido aus Japan kam. Der Weißblonde errötete wieder bis unter die Haarwurzeln und auf den Lippen des Asiaten erschien ein schmales Lächeln. Er war klein und sehnig und sein langes schwarzes Haar wurde von einem roten Lederband zu einem Zopf zusammengehalten.

Elfe plauderte mit dem dunkelhäutigen Mädchen und

dem Jungen mit den Rastalocken. Ich fing nur Wortfetzen auf, Indien, Strand, Wellenreiten und giftige Moskitos, aber immer wieder hörte ich Elfes glockenhelles Lachen und beneidete sie für ihre Offenheit. Es klingt seltsam – ja widersprüchlich –, sich allein zu fühlen, wenn man mitten in einer Gruppe von Leuten sitzt, aber ich fühlte mich allein in diesem Moment, und was noch schlimmer war: Ich fühlte mich fremd. Wieder drängte sich die Frage auf, was ich hier eigentlich tat – worauf ich mich einließ. Ging es den anderen denn überhaupt nicht so? Verstohlen blickte ich zu Solo, aber der war mit seinem Hund beschäftigt. Der schwarze Labrador hatte Wasser bekommen, und nachdem er getrunken hatte, fütterte Solo ihn mit Fleischbällchen. Das dunkle Haar verdeckte sein Gesicht wie ein Vorhang. Mein Blick schweifte zum hinteren Teil des Tisches, wo das Mädchen mit der Glatze saß. Auch sie wirkte unbeteiligt, allerdings auf eine andere Weise – als *wäre* sie fremd und fände nichts dabei. Sie hielt eine Tomate zwischen ihren kleinen Fingern und musterte sie wie ein faszinierendes Objekt.

»Dusche und Toiletten auf der Insel sind aber unbewacht, stimmt's?«, platzte Elfe plötzlich mit vollem Mund heraus. Brotkrümel und Käsestückchen sprühten auf die Tischplatte. Der grauäuige Kameraassistent nickte schmunzelnd und Maja bestätigte: »Frei von Kameras sind Duschen, Toiletten und Umkleidekabinen. Genau, wie es euch gesagt wurde.«

»Dort solltest du dann vielleicht auch deine Mahlzeiten einnehmen, wenn du dich nicht vor laufender Kamera lächerlich machen willst«, entfuhr es der Blonden. Sie spießte eine Olive auf einem Zahnstocher auf und ließ sie langsam zwischen ihren Lippen verschwinden.

Elfe setzte mit empörtem Gesichtsausdruck zu einer Antwort an, verschluckte sich aber, bevor das erste Wort herauskam, und die Lippen der Blonden verzogen sich zu einem mitleidigen Lächeln.

Zögernd griff ich nach einem Stück Brot, etwas Schinken und einer Tomate. Der Schinken schmeckte salzig, das Brot trocken, aber ich musste etwas essen, auch im Flugzeug hatte ich kaum etwas angerührt. Die Rothaarige hatte sich schon ihre zweite Zigarette angezündet.

Rechts von mir ertönte eine sanfte Jungenstimme: Neander. Schüchtern erkundigte er sich bei dem Kameraassistenten, ob er wüsste, welche Vögel es auf der Insel gab. Ich fand diese Frage merkwürdig, genau wie die scheue, sanfte Stimme, die so gar nicht zu der riesenhaften Gestalt dieses Jungen passte. Alles an Neander wirkte irgendwie eckig, wie bei einem großen Holzklotz, den man vergessen hatte abzuschleifen.

Die Antwort des Kameraassistenten hörte ich nicht, denn jetzt kamen die Fragen aus allen Ecken. Fragen nach wilden Tieren und Stürmen, nach Stromausfällen und anderen gefährlichen Situationen, auf die wir in unseren Vorgesprächen längst eine Antwort erhalten hatten.

Ich spürte, wie die Stimmung im Raum umschlug – mit einem Mal schien ich nicht mehr allein mit meinen Ängsten und Zweifeln zu sein. Die Dinge, die in Deutschland noch so abstrakt gewesen waren, rückten für jeden von uns in greifbare Nähe. Dem ein oder anderen coolen Gesichtsausdruck zum Trotz lag Torschlusspanik in der Luft.

»Wenn Tempelhoff uns von der Nachbarinsel aus beobachtet ... «, setzte das dunkelhäutige Mädchen besorgt an und schob sich das afrikanische Tuch zurecht, »... dann ist das doch hoffentlich nicht allzu weit entfernt, oder?«

»Eine knappe Seemeile«, erwiderte der asiatische Junge. »Man soll sie von unserer Insel aus sogar sehen können.«

Maja nickte bestätigend. Sie schien zu verstehen, was in uns vorging. »So ist es. Es sind nur ein paar Minuten mit dem Boot.« Sie tupfte sich den Mund mit einer Serviette ab, schob den Stuhl zurück und warf einen langen Blick in die Runde.

Es wurde still.

»Ihr alle wisst, was Quint Tempelhoff mit dem Projekt vorhat«, sagte Maja. »Es gibt kein Skript und keinen Drehplan. Sobald ihr auf der Insel ankommt, seid ihr auf euch gestellt. Erzählt, was ihr wollt, macht, was euch in den Sinn kommt, seid einfach ihr selbst oder von mir aus jemand anders.« Sie räusperte sich. »Es gibt genügend Lebensmittel und ihr werdet Tag und Nacht von den Kameras überwacht. Wenn irgendetwas Außergewöhnliches vorfallen sollte, sind Tempelhoff oder Sven«, sie wies auf den grauäugigen Assistenten, »sofort bei euch. Ansonsten kennt ihr die No-Nos.« Maja hielt ihre Hand hoch und streckte vier Finger aus. »Keine Drogen, kein Alkohol, keine Gewalt, kein Sex.«

»Ab wann beginnt Sex – Ihrer Erfahrung nach?« Die blonde Barbie sah Maja direkt in die Augen. Sie hatte ihre

Stimme kaum gehoben und ihr Ausdruck wirkte ehrlich interessiert. Elfe stand der Mund offen, das dunkelhäutige Mädchen kicherte und einige der Jungs pfiffen leise durch die Zähne. Nur Solo verzog keine Miene und das Mädchen mit der Glatze gähnte, wobei sie eine Reihe spitzer weißer Zähne zeigte.

In Majas Augen flackerte es. »Küssen ist erlaubt«, erwiderte sie mit deutlich beherrschter Höflichkeit.

»Mit oder ohne?« Der Junge mit den weißblonden Haaren streckte seine Zunge raus. Aber sein Grinsen war anzüglich und die Blonde, die er offensichtlich beeindrucken wollte, würdigte ihn keines Blickes.

»Das bleibt euch überlassen«, sagte Maja schlicht. »Und wenn damit alles geklärt wäre . . .«

»Eine Frage hätte ich noch«, sagte der Junge mit dem Ziegenbart. Er lehnte sich auf seinem Stuhl zurück und strich sich über sein Sprüche-T-Shirt. »Warum werden Blondinen in dreieckigen Särgen begraben?«

Der Kameraassistent prustete laut heraus. Maja seufzte und die Blonde schenkte dem Jungen ein Lächeln. »Weil wir die Beine spreizen, sobald unsere Augen geschlossen sind«, sagte sie mit sanfter Stimme.

Maja zog den Vorhang zu, den der Kellner einen Spaltweit offen gelassen hatte. »Ich denke, das reicht.« Sie gab Tempelhoffs Kameraassistent ein Zeichen und Sven erhob sich von seinem Stuhl. Die Luft in der Nische war mittlerweile so drückend, dass mir das Atmen schwerfiel. Gleich, dachte ich. Gleich geht es los.

»Bevor ich euch aufs Boot entlasse«, sagte Maja, »möchte

ich noch einmal auf euer Gepäck zu sprechen kommen. Die Dinge, die ihr nicht im Flugzeug transportieren konntet, habe ich für euch besorgt. Jetzt möchte ich euch bitten, der Reihe nach euren Namen und die drei Dinge zu nennen, die ihr mit auf die Insel nehmt. Dazu geht ihr bitte folgendermaßen vor: Ihr sagt: *Mein Name ist ... und mit auf die Insel nehme ich A, B und C.*«

Ich starrte auf die Filmkamera, die der Assistent jetzt vom Tisch nahm. Das war es also. Panisch blickte ich zu den anderen und offensichtlich war ich nicht die Einzige, die sich von dieser Aufforderung überrumpelt fühlte.

»Wieso?«, platzte die Rothaarige heraus. Ihre Stimme klang schrill und ihre eisblauen Augen flackerten. »Wieso denn hier, was soll das? Es gab Einzelgespräche, ein Casting, da haben wir das doch bereits gesagt, wieso sollen wir das jetzt vor allen ... «

Maja setzte sich wieder. »Weil Quint Tempelhoff es so will.«

»Ich will das aber nicht ... « Die Rothaarige sah aus, als ob sie vom Tisch aufstehen und gehen wollte, aber dann schien sie es sich doch anders zu überlegen. Nervös griff sie nach ihrer Serviette und faltete sie zu einem winzigen Paket zusammen.

»Sven?«, fragte Maja ruhig. »Bist du bereit?«

Der Kameraassistent nickte. Er hatte sich inzwischen an einer Seite des Tisches in Position gestellt und die Kamera eingeschaltet. Zu meinem Entsetzen richtete er sie als Erstes auf mich. Vergeblich versuchte ich, den riesigen Kloß in meinem Hals wegzuräuspern. Die Blicke der anderen bohrten Löcher in mein Gesicht und mein Herz schlug furchtbar schnell. Erst als ich Elfes warme Hand auf meinem Bein fühlte, beruhigte ich mich so weit, dass ich sprechen konnte:

»Mein Name ist Vera ... und mit auf die Insel nehme ich eine Kerze, ein Feuerzeug und ein Foto.«

Maja nickte und der Assistent ließ die Kamera zu Elfe wandern. »Mein Name ist Elfe und mit auf die Insel nehme ich mein Märchenbuch, eine Leselampe und meine Hängematte.«

Die Kamera wanderte weiter.

»Mein Name ist Krys.« Die Stimme der Rothaarigen war noch eine Tonlage höher gerutscht. Sie kam mir vor wie brüchiges Eis. »Und mit auf die Insel nehme ich ein Feuerzeug, Zigaretten ... und ... meinen ... ein Stofftier.«

»Och Gottchen, wie süß.« Mein Blick flog zu der Blonden. Sie lächelte spöttisch und das Mädchen, das Krys hieß, senkte wütend den Kopf. Die Kamera wanderte weiter.

»Mein Name ist Neander und mit auf die Insel nehme ich ein Fernglas, ein Buch über Vögel und eine Taschenlampe.«

»Entschuldigung?« Der ziegenbärtige Junge hielt eine Hand hinters Ohr. »Ich hab das nicht genau verstanden. Ein Buch übers Vögeln?«

Kichern drang an mein Ohr, jemand räusperte sich, die Kamera wanderte weiter.

»Mein Name ist Lung und mit auf die Insel nehme ich eine Fackel, einen Kanister Benzin und ein Messer.«

»Sag ich doch«, flüsterte Elfe mir zu. »Der Chinamann kommt aus dem Zirkus. Oh, wow, ich hoffe ... «

»Mein Name ist Alpha.« Der weißblonde Junge ließ seine Finger knacken, bevor er in die Kamera schaute. »Und mit auf die Insel nehme ich einen Ghettoblaster, einen Expander und einen Leatherman.«

»Einen was?« Elfe runzelte verwirrt die Stirn.

»Multifunktionswerkzeug«, gab ich leise zurück. »Ein Leatherman ist so was Ähnliches wie ein Taschenmesser, hat aber viel mehr Funktionen.«

Das dunkelhäutige Mädchen, auf das die Kamera jetzt zeigte, hatte sich gerade die letzte Krabbe in den Mund stecken wollen und hielt in der Bewegung inne. »Mein Name ist Pearl«, sagte sie leise. »Und mit auf die Insel nehme ich Stricknadeln, Wolle und mein Handy.«

Maja hob die Hand, zum Zeichen, dass der Kameramann warten sollte, und schüttelte bedauernd den Kopf. »Keine Handys«, verkündete sie. »Ich bin davon ausgegangen, dass ihr darüber bereits informiert worden seid. Quint möchte nicht, dass ihr während eurer Zeit auf der Insel Kontakt zur Außenwelt habt.«

Das dunkelhäutige Mädchen sah aus, als hätte man ihr gerade etwas Lebensnotwendiges entzogen. »*Kein* Handy?«, wiederholte sie verzweifelt. Maja streckte ihre Hand aus. »Leider nicht«, erwiderte sie.

Mit einem tiefen Seufzer überreichte ihr das Mädchen ein türkisfarbenes Gerät und sank kraftlos in ihren Stuhl zurück. Auf dem Gesicht der Blonden erschien schon wieder ein spöttischer Ausdruck, der wohl auch Elfe nicht entgangen war.

»Gott, ist die eklig«, wisperte sie mir zu.

Als Nächstes grinste der Junge mit den Rastalocken und der milchfarbenen Haut in die Kamera, und noch bevor er sprach, fiel mir wieder ein, wie er hieß.

»Mein Name ist Milky und mit auf die Insel nehme ich ein Frisbee, meine Congas und mein Surfbrett.«

Die Blonde rückte ihre rote Handgelenkschiene zurecht und setzte sich in Pose. »Mein Name ist Darling«, sagte sie und wieder füllte ihre Stimme den Raum aus, ohne dass sie sie heben musste. »Mit auf die Insel nehme ich einen Spiegel, einen Stern und – für den unwahrscheinlichen Eintritt eines Stromausfalls – eine Packung Kondome.« Sie warf einen Seitenblick auf Alpha, der feuerrot anlief.

Die Kamera wanderte zu dem Mädchen mit der Glatze. Neugierig beugte ich mich zu ihr vor und jetzt erst erkannte ich, dass ihre großen Augen zwei verschiedene Farben hatten. Das eine war silbrig grau, das andere hellbraun.

»Ich heiße Moon«, sagte sie mit ihrer hohen Stimme. »Und mit auf die Insel nehme ich einen Zeichenblock, einen Bleistift und meine tote Schildkröte.«

Die Rothaarige, die sich als Krys vorgestellt hatte, verzog angewidert das Gesicht und Neander verschluckte sich an einem Stück Brot. Röchelnd hob er die Arme.

»Glaubst du das?«, flüsterte Elfe in mein Ohr. Ich nickte. Jetzt wusste ich, worüber das Mädchen am Flughafen so lange mit dem Beamten debattiert hatte.

Neben Moon saß der Junge mit dem Ziegenbart. Ich fand sein Gesicht irgendwie bemerkenswert. Seine hohen Wangenknochen stachen stark hervor, er hatte eine Hakennase und seine pechschwarzen Augenbrauen hatten die Form von kopfstehenden Vs. Sie sahen aus, als hätte er sie gezupft, ebenso sorgsam, wie er sein Ziegenbärtchen zurechtgeschnitten hatte. Während er sprach, zog er eine Augenbraue bis fast unter den Haaransatz. »Mein Name ist und mit auf die Insel nehme ich A, B und C«, sagte er, den Blick auf Maja gerichtet.

Elfe kicherte.

»Bitte noch einmal«, entgegnete Maja ruhig. »Und wenn ihr bis Sonnenuntergang auf der Insel sein wollt, dann würde ich sagen, dein nächstes ist das letzte Mal.«

Der Junge stand auf, breitete die Arme aus und sagte mit theatralischer Betonung: »*Mein* Name ist *Joker*. Und mit auf die *Insel* nehme *ich* meine *Shisha*, eine *Flasche* Wasser und meine *Tante* Käthe.«

»Seine Tante, wie bitte?«, murmelte Elfe. »Der Typ hat ja wohl 'nen Hau.«

Die Kamera wanderte weiter und plötzlich fühlte ich, wie ich auf diesen Moment gewartet hatte.

»Mein Name ist Solo. Und mit auf die Insel nehme ich meine Berimbau, meinen Hund Mephisto und ein persönliches Andenken.«

Seine Stimme war dunkler, als ich gedacht hatte, und als er das Andenken erwähnte, klang er scheu.

»Gut, danke, Sven.« Maja nickte dem Kameraassistenten zu. »Das war's, dann bringe ich euch jetzt zum Hafen. Nur eines soll ich euch von Quint Tempelhoff noch ausrichten. Er bittet euch, nicht zu sprechen, wenn ihr auf dem Boot seid.«

»Dürfen wir singen?«

Maja beugte sich über den Tisch und legte Joker den Finger vor das Ziegenbärtchen. »Ihr sollt schweigen.«

Vier

WIR SASSEN alle in einem Boot.

Noch heute denke ich oft an diese seltsame Unzeit auf offenem Meer; diese surrealen Stunden zwischen den Welten und zwischen den Wirklichkeiten. Während unsere Abfahrt von Angra dos Reis, der sogenannten Bucht der Könige, mit den Millionärsvillen in den grünen Hügeln, den teuren Jachten im Hafen und dem hässlichen Kernkraftwerk nur noch ein blasser Fleck in meiner Erinnerung ist, hat sich das Bild von uns im Boot tief in mich eingebrannt. Hier waren wir, zwölf Jugendliche und ein pechschwarzer Hund, Tempelhoffs Besetzung für die Insel. Schweigend, wie Tempelhoff es angeordnet hatte, saßen wir auf den dunkelgrün gestrichenen Holzbänken des kleinen Schoners.

Aber je weiter der Führer das Boot ins offene Meer hinauslenkte, desto stärker drängten sich Zweifel und Ängste auf. Ich konnte sie lesen – auf allen Gesichtern. Wen würden wir spielen, welche Rollen würden wir haben, Hauptfigur oder Nebendarsteller – wer würden wir auf dieser Insel *sein?* Was war unser Plot, was war unsere Bestimmung? Es gab keine Rollenverteilung, keine ausgewählten Helden oder Bösewichter. Wir waren die Macher unseres eigenen Films, wir selbst würden die Handlung entwerfen und damit auch die Rollen, die wir auf der Insel spielen würden. Wieder wurde mir bewusst, dass wir unseren Regisseur nicht einmal zu Gesicht bekommen würden. Das war Erikas Hauptsorge gewesen, als sie mich mit Bernhard zu dem letzten Vorgespräch begleitet hatte. Tempelhoff hatte ihr mit ruhiger Stimme versichert, dass sie ihm vertrauen könnte, dass wir ihm vertrauen könnten – er war schließlich einer der namhaftesten Regisseure Deutschlands, der einen hohen Ruf zu verlieren hätte, wenn er sich auch nur den kleinsten Fehler erlauben würde – gerade bei einem solchen Projekt.

Vertrauten wir ihm? Vertraute ich ihm?

Ich wusste es nicht, ich wusste es immer weniger, je weiter wir uns vom Festland entfernten.

Der Himmel über uns war blau, ein strahlendes, ungetrübtes, tiefes Blau. Die Sonne hatte ihren höchsten Punkt längst verlassen und die Oberfläche des Meeres war ein einziges Funkeln und Strahlen. Links und rechts des Bootes zischte die Gischt empor, weiße Schaumkronen leckten an dem hölzernen Rumpf des Schoners und die weißen Segel flatterten wie große Vögel im Wind. Wir passierten winzige Inseln mit traumhaften, von Palmen gesäumten Stränden – Postkartenparadiese, die noch zu den Königsinseln von Angra gehörten und von Stars und Millionären bereist wurden.

Aber irgendwann umgab uns nur noch die endlose Weite des Ozeans.

Ich saß abseits von der Gruppe, ganz hinten im Boot, und blickte zurück, bis mich Elfes heller Ausruf herumfahren ließ.

Und da sah ich am Horizont die Insel.

Fünf

Er hatte die ganze Nacht nicht schlafen können. Seit fünf Tagen war er jetzt hier und die Zeit verging immer zähflüssiger. Wieder und wieder hatte er die Verbindung zu den Kameras überprüft, um sich davon zu überzeugen, dass alles funktionierte – und das tat es. Sogar seine Sorge, dass er sein Handy nicht benutzen konnte, hatte sich in Wohlgefallen aufgelöst. Es gab Strom, eine Netzverbindung, er hatte genügend Verpflegung und er hatte alles im Blick, was er im Blick haben musste. Aber er wurde von Stunde zu Stunde unruhiger und die Zweifel nagten mit immer spitzeren Zähnen an seinen Nerven. Das Bild von Mirjam lehnte an einer leeren Wasserflasche, in die er eine Orchidee gesteckt hatte. Sie war weiß und ihr süßer Duft verursachte ihm plötzlich Kopfschmerzen. Er trank einen Schluck Kaffee und stellte verärgert fest, dass seine Blase drückte. Aber pinkeln gehen konnte er jetzt auf keinen Fall. Jede Sekunde konnten sie kommen, diesen Augenblick durfte er nicht verpassen. Er fixierte den Monitor, auf dem seit dem frühen Morgen die kleine Bucht eingeblendet war. Das Flirren der Nachmittagshitze hatte sichtlich nachgelassen, aber an die frische Luft würde er frühestens wieder in der Nacht gehen können, wenn überhaupt. Die Sonne stand tief am Horizont und ein leichter Wind ließ die Blät-

ter der Bäume tanzen. Als er endlich das Boot Kurs auf die Insel nehmen sah, begannen seine Hände zu zittern.

Da kamen sie also.

Der große Moment, auf den er sich seit so langer Zeit vorbereitet hatte, war da. Das Boot lief am Ufer auf. Darling ging als Erste von Bord. Sie warf eine Kusshand in die Luft. Sein Blick blieb an der roten Handgelenkschiene hängen, erst dann musterte er ihr Outfit und nickte zufrieden. Das Tanktop war gut gewählt, es brachte Darlings wichtigsten Teil hervorragend zur Geltung.

Als Zweiter stieg Joker aus. Er zog eine Grimasse, aber diesmal hatte der schlaksige Witzbold seine Mimik nicht unter Kontrolle. Er wirkte angestrengt und seine Bewegungen waren unbeholfen – im Gegensatz zu denen von Lung. Mit einem geschmeidigen Sprung hüpfte der kleine Chinese vom Boot, aber als er auf den Strand zuging, schienen sich auch seine Glieder anzuspannen.

Als Nächstes kam Krys, die blasse Schönheit mit dem Feuerhaar. Gott, wie dünn sie war – und wie kalt.

Die schwarze Pearl war da schon eher sein Typ, sinnlich, rund und erdig. Sie winkte dem Bootsführer zum Abschied. Es folgten die glatzköpfige Moon, der weißblonde Alpha und Milky, das Milchgesicht mit seinem Surfbrett unter dem Arm. Ihn würden sie mögen, vor allem die mollige Elfe, die jetzt nach seiner Hand griff, um sich aus dem Boot helfen zu lassen.

Hinter Elfe kam Neander, groß und schwerfällig – und dann schoss das schwarze Ungetüm an Land. Mephisto, Raphaels Teufel auf vier Beinen. »Nein, nicht Raphael«, flüsterte er. »Solo.«

Als er Solo sah, das schmale Gesicht mit den dunklen Augen und dem melancholischen Ausdruck, ging das Zittern auf seinen ganzen Körper über. Er versuchte, es wegzuräuspern, aber es gelang ihm nicht.

Vera ging als Letzte von Bord. Ein Windzug wehte ihr das braune Haar aus dem Gesicht. Es reichte ihr bis über die schmalen Schultern. Ihre Haut war hell, aber nicht weiß, eher sandfarben, mit einem Hauch von Oliv. Sie war das einzige Mädchen, das nicht geschminkt war, und für einen Moment fragte er sich, wie es sich anfühlen würde, wenn man mit der Fingerkuppe über ihre Wange strich.

Der Bootsführer hatte schon wieder Kurs auf das offene Meer genommen und auf dem Monitor war jetzt die ganze Bucht zu sehen. Mephisto raste über den Strand, aber niemand beachtete ihn. Für einen Moment sahen alle dem Boot hinterher, dann kam zögerlich Bewegung in die Gruppe. Sie inspizierten die winzige Bucht, den steilen Felszacken, der wie ein überdimensionales Segel in den Sandstrand ragte, und das vom Dickicht der Bäume gesäumte Ufer. Aber es war so deutlich, wonach jeder Einzelne von ihnen eigentlich *Ausschau hielt. Nicht nach wilden Tieren oder fremden Gefahren. Sie suchten die Kameras – die auf sie gerichteten Augen. Alle wussten, dass sie da waren, aber keiner von ihnen konnte sie sehen. Zufrieden lehnte er sich zurück. Ja, ihre Nervosität war so spürbar, dass man sie fast mit Händen greifen konnte. Sogar Darling bewegte sich nicht so selbstbewusst wie sonst. Sie hatte die Schultern hochgezogen und fingerte an ihrer roten Handgelenkschiene herum, wobei sie sich wie ertappt umsah. Er lachte leise. Nein, dachte er, das hier war nicht gespielt. Das hier war echt.*

Im Dickicht der Bäume war ein schmaler Spalt. Lung entdeck-

te ihn als Erster und schlüpfte durch den grünen Vorhang ins Innere der Insel. Die anderen folgten ihm.

Nur Vera blieb zurück. Sie zog ein Foto aus ihrem Rucksack und betrachtete es. Ihr Gesicht verzog sich wie im Schmerz, doch gleich darauf schien ihr wieder bewusst zu werden, dass sie beobachtet wurde. Hastig steckte sie das Foto zurück und ihr Blick irrte über das Gewirr der Mangrovenwurzeln, die wie glitschige Fangarme aus dem dunklen Schlamm in die Höhe ragten.

Als Vera den Kopf hob, konnte er ihr direkt in die Augen sehen. Hellgrüne Katzenaugen, wach und skeptisch. Was sie wohl dachte?

»Das«, sagte er leise zu sich selbst, »das werden mir nicht mal die Kameras verraten.«

»HEY!« Eine helle Stimme ließ mich zusammenzucken. »Hey, du, Vera!«

Es war Milky. Er stand zwischen den Bäumen am Ufer und winkte mir zu. »Elfe hat mich geschickt, ich soll dich holen. Komm, gleich geht die Sonne unter.«

Zögernd folgte ich Milky durch den grünen Vorhang aus Palmen und Mangroven und hatte noch keine zehn Schritte getan, als sich vor mir ein großes, kreisrundes Grundstück eröffnete. Ein Duft nach Jasmin und reifen Mangos zog mir in die Nase, über meinem Kopf ertönte der schrille Schrei eines Vogels und vor mir lag ein tropischer Garten, mit üppigen Farnen, Obstbäumen, blühenden Büschen und unzähligen Blumen. In seiner Mitte war unsere Unterkunft: drei durch breite Holzstege miteinander verbundene Häuser. Das mittlere war das größte, es war rund, während die anderen beiden Häuser achteckig waren. Gebaut waren sie alle aus Bambus und hatten regenschirmförmige Dächer aus Stroh. Ein viel zu schöner Ort für die Sträflingsresozialisierungen, schoss es mir plötzlich durch den Kopf, aber vielleicht hatten auch hier Tempelhoffs Designer etwas verändert.

Hinter dem Grundstück setzte sich das Dickicht der Urwaldbäume fort. Ich versuchte, ein Gefühl für die Größe unserer Insel zu bekommen. Vom Boot aus hatte sie sehr klein ausgesehen, kaum größer als ein Park, und als ich mich noch einmal umdrehte, konnte ich zwischen den Palmen das Meer sehen. Es hatte eine eigenartige, fast magische Farbe, ein leuchtendes Lila, in dem sich die goldenen Flecken der untergehenden Sonne spiegelten. Nur die Wellen, die gemächlich an den Strand schwappten, waren weiß wie Schaum.

»Das reinste Baccardi Feeling, was?« Milky zwinkerte mir zu. Er strich sich seine langen Rastalocken aus der Stirn und pfiff das Lied aus der Kinowerbung, aber gleich darauf hielt er inne und sah sich zögernd um. »Sorry – das war jetzt Schleichwerbung«, bemerkte er mit einem unsicheren Grinsen. Ich hob eine Mango auf, die neben mir am Boden lag. Ihre grüne Schale war an einer Seite geplatzt, und als ich die Frucht leicht zusammendrückte, tropfte mir der orangegelbe Saft auf die Finger. Mit geschlossenen Augen leckte ich die klebrigen Tropfen ab. Als sich der süße Geschmack auf meine Zunge legte, jagte ein Bild durch meinen Kopf: Ich sah einen Mann vor einer riesigen Müllkippe, dunkle Haut, weißes, krauses Haar, im geöffneten

Mund ein einziger Zahn, auf der ausgestreckten Hand eine aufgeschnittene Mango, in der anderen Hand ein Messer. Ich hörte sein Lachen, keckernd wie ein alter Ziegenbock, ich vernahm seine Stimme, *come Gathina – iss, kleines Kätzchen ...*

Ich presste die Augen noch fester zu, aber das Bild verschwand nicht, wie ein Blitz war es in mich eingeschlagen. Benommen riss ich die Augen wieder auf, sah mich um und rang so unauffällig wie möglich nach Luft. Ich roch Schweiß – meinen Schweiß.

»Hey, bist du okay?« Milky legte mir seine Hand auf den Arm. Ich nickte, aber meine Hand zitterte immer noch.

»Das ist eine Mango«, sagte Milky, »die kannst du ruhig essen, die ist nicht giftig.«

»Ach so«, erwiderte ich, dankbar, dass er meine Reaktion so gründlich missverstanden hatte. Aber die Mango legte ich trotzdem zurück und folgte Milky zu den Häusern.

»Auf dieser Seite sind wir untergebracht«, sagte er und zeigte auf das rechte Holzhaus, neben dem ein gut fünf Meter hoher Baum mit ausladenden, grün bewachsenen Zweigen stand. Die riesigen gelben Früchte wuchsen direkt an seinem Stamm und sahen aus wie gelbe Igel.

»Das ist Jackfrucht«, erklärte mir Milky. »Das Zeug schmeckt nach Bananen, aber wenn uns so ein Teil aufs Dach fällt, möchte ich mein Bett lieber nicht drunter haben. Das da«, Milky zeigte auf das große Haus in der Mitte, »ist das Haupthaus und links seid ihr.« Er winkte mir zu und wandte sich nach rechts. »Also, dann bis später.«

Ich ging auf das linke Haus zu. Die Eingangstür wurde

zur Hälfte von einem blühenden Goldregen verdeckt. Die sattgelben Blüten hingen fast bis zum Boden. Eins der Fenster stand offen. Ein weißer Vorhang wehte mir entgegen, während sich die Abenddämmerung immer tiefer über das Grundstück legte und den Farben ihre Kraft entzog. Ich atmete tief ein und ging ins Haus.

»... aber schau mal, meins ist auch nicht schlecht, das müsste mir eigentlich stehen, ich hoffe nur, die Größe passt auch zu meinem Gewicht. Sag mal, meinst du, Tempelhoff sieht uns auch ...« Elfes Stimme brach ab, dann wirbelte sie zu mir herum.

»Vera, da bist du ja! Hast du mich erschreckt, meine Güte!«

Ich war mitten in unseren Schlafsaal gestolpert oder besser gesagt, das ganze Haus *war* ein Schlafsaal, wenn man von der schmalen Leitertreppe absah, die durch eine Luke in der Decke nach oben führte.

Für einen Moment war ich so sprachlos, dass ich sogar die Kameras vergaß. Ich wusste nicht, was ich erwartet hatte, aber damit, dass wir alle zusammen in einem Raum untergebracht sein würden, hatte ich bestimmt nicht gerechnet. Mein Blick flog über die Einrichtung. In sechs der acht Zimmerecken standen Betten. Die Kopfenden lagen direkt unter den Fenstern, die Fußenden zeigten ins Zimmer, sodass sie eine Art Kreis bildeten. Über den Betten hingen Baldachine aus hellem, fast durchsichtigem Stoff und vor jedem Fußende stand eine Truhe aus dunklem Holz. Elfe kramte in ihrer Kiste. Der Deckel war aufgeklappt, zwei Kleider hingen über den hölzernen Rand und

Elfe zog einen lilafarbenen Badeanzug hervor, um ihn mit gerunzelter Stirn vor ihren molligen Bauch zu halten. Ihre Lippen waren wieder glänzend schwarz geschminkt, offensichtlich hatte ihr die Stylistin auch einen Lippenstift zur Inselgarderobe gelegt. Auf dem Bett rechts von Elfe saß Pearl, das dunkelhäutige Mädchen, umgeben von bunten, afrikanischen Stoffen. Sie war noch runder als Elfe, aber ihr Körper war praller, fester und ihre Bewegungen wirkten sanft, fast ein wenig träge. Sie strahlte etwas Erdiges aus, das mich beruhigte. Ich straffte die Schultern und zwang mich zu einem Lächeln.

»Hi.«

»Wo hast du denn gesteckt?« Elfe ließ den Badeanzug sinken und ging auf das Bett neben der Eingangstür zu, vor der ich noch immer stand. Sie zeigte auf die Truhe am Fußende und erst jetzt sah ich das Schild mit meinem Namen auf dem Truhendeckel.

»Du bist meine Bettnachbarin«, verkündete Elfe strahlend. »Ich hoffe, du schnarchst nicht.« Sie kicherte, aber dann zuckte auch sie zusammen, schielte nach rechts und links und kam mit einer unbeholfenen Bewegung auf mich zu. »Mann, oh Mann, ist das ein komisches Gefühl, was?«, wisperte sie mir ins Ohr. »Ob der uns auch hört, wenn wir flüstern?«

Ich zuckte mit den Schultern, aber mein Herz fing wieder an zu flattern, schnell und unruhig, als ob sich ein kleiner Vogel in meiner Brust verirrt hätte. Ich hob den Deckel meiner Truhe hoch. Ein olivfarbener Bikini lag ganz oben auf einem kleinen Bündel Anziehsachen. Eine Jeans, ein T-

Shirt, Baumwollunterwäsche ... ich klappte den Deckel wieder zu. Der Vogel in meiner Brust flatterte immer hektischer.

Wenn wir nicht gehört werden wollten, konnten wir schweigen, damit würde höchstens Elfe ein Problem haben. Aber verstecken konnten wir uns vor den Kameras nicht.

Er sah uns. Immer, jede Minute, auch jetzt ...

Ich musste mich aufs Bett setzen.

»Wo sind eigentlich die anderen?«, fragte ich leise.

»Keine Ahnung«, erwiderte Elfe. »Sind wieder rausgeschwirrt, aber weit können sie ja nicht sein.« Sie grinste. »Ganz schön klein, unsere Insel, was? Und ein Schlafzimmer zu sechst – ich komm mir vor wie auf Klassenfahrt. Zum Glück hat Darling ihr Bett auf der anderen Seite.« Elfe zeigte nach rechts zu der zweiten Tür. »Dort drüben geht's zum Haupthaus und von da zum Schlafhaus der Jungs. Vielleicht probiert unser Blondinchen ja schon aus, was mit ihren Beinen passiert, wenn sie ihre Augen schließt – hups ...«

Elfe zog den Kopf ein und nickte verschämt in die Luft. »'tschuldigung, war nicht so gemeint.« Sie kicherte. »Ich sollte wohl meine vorlaute Klappe halten, was? Sagt mal, gibt es hier irgendwo Licht?«

Draußen war es jetzt fast dunkel und Pearl knipste einen Schalter an der Wand an. Über ihrem Bett leuchtete ein Deckenlicht auf. Wie ein Scheinwerfer fiel der Lichtstrahl auf Pearls mokkafarbene Haut. Sie zuckte zusammen und diesmal war ihr Lächeln nicht mehr warm, sondern bemüht.

»Cool, schaut mal, wir haben jeder einen Schalter!« Elfe knipste ihr Deckenlicht an, dann meins. Ich duckte mich unwillkürlich, aber im nächsten Moment wurde mir klar, wie schwachsinnig das war. *Die Kameras sehen mehr als das menschliche Auge. Sie können sogar im Stockfinsteren sehen.*

So hatte Tempelhoff es in den Vorgesprächen ausgedrückt, als Erika sich ängstlich erkundigt hatte, wie wir nachts beaufsichtigt wurden.

»Unser Badezimmer ist oben«, kam es von Pearl. Offensichtlich geisterten in ihrem Kopf ganz ähnliche Gedanken herum wie in meinem. Doch als sie zur Leiter zeigte, die unter das Dach unseres Schlafsaals führte, sah sie plötzlich erleichtert aus.

Frei von Kameras sind Duschen, Toiletten und Umkleidekabinen.

Ich atmete auf, der Vogel in meiner Brust beruhigte sich etwas.

»Willst du als Erste duschen?«, fragte ich Pearl.

Pearl nickte mir zu. »Geh du ruhig«, sagte sie mit einer samtigen, singenden Stimme. »Darling war auch schon oben. Ich kann warten.«

Dass es in unserem Badezimmer unter dem Dach nur eine Dusche, eine Toilette und eine Umkleidekabine gab, diente sicher auch dem Zweck, unsere Privatsphäre auf ein Minimum einzugrenzen. Die Duschwände waren aus milchigem Glas, unsere Umrisse würden also von außen sichtbar sein. Kameras konnte ich allerdings auch an den Wänden des Badezimmers keine entdecken. Dafür befand sich auf der Ablage über den Waschbecken eine Standardausrüstung an Waschutensilien; Zahnputzbecher, Haarbürsten, Shampoos, Duschzeug, Sonnencreme mit Lichtschutzfaktor 30 und das Insektenschutzmittel, nach dem sich Elfe so ängstlich erkundigt hatte. Handtücher hingen an der Wand, genau wie die Truhen waren die Haken mit unseren Inselnamen beschriftet.

Ich zog mich in der winzigen Umkleidekabine aus, wickelte das Handtuch mit dem Aufdruck *Vera* um meinen Körper und legte es erst ab, als ich unter der Dusche stand. Als mir das lauwarme Wasser über den Körper prasselte, schloss ich die Augen und konnte endlich ruhiger atmen. Ich gönnte mir eine gefühlte Viertelstunde, dann stellte ich seufzend das Wasser ab. Ich wollte Pearl nicht warten lassen.

Aber als ich die schmale Leitertreppe zurück in unseren Schlafsaal kletterte, waren Pearl und Elfe verschwunden. Dafür lag Darling, die Blonde, auf ihrem Bett. Sie war splitternackt.

»Na?« Ihr spöttisches Lächeln machte mir bewusst, dass ich sie mit offenem Mund anstarrte. Sie hatte das eine Bein angewinkelt und ihre langen blonden Locken flossen in sanften Wellen über ihre Figur. Mit ihren vollen Brüsten, der Wespentaille und den ausladenden Hüften zog sie sämtliche Register eines Aktmodells und genauso benahm sie sich auch. Sogar die Deckenleuchte über ihrem Bett war angeschaltet. Wie ein Scheinwerfer fiel der helle Lichtkegel auf Darlings Körper, während der Rest des Zimmers im Dunkeln lag, und mir wurde klar, dass ich nicht die Einzige war, die sie jetzt dort liegen sah.

Neben ihr auf dem Bett lagen zwei Zeitschriften – Spiegel und Stern.

»Wenn dir langweilig ist«, sagte Darling, »kannst du gern mal reinschauen. Im Spiegel gibt es einen interessanten Artikel über den Spannereffekt von Reality Shows, über den« – Darling hob ihren Blick zur Zimmerdecke – »unser Regisseur natürlich erhaben ist, stimmt's?«

Verstört wandte ich mich ab und stürzte zu der zweiten Tür, die unseren Schlafsaal mit dem Haupthaus verband.

Auch dieses Gebäude war im Grunde ein einzelner, gut hundert Quadratmeter großer Raum, der in zwei Ebenen unterteilt war. Die Einrichtung war auf eine stilvolle Weise unpersönlich, aber dabei durchaus gemütlich. Die vordere Seite bildete eine Art offene Wohnküche aus hellem Stein mit einer halbrunden Bar aus Bambuselementen, an die ein riesiger, kreisrunder Glastisch grenzte. Um ihn herum standen zwölf lackschwarze Stühle mit hohen Rückenlehnen. Von der Decke hing ein Ventilator. In den Regalen standen Vasen, Gläser, Geschirr und verschiedene Windlichter. Zu meinem leichten Ärger entdeckte ich sogar einen Stapel Streichholzkisten – wenn ich das gewusst hätte, hätte ich mein Feuerzeug durch etwas anderes ersetzen können.

Im hinteren Teil des Raumes lag ein flauschiger weißer Teppich, um den sich eine Sitzecke aus riesigen gelben, roten und orangefarbenen Kissen gruppierte. Überall standen große Pflanzen, an den terakottafarbenen Wänden hingen Fotografien von tropischen Blumen und die Glasfenster reichten vom Holzboden bis unter die Decke. Vorhänge gab es nicht, aber die Welt vor den Fenstern war schwarz, während im Raum die Lampen brannten.

Eigentlich fiel mir mehr auf, wer von unserer Gruppe nicht im Haupthaus war. Außer Darling fehlten der kleine Chinese, Neander und Solo.

Das Mädchen, das sich Moon nannte, hockte im Schneidersitz auf einem gelben Sitzkissen. Auf ihren Knien lag der Zeichenblock und ihr Stift huschte mit flinken Bewegungen über das Papier. Sie war die Einzige im Raum, die ganz auf sich konzentriert war. Verstohlen musterte ich ihre Glatze. Sie hatte eine wunderschöne Kopfform und ich fragte mich, welche Farbe ihre Haare wohl hätten.

Pearl und Milky waren in der Küche, von wo mir der Duft von frischem Obst und Kokosnüssen in die Nase stieg. Die anderen saßen am Tisch oder liefen nervös im Raum herum. Ein Gespräch kam nicht zustande.

Es fällt mir schwer, die Atmosphäre zu beschreiben, die an diesem ersten Abend herrschte. Wir bewegten uns wie auf einer Bühne, die keine Bühne war, und bemühten uns verzweifelt um Normalität.

Als Milky aus der Küche fragte, ob jemand Hunger hätte, war seine Stimme eine Spur zu laut, und als Pearl die Lebensmittel aus der großen Speisekammer aufzählte und dabei eine Flasche Milch auf den hellen Steinboden fallen ließ, klang Elfes Lachen hysterisch. Ich hatte bei unserer Zusammenkunft im Restaurant nur dieses winzige Brot mit Schinken gegessen, aber mein Magen war wie zugeschnürt. Den anderen schien es ähnlich zu gehen.

Solos schwarzer Labrador lag unter einer der Zimmerpalmen. Er furzte, ein knarzender, lang gezogener Ton, aber nicht mal das brachte echte Heiterkeit auf.

Es war Joker, der ziegenbärtige Junge mit dem Harlekingesicht, der uns erlöste. Er verließ den Raum und kehrte kurz darauf mit einem großen Gummilappen in der Hand zurück. Das Ding sah aus wie eine Luftmatratze, aber dann legte Joker seinen Mund an die Seite, um es aufzupumpen, und so lernten wir seine Tante Käthe kennen. Sie war eine lebensgroße Gummipuppe, mit einem Körper wie Darling – und einer grauen Plastikdauerwelle.

»Tante Käthe mag gerne Obst«, verkündete Joker. Er setzte die Gummipuppenoma auf einen der schwarz lackierten Stühle und steckte ihr eine Banane in den offenen Mund. Für den Bruchteil einer Sekunde herrschte Stille, dann brach das Gelächter aus. Es war wie ein befreiendes Gewitter nach einem drückenden Tag. Nur Moon hatte lediglich einen flüchtigen Blick für Tante Käthe übrig, dann beugte sie sich wieder über ihren Zeichenblock. Aber wir anderen konnten gar nicht mehr aufhören zu lachen. Mir taten schon die Rippen weh, Milky schlug sich auf die Schenkel und Elfe liefen die Tränen runter. Am lautesten lachte Alpha, der Junge mit den weißblonden Haaren.

Als wir uns wieder beruhigten, hatte sich die Spannung im Raum deutlich gelöst. Pearl fegte die Scherben der zerbrochenen Flasche weg, während Mephisto mit seiner langen rosa Zunge die Milch vom Boden schleckte. Der Tonfall, mit dem sich Milky jetzt noch einmal erkundigte, ob jemand Hunger hätte, war offen und entspannt. Als Mephisto Tante Käthe ankläffte, gackerten wieder alle los.

Ich hatte keinen Hunger. Plötzlich merkte ich, wie müde ich war. Ich war seit über zwanzig Stunden wach, und obwohl mir davor graute, die nackte Darling in unserem Schlafsaal vorzufinden, zog ich mich zurück, als sich die anderen um den Tisch versammelten.

Als ich ein leeres Zimmer vorfand, atmete ich erleichtert auf. Die Fenster waren geöffnet. Von draußen zog ein kühler Wind ins Zimmer und bauschte die Vorhänge auf. Neben meinem Bett war ein kleiner Nachttisch, auf den ich meine Inseldinge stellte. Ich lehnte Esperanças Foto an die Kerze, das Feuerzeug, es war ein Windfeuerzeug, legte ich daneben.

Ich zog mich unter der Bettdecke aus, hüllte, so gut es ging, den hauchdünnen Baldachin um mein Bett und versuchte, das wieder aufsteigende Bewusstsein um die versteckten Kameras in den hintersten Winkel meines Gehirns zu drängen. Die Müdigkeit half mir dabei. Sie legte sich über mich wie eine schwere Decke. Ich rollte mich zusammen und lauschte in die Dunkelheit.

Es roch nach einer fremden Nacht. Draußen zirpten die Zikaden, und als sie verstummten, hörte ich in der Ferne das Rauschen des Meeres. Ich dachte an die anderen, die jetzt im Haupthaus zusammensaßen, und daran, dass Solo nicht gekommen war. Über diesen Gedanken schlief ich ein.

Nachts sah ich ihn.

Ich weiß nicht, was mich geweckt hatte, Elfes leises Schnarchen, das helle Sirren der Moskitos über meinem Kopf oder das Wispern der Blätter hinter meinem Fenster.

Ich wickelte mein weißes Bettlaken um meinen Körper und schlich nach draußen. Der Himmel war übersät von Sternen. Millionen von Lichtpunkten funkelten über meinem Kopf, sie sahen fast aus, als ob man nach ihnen greifen könnte, so klar waren sie. Aber unser Grundstück war dunkel und mein Feuerzeug spendete nur dürftiges Licht. Einen Moment lang überlegte ich, ob ich mir eins der Windlichter aus dem Haupthaus holen sollte, aber dann ließ ich es bleiben. Vorsichtig setzte ich einen Fuß vor den anderen und ging dem Rauschen des Meeres entgegen.

Als ich durch den Vorhang der Bäume auf den Strand sah, entdeckte ich ihn. Ganz ruhig stand er am Wasser, eine schmale Schattengestalt vor dem dunklen Meer, das von einem riesigen, fast vollen Mond beschienen wurde. Das kalte Licht spiegelte sich in der schwarzen Oberfläche, die so glatt war, dass ich zwei Monde sah, zwillingsgleich, der eine in der Luft, der andere auf dem Wasser.

Ich wollte auf ihn zugehen, aber meine Beine gehorchten mir nicht.

Ich weiß nicht, wie lange ich dort stand und ihn ansah. Was war es, das mich so zu ihm hinzog? Selbst hier aus der Entfernung spürte ich die rätselhafte Sehnsucht, die dieser Junge in mir auslöste, ohne dass ich auch nur ein einziges Wort mit ihm gewechselt hatte. Es war eine körperliche Empfindung, ich weiß sogar noch, dass ich sie lokalisieren konnte. Tief in meiner Brust saß sie und ein unsichtbarer Faden zog und zog daran.

Plötzlich drehte er sich zu mir um. Sein Gesicht konnte ich nicht erkennen, nur seine Hand. Er hob sie und winkte mir zu. Irgendwie hatte ich das Gefühl, dass er mich längst bemerkt hatte.

Wie erstarrt blieb ich stehen.

Die Kameras nehmen auch auf, was sich im Stockdunkeln bewegt.

Hastig wandte ich mich ab. Mein Herz raste und meine Hand zitterte, als ich das Feuerzeug anmachte. Wie ein Dieb mit leeren Händen schlich ich durch die Dunkelheit zurück ins Haus und verkroch mich in meinem Bett.

Aber schlafen konnte ich nicht mehr.

Sechs

DER KLEINE VOGEL sang direkt an meinem Ohr.

Es klang wie ein Ruf, ein fröhliches, leicht verschmitztes *Beng-Tschiwi . . . Beng-Tschiwi . . . Beng-Tschiwi . . .*

Irgendwann in dieser langen, schlaflosen Nacht musste ich wohl doch weggedämmert sein, denn als ich die Augen öffnete, wusste ich im ersten Moment gar nicht, wo ich war.

Dann sah ich durch den dünnen Stoff meines Bettenhimmels die Umrisse der anderen. Aus Elfes Bett drang noch immer leises Schnarchen. Elfe hatte mir ihr Gesicht zugewandt und lächelte, dann schmatzte sie und drehte sich geräuschvoll auf die andere Seite. Auf ihrem Nachttisch lag das Märchenbuch, eins ihrer drei Inseldinge. Eingewickelt in das weiße Laken, kroch ich zu meiner Kleidertruhe und angelte eine ausgeblichene Jeans und ein hellgrünes T-Shirt hervor. Ich musste an unseren Flug denken, an Elfes Befürchtungen, die Stylistin könnte Jeanshosen für sie ausgesucht haben. Bei mir war es umgekehrt, ich hatte eine Höllenangst gehabt, irgendwelche extravaganten Kleidungsstücke auf der Insel vorzufinden, und nahm zutiefst erleichtert meine schlichte Garderobe in Augenschein.

Dann stieg ich leise die Leiter empor, um mich zu waschen und umzuziehen. Die Toilettentür war abgeschlossen, aber gerade als ich mir die Zähne putzen wollte, trat Darling heraus. Sie trug ein kurzes Nachthemd aus einem blutroten, glänzenden Stoff, zu dem ihre Handgelenkschiene wie ein schmückendes Accessoire wirkte. Aber ihr Gesicht sah müde und abgekämpft aus wie nach einer durchwachten Nacht und es kam mir vor, als ob sie meine Anwesenheit erschreckt hätte. Ihre Mundwinkel zuckten, es war ein winziger Moment, in dem sie mir beinahe sympathisch war, weil sie plötzlich verletzlich wirkte, aber dann setzte sie wieder ihr spöttisches Lächeln auf und schob sich wortlos an mir vorbei zur Leiter.

Als ich mich fertig gemacht hatte, war sie fort.

Die anderen lagen noch in ihren Betten und schliefen. Nervös ließ ich meinen Blick im Raum umherschweifen. War *er* wach? Ich versuchte, mir Tempelhoff vorzustellen, vor den Monitoren auf seiner Nachbarinsel mit einem Becher Kaffee in der Hand – und mich auf seinem Bildschirm. Auf unserer Anfahrt hatten wir die Nachbarinsel nicht sehen können, vielleicht lag sie auf der hinteren Seite von *Isola*.

Im Bett neben der Tür schlief Krys, das dürre Mädchen mit den roten Haaren. Sie lag halb auf der Seite und im Arm hielt sie einen großen Stoffteddy. Seine pelzige Pfote, dessen Tatze am Flughafen aus dem Rucksack gelugt hatte, war jetzt demonstrativ in die Höhe gestreckt, als ob er mir zuwinken wollte, und seine braunen Knopfaugen sahen warm und tröstlich aus. Auch Krys schien zu träumen, aber im Unterschied zu Elfe lächelte sie nicht. Wie leblos lag sie da und der Bär schmiegte sich an sie, als ob er ihr etwas von seiner pelzigen Wärme spenden wollte. Ihre Haut war fast so weiß wie das Laken und ihre Gesichtszüge waren gleichermaßen zart und scharf, als würde man etwas zerbrechen, wenn man sie berührte – oder sich an ihr schneiden.

Mit einem unbehaglichen Gefühl im Bauch wandte ich mich ab. Er sieht, dass ich sie ansehe, dachte ich. Und wenn er die Szene für den Film verwendet, sieht es auch Krys – und eine Unzahl von Menschen, die ich nicht einmal kenne. Ich musste an den Zeitungsartikel denken, den Elfe mir im Flieger gezeigt hatte, die kritischen Anmerkungen über Tempelhoffs Projekt.

Ich hätte weglaufen können …

Aber ich war hier, auf der Insel, ich hatte mich freiwillig für das Projekt angemeldet und weg konnte ich erst, wenn unsere Zeit auf der Insel vorbei war. Drei lange Wochen noch. Dann würde ich achtzehn sein, volljährig, erwachsen, für mich selbst verantwortlich. Und dann? Ich sah zu meinem Nachttisch, der weißen Kerze, an die ich das Foto von Esperança gelehnt hatte.

Hastig zog ich meine Turnschuhe an und verließ den Schlafsaal.

Das Haupthaus war still und leer. Durch die riesigen Fenster drang das Morgenlicht. Draußen war es grau, ein helles silbriges Grau. Auf dem großen runden Glastisch standen noch die Reste vom gestrigen Abendessen, benutzte Teller, Brotkrümel, Käserinden, halb volle Gläser und eine gespaltene Kokosnuss. Es roch nach frisch gebrühtem Kaffee, aber niemand war im Raum.

Ich trat in den Garten. Nebelschleier lagen über dem Grundstück und der Himmel war leicht bedeckt, aber die Kraft der Sonne spürte ich trotzdem. Das Licht war überwältigend, es blendete fast – kein Vergleich zu einem grauen Morgen in Deutschland. Schon jetzt war es unglaublich warm.

Am Stamm eines riesigen palmenartigen Baumes hing eine Staude Bananen, ich griff mir eine und schälte sie. Sie schmeckte köstlich, ganz süß und durch und durch – nach Banane.

Beng-Tschiwi … Beng-Tschiwi …

Eigentlich hatte ich beschlossen, noch einmal zum Strand zu gehen, aber jetzt folgte ich dem Ruf des Vogels und lief hinten ums Haus herum. Auf diesem Teil des Grundstücks wuchsen Limonen- und Orangenbäume und im Schatten einer Palme stand ein hoher schwarzer Kasten aus Metall, den ich im ersten Moment für einen Stromkasten hielt. Aber dann erkannte ich, dass es ein Briefkasten war. *Isola* stand in kristallblauen Buchstaben über dem schwarz lackierten Schlitz und ich runzelte die Stirn. Ein Briefkasten auf einer einsamen Insel kam mir mehr als merkwürdig vor. Ob hier die Gefangenen des ehemaligen Inselprojektes ihre Post eingeworfen hatten?

Das Urwalddickicht grenzte ummittelbar an das Grundstück. Ich ging durch den Garten, und als mich das grüne Blätterdach verschluckte, erschien mir die Vorstellung, dass sich zwischen diesen unzähligen, von riesigem Efeu umschlungenen Urwaldbäumen Kameras oder Mikrofone befinden sollten, so absurd, dass ich lachen musste. Aus dem feuchtwarmen Waldboden krochen Nebelschwaden und die gewaltigen Baumstämme glänzten in einem hellen, satten Braun. Ihre üppigen Kronen schimmerten mir in allen nur vorstellbaren Schattierungen von Grün entgegen. Dabei war die Wildnis gar nicht so wild, wie ich es eigentlich erwartet hatte. Ich hätte mich ohne Weiteres durch das Urwalddickicht schlagen können, aber ich hielt mich dennoch an den schmalen Pfad, und je weiter ich ihm ins Innere des Waldes folgte, desto leichter fühlte ich mich. Unter meinen Füßen knackte das Unterholz und in das Summen der Bienen und Insekten über meinem Kopf mischte sich immer wieder das fröhliche *Beng-Tschiwi* des unsichtbaren Vogels.

Neanders massiger Rücken tauchte so plötzlich vor mir auf, dass mir fast das Herz stehen blieb. Ich hatte vielleicht hundert, höchstens zweihundert Meter zurückgelegt, aber ich fühlte mich wie am Ende der Welt. Neander kniete vor einem kleinen Baum, und als er aufgeschreckt von meinen Schritten zu mir herumfuhr, war sein verschwitztes Gesicht schmerzerfüllt. Er sah aus wie der traurige Riese in einem meiner Bilderbücher, das mir Erika früher so oft vorgelesen hatte.

In Neanders Hand lag ein winziges Vogelküken. Es war tot. Seine Augen waren offen und es hatte den Schnabel weit aufgerissen wie zu einem stummen Schrei. An seinem unsagbar zarten Körperchen waren schon Federn gewachsen, ein weicher graubrauner Flaum. An einer Stelle über der Brust klebte ein feucht schimmernder Blutfleck. »Es ist aus dem Nest gefallen«, flüsterte Neander.

Neben mir ertönte ein helles Piepsen. Das Vogelnest lag in einer Astgabelung, es war in Schulterhöhe, ich konnte mich darüberbeugen. Zwei kleine Köpfchen ragten heraus. Auch diese beiden Vogeljungen sperrten ihre Schnäbelchen auf, ihr rhythmisches Piepsen klang jämmerlich – und wieder schoss etwas durch meinen Kopf, diesmal war es eine Folge von Bildern, klar und scharf wie ein Wachtraum.

Ich sah zwei nackte Mädchenbeine auf einem vergammelten Sofa und ein glasklares Gefühl sagte mir, dass es meine Beine waren, aber mein Gesicht sah ich nicht. Auf dem Boden vor dem Sofa war eine Decke, starr vor Schmutz, darauf lagen zwei nackte Babys, sie rissen ihre kleinen Münder auf und schrien, nicht weit von ihnen auf den Steinen lag eine Spritze. Dann trat ein älteres Mädchen in den Raum, sie war zwölf oder dreizehn Jahre alt, trug einen kurzen gelben Rock und ein grünes T-Shirt. Ihre Kleider waren schmutzig, genau wie ihr Gesicht. Es war das Gesicht von meinem Foto, unzählige Male hatte ich seine Linien mit den Fingerspitzen abgetastet, aber jetzt wurde es zum ersten Mal lebendig. Es war, als stünde das Mädchen direkt vor mir und ihre mandelförmigen Augen strahlten wie Sterne. Sie beugte sich zu den Babys hinunter, legte ihre Hand auf die nackten Bäuche, ihre Stimme klang warm und beruhigend, aber ich verstand ihre Sprache nicht, nur ein Wort konnte ich verstehen. *Esperança.* Sie sah mich an und lächelte, dann verschwamm ihr Gesicht und löste sich auf.

Mir liefen Tränen die Wangen herunter.

»Es ist nur ein Vogel«, flüsterte Neander und ich nickte. »Ja. Es ist nur ein Vogel.«

Nachdem Neander das tote Tier behutsam unter einem kleinen Haufen Blätter begraben hatte, gingen wir weiter, ohne ein Wort zu sprechen. In die kühle würzige Luft des Waldes mischte sich Neanders Geruch nach Schweiß, aber er störte mich nicht, ich fand ihn menschlich, fast tröstend. In der Hand hielt Neander sein Vogelbuch und um den Hals trug er sein Fernglas. Seine Anwesenheit tat mir gut und ich fühlte, dass es ihm genauso ging. Später musste ich noch oft an diesen Augenblick denken, wir beide im Wald, unser Schweigen und die Nähe, die dadurch zwischen uns entstand.

Beng-Tschiwi ... Beng-Tschiwi ... Der Ruf war jetzt durchdringend und ganz in unserer Nähe. Suchend blickte ich mich um.

»Zu welchem Vogel gehört das?«, fragte ich leise.

Neander legte den Finger an die Lippen und gab mir ein Zeichen, in die Hocke zu gehen. Eine kleine Ewigkeit verharrten wir in dieser Position. Ich sah eine Gruppe von Pilzen; wie dicke gelbe Schwämme quollen sie aus dem klaffenden Spalt eines Baumstumpfes hervor. Im Schatten eines Efeus leuchteten drei schneeweiße Orchideenblüten und durch den hohlen Innenraum eines dicken Astes wimmelte eine Kolonie von Ameisen, groß wie Käfer waren sie. Auf Neanders breiter Schulter ließ sich einen Flügelschlag lang ein großer Schmetterling mit tigerfarbenen Flügeln nieder. Aber der rufende Vogel blieb unsichtbar.

»Es ist ein Bem-Te-Vi«, wisperte Neander in mein Ohr. »In Brasilien kennt ihn angeblich jedes Kind. Er soll auf den ersten Blick sehr unscheinbar sein, braune Federn, schwarz-weißer Kopf, kaum größer als ein Spatz. Aber wenn er seine Flügel ausbreitet, zeigt er seine leuchtend gelbe Brust und in der Luft soll er aussehen wie eine fliegende Zitrone. Sein Name klingt genau wie sein Ruf, *Beng-Tschiwi*. Auf Deutsch heißt das *Ich hab dich gesehen.*«

Ich zuckte zusammen und plötzlich war der Gedanke an die Kameras wieder total real. »Das passt ja wie die Faust aufs Auge«, gab ich leise zurück.

Neander nickte lächelnd.

Wir erhoben uns und beschlossen, unsere Umgebung noch ein wenig zu erkunden. Vom Boot aus war mir die Insel flach vorgekommen, aber jetzt sah ich, dass mich mein erster Eindruck getäuscht hatte. Der Waldweg stieg von hier aus deutlich an. Vorbei an riesigen Bäumen, Lianen und Schlingpflanzen kletterten wir eine Weile lang bergauf, bis der Wald in ein breites Felsplateau überging und ich sah, dass wir uns hoch über dem Meer befanden. Insgesamt waren wir kaum mehr als einen Kilometer gelaufen, aber als ich nach Atem ringend auf der felsigen Ebene stand, kam ich mir vor, als seien wir an einem ganz anderen Ort. Die Felsen fielen jäh nach unten ab, an einigen Stellen sah ich sternförmige Pflanzen, die sich in das raue Gestein krallten. Ihre kreisrunden Blüten wirkten wie aufgerissene Augen. Auch das Klima war ein anderes, der Wind blies stärker, die Luft war kühler und weit unter mir am Riff brachen sich riesige Wellen. Gischt umspülte die felsige Küste und rechts von uns, vielleicht dreihundert Meter weit entfernt, lag eine schmale, sichelförmige Bucht, die ebenfalls von hohen Felsen gesäumt war. Dahinter in westlicher Richtung entdeckte ich die Umrisse einer Ruine.

»Eine Kapelle«, sagte Neander, der meinem Blick gefolgt war. »Ich war schon ganz früh im Wald und bin dort vorbeigekommen. Die kleine Bucht habe ich auch gesehen, aber es war Flut und die Kapelle wirkte ziemlich verfallen. Sie kam mir unheimlich vor.«

Neander wandte sich wieder zum Meer und sein wuchtiger Finger zeigte nach vorn. »Und da ist Tempelhoff.«

Mein Herz schlug furchtbar schnell, als ich auf die winzige Nachbarinsel blickte. Sie war kreisrund und aus ihrer Mitte erhob sich ein Turm. Der Nebel hatte sich gelichtet und der Turm zeigte wie ein dunkler Finger in den stahlblauen Himmel. Neander reichte mir sein Fernglas, aber ich schüttelte den Kopf.

»Ich will zurück«, sagte ich.

Im Garten lief uns Elfe entgegen. Sie trug ihren lila Badeanzug und darüber einen schillernd grünen Rock. Er war aus dünnem Stoff und reichte ihr bis zu den nackten Füßen. In ihren lilafarbenen Haaren steckte eine große weiße Blüte und im Arm hielt sie ihre bunte Stoffhängematte. Ihre Lippen waren wieder schwarz geschminkt und ihre goldbraunen Augen funkelten unternehmungslustig.

»Ich schau mal, ob ich zwei Palmen finde«, rief sie uns zu. »Habt ihr gut geschlafen? Wo seid ihr denn gewesen, im Wald? Milky und Pearl machen grad Frühstück und unser Adonis stählt seine Muckis.« Grinsend zeigte Elfe zum Haupthaus. Am Eingang stand Alpha, der Junge mit den weißblonden Haaren. Er trug hochgekrempelte Cargohosen und mühte sich mit seinem Expander ab.

Ich musste lächeln, mehr über Elfe, als über Alpha. Sie sah aus, als hätte sie längst vergessen, dass wir auf Schritt und Tritt überwacht wurden. Alpha dagegen kam mir vor, als ob er vor den unsichtbaren Kameras posierte. Adonis? Ich musterte ihn flüchtig. Er hatte einen tollen Körper und sein ebenmäßiges Gesicht mit den strahlend blauen Augen hatte etwas Leonardo-di-Caprio-Mäßiges. Ich konnte mir gut vorstellen, dass er ein Mädchenschwarm war. Aber mein Typ war er nicht. Wenn gutes Aussehen ein Berg war, dann befand sich Alpha in meinen Augen bereits auf dem Gipfel. Von jetzt an würde es bergab gehen und mit frühestens vierzig würden Alphas hervorstechende Merkmale die Geheimratsecken an den Schläfen und ein leichter Schmerbauch sein.

Hinter einem Hibiskusstrauch kam uns Mephisto entgegengesprungen. Seine schwarzen Schlappohren flatterten, als er uns begrüßte, doch gleich darauf preschte er wieder davon, auf der Jagd nach einem bunten Vogel, der sich auf einer der Palmen niederließ und in sicherer Höhe auf den Hund herabtrillerte. Neander hatte schon wieder sein Fernglas vor den Augen, während ich die Beine meiner Jeans hochkrempelte.

Die Sonne war ein gutes Stück in die Höhe gewandert und im Schutz der Schatten des Waldes hatte ich nicht gespürt, wie warm es geworden war. Wie *heiß*.

Ich sah auf Elfes Füße. »Willst du dir keine Schuhe anziehen?«

Elfe lachte. »Mich kriegen keine zehn Pferde ins Fußgefängnis«, sagte sie und schwirrte zum Strand hinunter. Doch gleich darauf kam sie wieder zurückgerast, an ihrem Arm klimperten die Glasperlen. »Scheiße, ist das heiß«, schimpfte sie. »Ich hab frittiertes Fleisch unter den Sohlen, kann man diese Sonne vielleicht ein paar Stufen runterdrehen? Außerdem haben mich diese verfluchten Mücken die ganze Nacht gequält. Ich hab kein Auge zugetan!«

Als ich an die friedlich schnarchende Elfe dachte, musste ich schon wieder lächeln. Ich mochte sie. Und Neander mochte ich auch. Richtig unsympathisch war mir eigentlich nur Darling.

Im Haupthaus hatten Pearl und Milky die Speisekammer geplündert. Es gab Toast, weißen Käse, Tomaten und Obst aus dem Garten. Am runden Glastisch hatten sich Darling, Joker, Moon und der Chinese versammelt. Nur Solo fehlte, und als ich an die gestrige Nacht dachte, seinen dunklen Schatten vor der glitzernden Silhouette des Meeres, schien mir die Begegnung plötzlich so unwirklich wie ein Traum.

Bald darauf kam auch Alpha ins Haupthaus. Sein Oberkörper war nackt und glänzte, und als Darling einen spöttischen Blick auf seinen Waschbrettbauch warf, flammte die Röte wieder in seinem Gesicht auf. Darling trug jetzt ein weißes Strandkleid. Ihr blondes Haar war zurückgesteckt und der helle Kajalstrich ließ ihre Augen noch blauer blitzen, als sie ohnehin schon waren.

Tante Käthe mit der grauen Dauerwelle saß an ihrem Platz vom Abend zuvor. Auch die Banane steckte noch in ihrem Mund und ihre blassen Augen blickten würdevoll in die Runde.

Darling nahm sich ein Messer und eine Orange, die sie etwas unbeholfen mit der geschienten Hand zu schälen begann.

»Wobei hast du dich eigentlich verletzt?«, fragte Pearl.

»Beim Tennis«, sagte Darling und leckte sich einen Spritzer Saft vom Arm. »Ich hatte eine Filmrolle als Tennislehrerin, die ist mir leider nicht so gut bekommen.«

Joker warf einen Blick auf Darlings Ausschnitt und biss sich grinsend auf die Unterlippe.

»Und ihr?«, fragte Milky, nachdem er sein volles Glas in einem Zug geleert hatte. »Woher kommt ihr im wirklichen Leben? Auch vom Film?«

Schweigen in der Runde. Unsere Blicke flogen durch den Raum. Aber die Stimmung war anders als am Abend zuvor, ganz anders. Wir hatten uns entschieden, die Bühne *Isola* zu betreten, jeder auf seine Weise.

»Vom Mond«, sagte Moon. Sie saß mit angewinkelten Knien am Tisch. Vor sich hielt sie ihren Zeichenblock. Der Bleistift steckte hinter ihrem Ohr. Silbern setzte er sich von ihrer Glatze ab und ich fragte mich, womit sie wohl die weißen Seiten ihres Blockes füllte.

Pearl kicherte und bestrich sich eine Scheibe Weißbrot dick mit Nugatcreme. Sie trug ein leuchtend gelbes T-Shirt und ihre krausen, schulterlangen Haare hatte sie heute offen gelassen.

»Aus dem Knast«, sagte Joker und kratzte sich an seinem Ziegenbart. Er zog Tante Käthe die Banane aus dem Mund, schälte sie und steckte sie wieder zurück an ihren Platz. »Lass es dir schmecken, Tantchen. Wenn du schön aufisst, gibt es heute Abend eine Gurke.«

Darling verdrehte die Augen und schob sich ein Stück Orange in den Mund. Joker füllte eine große grüne Tasse mit Kaffee. Er trug ein neues T-Shirt, es war blau mit zwei aufgedruckten Delfinen. Darunter stand: *Delfine sind schwule Haie.*

»Und woher kommst du, Katzenauge?« Joker trank schlürfend einen Schluck Kaffee, dann drehte er sein Gesicht zu mir und ließ seine gezupften Augenbrauen tanzen. »Viel gesprochen hast du ja noch nicht.«

Ich dachte an unser Haus in Hamburg, die Marmorstatuen im Vorgarten, Erikas Ankleideraum, Bernhards Sauna im Keller und meinen Bereich im Obergeschoss mit Balkon und Blick auf die Elbe. Dann fielen mir die Worte von Tempelhoffs Assistentin ein.

Es gibt kein Skript und keinen Drehplan. Erzählt, was ihr wollt, seid einfach ihr selbst – oder von mir aus, jemand anders.

Ich erwiderte Jokers Blick. »Aus einer Favela in Rio«, sagte ich ruhig.

Moon sah von ihrem Zeichenblock auf.

»Das ist nicht witzig«, meinte Milky. Sein freundliches Gesicht verzog sich, er sah enttäuscht aus.

»Nein«, sagte ich. »Das ist es nicht.«

Ich schenkte mir Milch und Kaffee in meine Tasse und lehnte mich in meinem Stuhl zurück.

Pearl strich sich eine Locke aus der Stirn und räusperte sich. »Elfe hat gesagt, du kommst aus dem Zirkus?«, wandte sie sich an den Chinesen. Lung, fiel mir ein. Der Zirkusjunge mit dem langen schwarzen Zopf hieß Lung.

Er trug ein enges blaugraues T-Shirt mit V-Ausschnitt und an seinem Hals baumelte ein silberner Drachenanhänger.

»Ja«, entgegnete Lung schlicht. Sein Deutsch war akzentfrei. »Tempelhoff hat mich bei einer Vorstellung gesehen. Und dich hat er also aus dem Knast geholt?« Lung grinste Joker an. »Weshalb bist du verhaftet worden? Sex mit Scheintoten?«

Darling lachte, eine Spur zu laut.

»Ich habe einer Blondine die Nase gebrochen«, sagte Joker. »Wollt ihr wissen, wie?«

»Du hast einen Hunderteuroschein unter ihren Glastisch geklebt«, sagte Darling und gähnte, ohne sich die Hand vor den Mund zu halten.

»Apropos Glastisch«, bemerkte sie beiläufig. »Was soll eigentlich dieses Auge in der Mitte?«

»Das was?« Milky runzelte die Stirn.

Darling schob das Toastbrot zur Seite. »Das hier«, sagte sie und zeigte auf ein schwarzes Rechteck mit einem blauen Kreis, das aussah, als wäre es ein Stilelement des Tisches.

Es ist mir im Nachhinein unerklärlich, warum es uns nicht bereits gestern aufgefallen war; aber es gibt ja diesen Satz, dass die offensichtlichsten Dinge oft am leichtesten übersehen werden.

Das schwarze Rechteck entpuppte sich als Kästchen. Es war in eine Vertiefung in der Mitte des Tisches eingelegt und der blaue Kreis auf dem schwarzen Untergrund sah tatsächlich wie ein Auge aus – oder vielmehr wie eine Iris, kristallblau mit einer stecknadelgroßen Pupille. Eine Aufschrift gab es nicht.

In diesen Sekunden, dieser winzigen Zeitspanne, bevor Milky sich über den Glastisch beugte, um das Kästchen herauszuholen, war noch alles offen. Es gab keinen Plan und keine Regeln, wir waren einfach eine Gruppe Jugendlicher auf einer kameraüberwachten Insel; uns selbst und unseren Ideen überlassen, wie wir diesen Raum und unsere Zeit darin nutzen würden.

Als ich Schritte hörte, fuhr ich erschrocken hoch. Solo war ins Zimmer gekommen. Sein dunkles Haar war frisch gewaschen, es wellte sich leicht über seinen Schultern. Er trug helle Jeans und ein weißes offenes Leinenhemd und ich weiß noch genau, wie sich das Pochen meines Herzens anfühlte, schnelle, harte Schläge, die mich verstörten, weil ich so etwas noch nie gefühlt hatte. Warum ging er mir so *nah?* Ich kannte ihn doch nicht einmal!

Hinter Darlings Rücken blieb er stehen und schaute über ihre Schulter auf das kristallblaue Auge.

»Was ist das?«, fragte er mit gerunzelter Stirn.

»Das werden wir gleich herausfinden«, erwiderte Milky. Er sah sich im Raum um, blickte hoch zur Decke und in die Nischen, blinzelte unsicher, dann zog er das kleine Kästchen aus der Vertiefung. Durch das offene Fenster drang der fröhliche Ruf des Vogels. *Beng-Tschiwi ... Beng-Tschiwi ...*

Und dann, mit einem skeptischen Grinsen in die Runde und einem letzten tiefen Seufzer, klappte Milky den Deckel auf.

Sieben

DIE LANGEN Rastalocken fielen wie ein Vorhang über Milkys Schultern und versperrten uns die Sicht auf das Kästchen.

»Was ist drin?«, riefen Pearl und Joker wie aus einem Mund.

»Eine Karte«, murmelte Milky und zog ein schwarzes, postkartengroßes Büchlein hervor, das sich wie eine kleine Ziehharmonika auseinanderfaltete. »Oder nein, es ist ein Heft, eine *Anleitung*. Da steht, ich meine, was ... ich versteh das nicht!«

»Mann, zeig doch mal her!« Alpha riss Milky das schwarze Faltblatt aus der Hand. Er kräuselte die Stirn. »Stimmt«, sagte er heiser. »Das ist die Anleitung für ein Spiel.«

»Ein Spiel?« Pearl kicherte nervös. »Was denn für ein Spiel?«

Auf meine Zunge legte sich ein ganz seltsamer Geschmack, süß und metallisch. Solos Augen zuckten, er sah aus, als hätte er plötzlich starke Kopfschmerzen. Er füllte seine Tasse mit Kaffee, gab vier Stücke Zucker dazu, aber bevor er trank, setzte er die Tasse wieder ab und presste beide Hände an die Schläfen.

Milky räusperte sich unentwegt.

»Sollen wir raten oder könntet ihr uns freundlicherweise darüber in Kenntnis setzen, *was* da steht?«, sagte Darling und kreuzte die Arme vor der Brust.

Alpha fuhr sich mit der Zunge über die Lippen. »Da steht, wir sollen vollständig sein«, sagte er mit gerunzelter Stirn. »Und dann soll einer aus der Gruppe die Regeln vorlesen.«

»Elfe und Krys fehlen«, sagte Lung wie aus der Pistole geschossen. Verwundert sah ich in die Runde und stellte fest, dass er recht hatte. Aber so schnell wäre mir das nie aufgefallen.

»Geht jemand sie holen?«, fragte Darling, die mir plötzlich ebenfalls sehr angespannt vorkam.

Pearl und Neander liefen aus der Tür. Alpha hielt das Faltblatt die ganze Zeit in den Händen, keiner sagte etwas.

»Was ist denn los?«, platzte Elfe heraus, als sie hinter Neander in den Raum kam. Sie war ganz nass und aus ihren lila Haaren tropfte das Meerwasser auf den Holzfußboden. Krys und Pearl waren schon da. Pearl knabberte an ihrem Nugatweißbrot und Krys hatte sich eine Zigarette angezündet. Der Rauch hing wie eine graue Glocke über dem Glastisch, aber niemand sagte etwas.

»Liest du vor?«, wandte sich Alpha an Milky.

Milky sah fragend in die Runde, wir nickten ungeduldig. Elfe und Neander setzten sich zu uns an den Tisch und Milky begann zu lesen.

Acht

Zum Lesen der folgenden Spielregeln müssen alle Gruppenmitglieder versammelt sein. Die Regeln werden von einer Person laut vorgetragen. Diese Person wird von der Gruppe ausgewählt und darf während des Lesens nicht unterbrochen werden.

DER SCHAUPLATZ DER HANDLUNG

Mitten im Pazifik liegt eine einsame Insel. Sie trägt den Namen *Isola*. Hier treffen zwölf Jugendliche für unbestimmte Zeit aufeinander.

Einer dieser Jugendlichen wird zum Mörder. Heimlich wählt er seine Opfer und schafft sie zu einem Versteck auf der Insel, bis alle außer ihm von *Isola* verschwunden sind.

DIE ANZAHL DER SPIELER

Zwölf.

DAS SPIELMATERIAL

Eine Spielanleitung und zwölf verschlossene Umschläge mit Spielkarten. Elf dieser Karten zeigen an, wer die Opfer sind. Die zwölfte Karte bestimmt den Mörder. Auf seiner Spielkarte erfährt der Mörder auch, in welches Versteck er seine Opfer bringen wird. Das Versteck ist so ausgewählt, dass es für den Mörder unmittelbar und für den Rest der Gruppe unmöglich zu erkennen ist.

DIE SPIELVORBEREITUNG

Die Auswahl der Opfer und des Mörders geschieht per Losverfahren.

Dazu werden vor Spielbeginn die verschlossenen Umschläge auf den Tisch gelegt. Jeder Mitspieler wählt einen Umschlag und zieht sich zum Lesen seiner Spielkarte an einen unbeobachteten Platz zurück. Von Rückzugsorten ausgenommen sind in diesem Fall Duschen, Toiletten und Umkleidekabinen.

Anschließend steckt jeder Spieler seine Spielkarte zurück in den Umschlag und findet sich damit am schwarzen Briefkasten hinter dem Haupthaus ein. Sind alle Spieler dort versammelt, werfen sie ihre Umschläge nacheinander in den Kasten.

SPIELBEGINN

Das Spiel beginnt unmittelbar, nachdem alle Karten im Briefkasten sind.

DIE AUFGABE DES MÖRDERS

Der Mörder kann zu jeder Tages- oder Nachtzeit und auf der ganzen Insel in Aktion treten. Er wählt seine Opfer einzeln und in beliebiger Reihenfolge, wobei er sorgfältig darauf achtet, dass er dabei von keinem anderen Mitspieler enttarnt wird.

Dabei geht der Mörder folgendermaßen vor: Er umfasst das linke Handgelenk seines jeweiligen Opfers, führt es heimlich zum Versteck und lässt das Opfer allein dort zurück.

Ein Signal von der Nachbarinsel kündigt an, dass das Opfer erfolg-

reich von *Isola* beseitigt worden ist. Dieses Signal ist in Form eines Nebelhorns für alle Mitspieler deutlich hörbar.
Erst nach diesem Signal darf der Mörder sein nächstes Opfer ins Versteck bringen. Schafft es der Mörder, alle Opfer auf diese Weise zu eliminieren, ist er der Spielsieger.

DIE AUFGABE DER OPFER

Die Opfer bewegen sich frei auf der Insel, bis sie vom Mörder erwischt werden. Sobald ein Opfer vom Mörder am linken Handgelenk gefasst wird, folgt es ihm ins Versteck. Dabei darf das Opfer keinen Widerstand leisten oder den Rest der Gruppe durch Geräusche oder Rufe auf sich aufmerksam machen.
Im Versteck muss das Opfer warten, bis es abgeholt wird. Dieser Vorgang erfolgt von außen. Das Opfer wird von *Isola* weggebracht und fliegt zurück nach Hause.
Eltern oder Erziehungsberechtigte des Opfers werden in jedem Falle benachrichtigt.
Glaubt ein Opfer, den Mörder zu erkennen, darf es dem Rest der Gruppe nichts davon mitteilen, kann aber entsprechend seiner Vermutung versuchen, dem Mörder aus dem Weg zu gehen.
Schaffen es ein oder mehrere der Opfer, nicht vom Mörder gefasst zu werden, sind sie die Spielsieger.

DAS SPIELENDE

Das Spiel ist beendet, wenn der Mörder alle Opfer eliminiert hat. Sollte ihm dies nach Ablauf von drei Wochen nicht gelingen, wird das Spiel von außen beendet.

Mit dem Ablauf des Spiels endet auch der Aufenthalt auf *Isola*. Die Spieler, die dem Mörder entkommen sind, werden per Boot von der Insel abgeholt.

SONDERREGELN

Während des gesamten Spiels darf keine Form von Gewalt angewendet werden, weder vonseiten des Mörders noch vonseiten der Opfer.

Sobald ein Opfer *Isola* verlassen hat, verpflichtet sich der Rest der Gruppe, das zurückgebliebene Privateigentum (drei Dinge für die Insel) in der Truhe des Opfers zu verwahren. Sollte es sich bei den Privateigentümern um Lebewesen handeln, verpflichten sich die Übriggebliebenen, das Lebewesen bis zum Spielende zu versorgen. Verbleibt der Mörder als Letzter, übernimmt er diese Verantwortung.

Jeder Verstoß gegen die Regeln führt automatisch zum Abbruch des Filmprojektes. Der Spieler, der gegen die Regeln verstoßen hat, fliegt dabei auf eigene Kosten zurück nach Hause und verzichtet außerdem auf seine Gage. Dasselbe gilt, wenn sich eines der Gruppenmitglieder weigert, an dem Spiel teilzunehmen.

Neun

MEPHISTO WAR der Erste, der einen Laut von sich gab. Kläffend stand der schwarze Labrador vor Tante Käthe, die mit ihrer geschälten Banane im Mund auf den Fußboden gerutscht war, und als Solo seinen Hund zurückzog, brach der Tumult aus.

»Das glaub ich einfach nicht«, fauchte Krys und zündete sich die nächste Zigarette an. »Wir haben eine halbe Weltreise hinter uns und sollen jetzt womöglich gleich wieder rausfliegen?«

»Ja, das ist der Hammer!« Elfe griff nach dem Faltblatt, das Milky auf den Tisch gelegt hatte, und starrte es an, als ob sie es am liebsten in Stücke reißen würde. »Einer der Jugendlichen wird zum *Mörder* – was denkt sich dieser Mistkerl eigentlich?«

»Nix.« Joker grinste in die Luft. »Der lacht sich weg, wenn er uns hier sitzen sieht. Das würde ich an seiner Stelle jedenfalls tun. Ich glaube, ich ändere meine Zukunftspläne. Warum Marionette sein, wenn man an den Fäden ziehen darf? Herr Tempelhoff, Sie brauchen nicht zufällig noch einen Assistenten?«

»Menschlich soll Tempelhoff ja wirklich ein Mistkerl

sein«, kam es von Lung. »Ich hab mal einen Bericht darüber gelesen, wie er seine Angestellten behandelt. Einen Regieassistenten soll er vor versammelter Mannschaft bloßgestellt haben, ganz beiläufig und ohne groß die Stimme zu erheben. Aber der Typ ist in Tränen ausgebrochen.« Mit kühler Miene sah sich Lung im Raum um und Joker grinste. »Na, jetzt bin ich aber mal gespannt, ob das im Drehbuch bleibt oder rausgeschnitten wird. Aber eins ist sicher, dein kleines Spiel hat schon begonnen. Stimmt's Tempelhoff?« Joker lehnte sich in seinem Stuhl zurück und verschränkte die Arme hinter dem Kopf.

Elfes Mund klappte auf. Ihr Blick wanderte vom Faltblatt in die Runde, dann zur Decke, zu den Wänden, zu den großen Glasfenstern und zurück in die Runde. Als sie den Mund wieder schloss, zitterte ihre Unterlippe.

Moon drehte ihren silbernen Bleistift zwischen den Fingern. »Und wenn wir nicht mitspielen?«, fragte sie mit ihrer seltsamen, hohen Stimme.

»... wird das Projekt abgebrochen«, sagte Darling scharf. »Hast du nicht zugehört? Wenn wir nicht mitmachen, ist Schluss mit lustig.«

»Das ist es für mich sowieso«, murmelte Pearl. Sie kam mir plötzlich richtig blass vor. »Ich hasse solche Spiele. Wenn ich das gewusst hätte, wäre ich nicht mitgeflogen.«

»Ich auch nicht«, stimmte Elfe ihr leidenschaftlich zu. »Ich hab Platzangst, verdammt noch mal! Wenn ich mir vorstelle, dass ich in irgendein düsteres Versteck gezerrt werde ...«

»Stimmt«, Darling scannte Elfes Körper ab. »Allzu klein darf das Versteck für dich nicht sein.«

»Ach, halt doch die Klappe«, murmelte Elfe. Die Sorge um das Versteck schien ihr den letzten Nerv zu rauben. »Wo soll denn das überhaupt sein?«, fragte sie ängstlich.

Darling verdrehte die Augen. »Ein Versteck heißt Versteck, weil es versteckt ist, Schätzchen. Der Einzige, der das Versteck kennt, ist der Mörder.«

Elfe warf Darling einen hasserfüllten Blick zu.

»Der *Mörder«*, sagte Lung. »Wisst ihr eigentlich, wie das klingt?«

Pearl hatte Tränen in den Augen. »Ich hab Angst«, flüsterte sie.

»Komm schon«, Milky legte Pearl die Hand auf den Arm. »Es ist doch letzten Endes nur ein Spiel. Hier wird ja schließlich niemand erstochen oder abgeknallt.«

»Trotzdem.« Elfe sprang von ihrem Stuhl auf. »Ich mach da nicht mit!«

»Dann hast du hoffentlich das nötige Kleingeld für den Rückflug.« Krys ließ einen Rauchkringel in die Luft steigen. »Von deiner Gage kannst du es dann jedenfalls nicht mehr abziehen, wenn ich die Regeln richtig verstanden habe.«

»Scheiße!« Elfe ließ sich wieder auf den Stuhl sinken. »Mit meiner Gage wollte ich für ein Jahr nach Indien gehen.«

Ich sah zur Wand, dann zur Decke. Joker hatte recht, auf Tempelhoffs Bildschirm gaben wir wahrscheinlich gerade eine grandiose Filmszene zum Besten. Im falschen Film, dachte ich. Ich bin im falschen Film gelandet.

»Also ich find das Spiel geil«, kam es plötzlich von Alpha. Er machte seine Hand zur Pistole und pustete grinsend auf seine Fingerspitze.

Solo wechselte einen kurzen Blick mit Lung. Neander starrte zu Boden und Pearl wischte sich mit zitternder Hand über die Augen.

Irgendwie ist es immer das Gleiche, dachte ich. Eine Gruppe besteht aus denen, die reden, und aus denen, die schweigen. Und irgendwie war ich unglaublich erleichtert, dass Solo zu den Letzteren gehörte. Aber unter Solos Stille lag noch immer diese seltsame, bedrückte Stimmung und wieder legte er die Hand an die Schläfen, als ob er Kopfschmerzen hätte. Moon hatte wie gestern ihren Zeichenblock hervorgeholt. Für einen kurzen Moment war das Kratzen ihres silbernen Bleistifts das einzige Geräusch im Raum.

Joker hob Tante Käthe vom Boden auf. »Das Ganze klingt ein bisschen wie dieses Kinderspiel *Mord im Dunkeln*. Oder wie *Zehn kleine Negerlein*. Kennt ihr den alten Agatha-Christie-Streifen? Da war auch eine Gruppe von Leuten auf einer einsamen Insel. Und irgendwann ... gab's keinen mehr.« Joker setzte sich die Gummipuppe auf den Schoß. »Was sagst denn du zu unserem Spiel, Tante Käthe?« Er drehte den Kopf seiner Gummipuppe in die Runde, zog ihr die Banane aus dem Mund und quiekste mit verstellter Stimme: »Heißa, das wird ein toller Spaß!«

Milky grinste, aber Elfe funkelte Joker böse an. »Unter Spaß stelle *ich* mir jedenfalls was anderes vor, als mich auf einer einsamen Insel von einem Mörder jagen zu lassen. Ich find das so was von *billig*.«

»Woher willst du wissen, dass du nicht der Mörder bist?« Darling gab ihr klebriges Lächeln zum Besten.

»Dann wüsste ich jedenfalls, wen ich mir als erstes Opfer aussuche«, knurrte Elfe.

Lung hatte sich das schwarze Faltblatt mit den Regeln gegriffen und studierte es stirnrunzelnd. »In den Regeln steht aber nicht, *wann* wir diese Karten ziehen sollen«, murmelte er. »Wir sind erst seit einem Tag hier. Heute ist der zweite Dezember und gebucht waren wir bis zum einundzwanzigsten. Ich meine – wir könnten uns Zeit lassen.«

Krys nahm Lung das Faltblatt aus der Hand. »Stimmt«, sagte sie nachdenklich. »Theoretisch könnten wir die Karten auch am letzten Tag ziehen. Und bis dahin haben wir Spaß. Was sagen Sie dazu, Herr Tempelhoff?«

Auf Solos Gesicht geschah etwas Seltsames. Für den Bruchteil einer Sekunde lächelte er, doch gleich darauf wurde sein Ausdruck noch ernster als zuvor.

»Das dürfen wir nicht!«, platzte Milky heraus.

»Heißt du Tempelhoff?«, fragte Krys spöttisch.

Milky wurde rot und für einen Moment schwiegen alle. Darling fummelte an ihrer roten Gelenkschiene herum, dann räusperte sie sich und griff nach einem Glas, um zu trinken, aber sie verschluckte sich und hustete, bis ihr Lung auf den Rücken klopfte. Ich stellte mir vor, wie Tempelhoff hinter seinen Monitoren saß und leise lachte.

Solo verließ den Raum. Mephisto trottete hinter ihm her. Dann stand auch Moon mit ihrem Zeichenblock auf und nach einer Weile saßen nur noch Neander, Pearl und ich um den runden Glastisch herum. Der Deckel des schwarzen Kästchens lag auf der Tischmitte und die eisblaue Pupille starrte uns kalt und stumm entgegen.

Neander klemmte sich das Vogelbuch unter den Arm. Er sah traurig aus. »Ich mach noch einen Spaziergang«, sagte er.

Pearl und ich gingen zum Strand. Die Sonne stand jetzt hoch am Himmel. Es war noch heißer als vorhin, aber vom Meer kam ein frischer Wind. Es war Flut, man konnte förmlich sehen, wie sich das türkisfarbene Wasser nach vorne drängte. Wellen schwappten an den Strand, ganz hinten waren ein paar große, die sich gemächlich überschlugen. Aus ihrer Mitte tauchte ein Kopf auf. Pearl schirmte ihre Augen mit der Handfläche ab.

»Ist das Solo?«, fragte sie.

Ich nickte. Noch einmal verschwand sein Kopf in den Wellen, dann kraulte er mit kräftigen Bewegungen ein Stück weiter hinaus, bis ein großer, aus dem Wasser ragender Felsen ihn verbarg. Ich sah zum Himmel und dachte, dass es dort keine Kameras gab. Da draußen war Solo allein. Wieder zog mich der unsichtbare Faden in meiner Brust zu ihm hin und zum ersten Mal wünschte ich mir, mit ihm zu sprechen. Ihn zu fragen, was *er* von diesem Spiel hielt und davon, dass Tempelhoff uns auf diese Weise überrumpelt hatte. Aber das war nicht alles, was ich ihn gerne gefragt hätte, auch das wurde mir in diesem Augenblick klar. Ich wollte wissen, wer er war. Wie er hieß, woher er kam und wie er lebte. Jenseits der Insel – im wirklichen Leben.

Pearls warme Hand legte sich auf meine Schulter. »Wie schön es hier ist«, sagte sie. Aber sie sagte es seufzend und ihre tiefe Stimme klang drückend und schwer. Sie ging zurück ins Haus und ich legte mich unter eine Palme in den Schatten und versuchte, mich zu entspannen. Aber es gelang mir nicht. Die Gedanken an das Spiel zogen immer engere Kreise in meinem Kopf. Auch ich hatte geschwiegen, mit keinem Wort hatte ich kommentiert, was ich von der ganzen Sache hielt.

Ich drehte mich auf die Seite und malte mit der Fingerspitze lauter kleine Fragezeichen in den warmen Sand. Was hielt ich davon? Meine Fingerspitze formte ein Ausrufezeichen. Wütend. Ich spürte plötzlich, dass ich wütend war.

Wenn ich heute an diesen Augenblick zurückdenke, dann fühle ich die Wut noch ganz genau. Ich hatte nicht gewusst, was uns auf Isola erwarten würde – außer den Kameras und der Information, dass wir sicher untergebracht sein würden. Niemand hatte etwas Genaues gewusst und das war ja ganz offensichtlich Tempelhoffs Plan gewesen – dazu hatten wir *Ja* gesagt. Aber jetzt fühlte ich mich ... verraten. Manipuliert. Ich musste an Jokers scherzhafte Bemerkung über die Marionetten denken. Auf gewisse Weise hatte er genau ins Schwarze getroffen. Wir konnten Tempelhoff nicht sehen, dennoch zog er an den Fäden, an *unseren* Fäden. Mit diesem Spiel hatte er eine Regieanweisung gegeben, ohne die Stimme zu heben. Und wir mussten folgen – oder das Projekt wurde abgebrochen.

An dieser Stelle mischte sich Verzweiflung in meine

Wut. Ich wollte nicht weg, ich wollte nicht zurück nach Deutschland, ich wollte hier bleiben, bis ich achtzehn war, und dann … ich ließ Sand durch meine Hände rieseln, bis die Fragezeichen und das Ausrufezeichen verschwunden waren.

Seufzend legte ich mich auf den Rücken und blinzelte in das schimmernde Grün der Palmen. Pearl hatte recht. Es war so schön hier, trotz der Kameras – trotz dieses Spiels, das jetzt auf seine Teilnehmer wartete. Und letzten Endes hatte auch Milky recht: Es war doch bloß ein Spiel. Wenn ich aufpasste, würde mich der *Mörder* nicht erwischen. Und wenn ich selbst die Mörderkarte zog … mit einem tiefen Atemzug gelang es mir, diesen Gedanken wegzudrängen.

Ich lauschte dem Rauschen der Wellen und über meinem Kopf hörte ich die Stimmen der Vögel, ein dunkles *Ra-ta-ta-ta-tata – Ra-ta-ta-ta-tata*, das nach einer kurzen Pause von einem gleichnamigen Ruf erwidert wurde. Ob Solo noch draußen im Meer war? Ich wollte den Kopf heben, aber meine Augen wurden schwer, und als irgendwann das fröhliche *Beng-Tschiwi* an meine Ohren drang, war ich schon halb im Schlaf.

Ich erwachte davon, dass mir etwas in die Wange stach. Es war das Gehäuse einer Meeresschnecke, es lag direkt neben mir im Sand und ich musste mich im Schlaf daraufgelegt haben.

Mein Gesicht brannte von der Sonne und meine Wange, auf die ich mich gedreht hatte, fühlte sich an wie ein paniertes Filet. Aber ich fühlte mich besser. Viel besser, seltsam glücklich und leicht, wie nach einem schönen Traum. Ich wischte mir die Sandkörner aus den Augen und betrachtete das Schneckenhaus. Es schimmerte perlmuttfarben und bräunlich rot und seine Form erinnerte mich an ein kleines Horn, dessen Spitze mir in die Wange gestochen hatte. Ich konnte den Kratzer fühlen, er war direkt über meinem linken Wangenknochen und brannte ein wenig.

Die Öffnung des Gehäuses war zartrosa und ganz vorn auf der glatten Fläche entdeckte ich einen winzigen herzförmigen Fleck. Lächelnd umschloss ich meinen kostbaren Fund und dann sah ich mich um. Ich war allein am Strand und auch im Wasser konnte ich niemanden mehr entdecken. Dann sickerte das Spiel wieder zurück in mein Gedächtnis und ich erhob mich seufzend von meinem Schlafplatz unter der Palme. Das Schneckenhaus nahm ich mit und legte es auf meinen Nachttisch, neben das Foto von Esperança.

Am späten Nachmittag versammelten wir uns wieder um den Glastisch. Es geschah fast automatisch, einer nach dem anderen trudelte ein. Milky hatte einen großen Topf Reis gekocht, dazu gab es Maiskolben und Tomatensalat. Mephisto bekam Hundefutter aus der Dose. Unsere Speisekammer war bis zum Anschlag gefüllt, es gab sogar eine Tiefkühltruhe. Die Lebensmittel würden für viele Wochen reichen.

»Also, was meint ihr?«, sagte Lung, als wir mit dem Essen fertig waren. »Warten wir oder spielen wir?«

Es war noch hell, als Joker die schwarzen Briefumschläge auf der gläsernen Tischplatte ausbreitete. Wir hatten noch einmal die Regeln gelesen und beschlossen, die Umschläge der Reihe nach zu ziehen. Sie sahen alle gleich aus, schwarz, unbeschriftet und mit einer eisblauen Iris als Siegel. Krys zog den ersten Umschlag, von ihr aus ging es im Uhrzeigersinn weiter. Am nervösesten kam mir plötzlich Darling vor. Sie kaute die ganze Zeit an einer Haarsträhne herum, und als sie an die Reihe kam, zitterten ihre Finger.

Alpha nahm den letzten Briefumschlag.

Dann zogen wir uns zurück.

Ich setzte mich auf mein Bett, außer mir war noch Moon im Zimmer, aber unsere Betten lagen weit auseinander und wir sprachen kein Wort.

Ich war Opfer.

Auf meiner Karte – schwarz mit eisblauer Schrift – stand nicht viel mehr, als ich bereits aus den Spielregeln wusste. Dass das Versteck geräumig war, dass es dort elektrisches Licht gab und dass ich auch dort von Kameras überwacht sein würde. Dass ich nicht lange im Versteck würde warten müssen, falls mich der Mörder erwischte. Dass ein Boot kommen und mich zurück ans Festland bringen würde. Dass mein Rückflug dort von Tempelhoffs Assistentin organisiert werden würde.

Dass ich mich an die Regeln zu halten hatte.

Als wir uns hinter dem Haus vor dem schwarzen Briefkasten versammelten, ging gerade die Sonne unter. Der Kasten war groß und schwer, als ob er Hunger auf dicke Pakete und nicht auf zwölf kleine Umschläge hätte. Abendstille hatte sich über die Insel gelegt, es war eine unglaublich intensive, fast greifbare Atmosphäre. Die Blumen leuchteten, als wollten sie ihre Farben der Dämmerung entgegenhalten, die Luft war klar, fast gleißend, und die aufziehende Kühle, die ich gestern noch als wohltuend empfunden hatte, kam mir heute beinahe bedrohlich vor.

Einen endlosen Augenblick standen wir einfach nur da. Später sah ich diese Szene noch einmal auf dem Bildschirm. Aber sie ist auch ohne diese Aufzeichnung so präsent in mir, dass ich sie vor mir ablaufen lassen kann, wann immer ich die Augen schließe.

Joker zog grinsend eine Braue in die Höhe, als mein Blick ihn streifte. *»Buh«*, machte er, worauf Pearl zusammenzuckte, als hätte sie jemand gestoßen. Alpha fuhr sich durch das helle Haar. Er hatte ein Siegerlächeln auf den Lippen, wenn auch ein ziemlich künstliches. Milky fixierte den Schlitz des Briefkastens, Neander stand neben ihm. Sein kupferfarbenes Haar schimmerte in der Sonne und sein stämmiger Brustkorb hob und senkte sich in schnellem Rhythmus. Krys zog hektisch an ihrer Zigarette. Aus Lungs Gürtel lugte ein Messer, und als er meinen erschrockenen Blick bemerkte, lachte er. Elfe war ungewöhnlich still und Darling kam mir noch aufgeregter vor als zuvor. Solo dagegen wirkte deutlich entspannter. Seine Stirn war wieder ganz glatt und seine dunklen Augen sahen gelassen in die Runde.

Moon hatte denselben unbeteiligten überirdischen Gesichtsausdruck wie immer. Ihre großen Augen schienen durch uns hindurchzusehen, das eine silbrig, das andere hellbraun. Ihre Glatze schimmerte wie eine polierte Kugel.

Mit einem leisen Klacken verschwanden unsere Umschläge in dem schwarzen Kasten.

Auch das Tageslicht verschwand – als würde es ebenfalls geschluckt. Dunkelheit sickerte zwischen den Büschen und Bäumen hervor und der Wald hinter unserem Rücken hatte plötzlich etwas von einem lebendigen Wesen.

»Hat jemand Lust auf einen Nachtspaziergang?«, fragte Joker in das Schweigen. Krys schnaubte ärgerlich und verschwand im Haupthaus. Ich folgte ihr, zusammen mit Elfe und Pearl.

Wir vier waren die Ersten, die an diesem Abend zu Bett gingen. Ich hatte kein Gefühl für die Zeit, aber es kam mir vor, als wäre es tief in der Nacht. Die Lichter löschten wir erst, nachdem auch Moon und Darling gekommen waren, und die Dunkelheit erschien mir beinahe übermächtig.

Ich überlegte, ob ich meine Kerze anzünden sollte, fast hätte ich es getan, doch da knipste Elfe ihre kleine Leselampe an und griff nach ihrem Märchenbuch.

Seite um Seite hörte ich sie umblättern, bevor ich in einen unruhigen Dämmerzustand glitt. Alle paar Minuten riss ich die Augen auf. Elfes Leselicht war noch an, aber sie war eingeschlafen, das Märchenbuch hielt sie fest im Arm.

Draußen zirpten die Zikaden, ihre Geräusche schmerzten in meinen Ohren, und wenn sie schwiegen, drückte sich die Stille schwer auf meine Brust. Als ich irgendwann die schattenhafte Gestalt vor meinem Baldachin sah, hätte ich vor Entsetzen fast aufgeschrien. Aber ich konnte mich nicht bewegen, ich war wie gelähmt.

Es war Moon.

»Ich kann nicht schlafen«, sagte sie leise. Dann schob sie den Baldachin zur Seite und kroch, ohne mich zu fragen, zu mir unter die Decke. Ihr Körper war kühl und ihre Haut roch nach schattigem Laub.

»Du siehst ihr ähnlich«, wisperte sie in mein Ohr.

Ich machte mich steif. »Wem?«

»Dem Mädchen auf dem Foto.« Moon drehte sich zu mir um. Der Mond schien genau durch das Fenster über meinem Bett. Sein silbernes nachtbleiches Licht fiel auf das kleine Schneckengehäuse, das ich neben Esperanças Bild gelegt hatte.

Ich wagte nicht zu atmen.

Moon drehte mir wieder den Rücken zu und kuschelte sich wie ein kleines Tier an meinen Bauch.

Ich fragte mich, wie viele Szenen Platz haben würden in Tempelhoffs fertigem Film. Dann legte ich meine Arme um Moon, lauschte ihrem flatternden Atem und überlegte, ob das vielleicht ein Trick war. Ob sich irgendwann Moons kleine Finger um mein linkes Handgelenk schließen würden, wenn ich schlief ... wenn ... ich ... schlief ...

Aber als mich der durchdringende Ruf des Nebelhorns jäh in die Höhe riss, war Moon nicht mehr in meinem Bett.

Zehn

Er hatte die ganze Nacht vor dem Monitor gesessen, aber müde war er nicht. Im Gegenteil. Er war in Hochstimmung.

Das Spiel hatte begonnen, und wie es begonnen hatte! Schneller und reibungsloser, als er es sich je hatte erträumen lassen. Er sah sich die Szene noch einmal an und wieder pfiff er fasziniert durch die Zähne. Ein genialer Schachzug – aber der Augenblick war auch wirklich perfekt gewesen.

Und das Nebelhorn erst am Ende der Nacht einzusetzen, war ebenfalls klug gewesen, sehr klug sogar. Er lachte zufrieden. Jetzt würden die anderen unmöglich erraten können, wer der Mörder war. Sie würden nicht einmal nachvollziehen können, wann sie ihr erstes Opfer verloren hatten. Rasch verschickte er eine SMS mit dem Namen des Mörders, dann goss er sich einen Kaffee ein, strich über das Bild von Mirjam und beugte sich wieder über den Monitor. Ja, es könnte klappen. Es könnte wirklich klappen.

NEANDER FEHLTE.

Wir stellten es fest, als wir uns zu elft um den Glastisch versammelten.

Uns alle hatte der Ruf des Nebelhorns aufgeschreckt, aber geschlafen hatten die wenigsten und offensichtlich hatten zwei der Jungen die Nacht nicht im Schlafsaal verbracht. Milky erzählte, dass nur Solo, Joker und er in die Betten gegangen wären.

Alpha war im Haupthaus geblieben, er sagte, er hätte sich in die Kissenecke gelegt, aber gehört hatte er angeblich nichts.

Wo Lung gewesen war, erfuhren wir nicht, er kam von draußen, zusammen mit Moon. Sie trug noch immer ihr Nachthemd, ein kurzes weißes Kleidchen, auf dem ein moosgrüner Fleck war. Ihre Augen kamen mir noch größer vor als sonst.

Joker stellte sich auf einen der Stühle und klatschte in die Hände. »Applaus für den Mörder«, rief er und musterte uns von oben herab, einen nach dem anderen. Dann ließ er seine Augenbrauen tanzen. Er sah wirklich aus wie ein Harlekin, mit seinen spitzen Gesichtszügen, dem diabolischen Ziegenbart und der Hakennase. »Möchte sich jemand verbeugen?«

»Wie wäre es mit dir?«, schlug Alpha vor.

Aber die meisten von uns schielten zu Lung, in dessen lackschwarzem Haar sich ein paar Zweige verfangen hatten. Auch ich fragte mich, woher er gekommen war und was sein abweisender Ausdruck verbarg.

Krys' Blick blieb an Alpha hängen. Sie zündete sich eine Zigarette an.

»Kannst du nicht draußen qualmen?«, brummte Elfe. Krys nahm einen tiefen Zug und blies den Rauch aus. »Wenn mich mindestens zwei von euch begleiten, gern«, sagte sie.

Die meisten von uns gingen zum Strand. Nicht eine Wolke stand am blauen Himmel und die Sonne brannte so intensiv, dass wir uns einen Platz unter den Palmen suchten. Der Sand glühte. Wir hatten uns bunte Matten aus dem Haupthaus mitgenommen, die Pearl in einem der Regale entdeckt hatte, und sie luden sich mit der Hitze des Sandes auf wie Heizdecken.

Lung hatte im Schatten der Palmen Kokosnüsse gesammelt. Er trug einen dunkelbraunen Lendenschurz und sah mit seinem schwarzen Zopf und der olivfarbenen Haut von uns allen am meisten wie ein Inselbewohner aus. Zwischen seinen Zähnen klemmte sein Messer, mit dessen Hilfe er die Kokosnüsse aufgebohrt und mit Löchern versehen hatte, sodass wir aus ihnen trinken konnten – köstlichen Saft, der gar nicht so süß schmeckte, wie ich erwartet hatte, und auf erstaunliche Weise den Durst löschte.

Über Neander sprachen wir nicht mehr. Es kam mir vor, als wollten wir Tempelhoff nicht die Genugtuung geben, dass wir nervös waren. *Wir spielen einen Tag im Paradies*, so schien die geheime Losung zu lauten, die wir, jeder auf seine Weise, befolgten. Und doch bin ich sicher, dass in den meisten Köpfen dieselben Fragen Endlosschleifen drehten. Wer von uns hatte die Mörderkarte gezogen? Wie konnte so schnell das erste Opfer verschwinden? Wann genau war es passiert? Bei Einbruch der Nacht – oder schon vorher? Wo war das Versteck? Und wer würde das nächste Opfer sein?

Jetzt waren es nicht nur die unsichtbaren Kameras, die uns zwischen den Palmen, den verschlungenen Pfahlwurzeln der Mangroven am Ufer und der flossenartigen, in unsere kleine Bucht hineinragenden Felswand aufzulauern schienen. *Einer der Jugendlichen wird zum Mörder*. Wer? Wer war es? Vor wem mussten wir uns in Acht nehmen?

Auch ins Wasser führten Felsen, groß und rund waren sie, als ob die Gischt unzähliger Stürme sie geschliffen hätte. Einer von ihnen, ziemlich weit hinten im Meer, hatte die Form eines Walfischbuckels. Es war der Felsen, hinter dem Solo gestern verschwunden war.

Die Sonnencreme, Lichtschutzfaktor 30, wanderte von Hand zu Hand. Pearl, die sich ein buntes Tuch umgebunden hatte, rieb sich die freien Körperteile dick damit ein und lachte, als Elfe sie fragte, warum sie das tat.

»Die Sonne verbrennt nicht nur, was weiß ist«, sagte sie mit ihrer sanften Stimme. Sie hatte ihr Strickzeug mitgenommen, ein melonengroßes dunkelgrünes Wollknäuel an dessen Fadenende die Hälfte eines Schals hing, und als sie Elfes belustigten Blick bemerkte, sagte sie: »Für meinen Freund – zu Weihnachten.« Elfe kicherte, aber Pearl kam mir plötzlich seltsam traurig vor. Sicher hatte sie das Handy vor allem seinetwegen mitnehmen wollen.

Darling trug einen roten Bikini. Die Hose war ein winziger Tanga, auf dem Oberteil prangten zwei Strassherzen. Ihre Haut war goldbraun und Elfe zischte, dass sie mit ihrer Gage wahrscheinlich die Kosten für die Sonnenbank abbezahlen musste. Als Darling ihre Vorderseite eingerieben hatte, stolzierte sie mit der Sonnencreme in der Hand zu Joker, der mit Tante Käthe als Luftkissen an einer Palme lehnte.

»Was sagt eine Blondine, wenn man ihr den Rücken eincremt?«, fragte sie so laut, dass wir alle es hören konnten.

»Öh . . . «, stammelte Joker und zupfte an seinem Ziegenbart herum. »Den Witz kenn ich leider nicht.«

»Dann lern ihn doch kennen«, säuselte Darling. Sie öffnete die Rückenschleifen ihres Oberteils und setzte sich rittlings auf Jokers Schoß.

Joker sah sich unsicher um und dann begann er, Darling einzucremen.

Alpha, der sich gerade mit seinem Expander abmühte, hielt in der Bewegung inne und glotzte zu den beiden herüber. Darling hielt ihre Arme vor der Brust verschränkt und beugte ihren Kopf. Ihre langen blonden Haare fielen wie ein glänzender Vorhang auf Jokers Beine, während Tante Käthe mit offenem Mund hinter seinem Rücken saß.

Als Joker fertig war, drehte sich Darling auf seinem Schoß um und ließ ihr Bikinioberteil fallen. »Die Blondine sagt *Danke.*«

Joker lehnte sich hustend an seine Gummipuppenoma und Darling warf ihre Haare zurück. Betont langsam zog sie ihr Oberteil wieder an und stützte sich auf Jokers Oberschenkel, um aufzustehen. »Na, gefällt dir der Witz?«

Joker versuchte zu grinsen, wobei sein kleines Bärtchen mächtig ins Zittern geriet.

Elfe schüttelte genervt den Kopf. »Gott, ist die *billig*«.

Ja, dachte ich. Aber sie hatte genau das bekommen, was sie wollte. Eins zu null gegen Joker.

Milky kam mit orangefarbenen Shorts und seinem Surfbrett unter dem Arm an den Strand. Er paddelte aufs Meer hinaus und begann, mit den geübten Bewegungen eines Surfers die Wellen zu reiten. Geschmeidig glitt er auf seinem Brett an ihnen empor, schlug, oben angekommen, einen Haken und schoss federnd zurück in das kobaltblaue Wasser. Elfe saß neben mir, sie schirmte das Sonnenlicht mit den Händen ab. Einmal entfuhr ihr ein Seufzer, was Pearl zum Kichern brachte und Elfe erröten ließ.

Solo und Lung spielten mit Milkys Frisbee und Mephisto rannte bellend zwischen ihnen hin und her. Solo trug nur seine ausgeblichene Jeans. Seine Haut war leicht gebräunt, ein heller, samtiger Karamellton, und sein Körper war nicht künstlich gestählt wie der von Alpha, er hatte irgendwie etwas Knabenhaftes. Es kostete mich förmlich Kraft, nicht ständig zu ihm hinzustarren, was noch schwerer wurde, als sich die beiden ein paar Meter von uns entfernt in den Sand fallen ließen. Sie unterhielten sich über Sport.

»In der Schule mochte ich am liebsten Leichtathletik.« Solos Stimme klang offen und entspannt. »Fußball hab ich auch mal ausprobiert, aber irgendwie habe ich dazu kein Talent. Ich glaube, ich bin nicht der Mannschaftstyp. Wie ist das bei dir? Wie lange bist du schon beim Zirkus?«

Lungs Antwort wurde von dem *Beng-Tschiwi* des unsichtbaren Vogels übertönt und dabei fiel mir Neander wieder ein. Wo er jetzt wohl war? Schon wieder im Flieger – zurück nach Deutschland? Ich sah sein trauriges Gesicht vor mir, als er mit dem Vogelbuch unter dem Arm noch einmal spazieren gegangen war. Das war das letzte Mal, dass ich ihn gesehen hatte. Wer, dachte ich. Wer hatte die Mörderkarte gezogen? Elfe? Pearl? Unmöglich. Die beiden hätten das nicht so verstecken können, oder doch? Elfe ging zur Schauspielschule, das hatte sie mir jedenfalls erzählt. Aber vielleicht war sie in Wirklichkeit ganz anders – vielleicht waren alle in Wirklichkeit ganz anders. Wieder sah ich zu Solo. Mephisto hatte sich vor seinen Füßen in den Sand geworfen und streckte alle viere von sich, während Solo ihm den Bauch kraulte. Als Solo meinen Blick auffing, lächelte er zu mir herüber und neigte ganz leicht seinen Kopf. Ich lächelte zurück, aber als ich fühlte, wie ich rot wurde, sah ich hastig weg.

Plötzlich wusste ich nicht, was ich mehr fürchtete: dass er Mörder oder Opfer war.

Abends machte Lung ein Feuer am Strand. Er hatte trockene Holzstücke gesammelt und sie kegelförmig übereinandergeschichtet. Knisternd und gierig züngelten die Flammen empor und sprühten winzige Funken in die Nacht. Milky hatte Würstchen aus der Tiefkühltruhe geholt, die wir an langen Stöcken über die Flammen hielten. Sie schmeckten anders als deutsche Würstchen. Alles schmeckte anders. Sogar die Luft.

Der Himmel war sternenklar und nach dem Essen gab Lung eine Vorstellung. Er übergoss seine Fackel mit Benzin, tauchte sie in die Glut und ließ die hellen Flammen über seinen nackten Oberkörper tanzen. Dann nahm er einen Schluck Benzin aus dem Kanister, führte die Fackel zum Mund und spie einen gewaltigen Feuerball in die schwarze Luft. Ein glühendes Wesen aus Licht tanzte über unseren Köpfen, bis es sich in hellen Rauch verwandelte, der sich lautlos mit der Dunkelheit vermischte. Lung saß am Boden, den Oberkörper weit zurückgelehnt, die schmale Brust hob und senkte sich, dann ließ er die Fackel über seine Arme tanzen. Elfe klatschte begeistert und wieder fing ich Solos Lächeln ein. Seine Augen glühten im Schein des Feuers. Er stand auf, verschwand in der Dunkelheit und kehrte kurz darauf zurück, mit seiner Berimbau.

Was ist das für ein Instrument?«, fragte Pearl.

»Eine Berimbau«, sagte Solo schlicht.

Pearl lachte. »Und was ist eine Berimbau? Ich meine, woher kommt sie?«

»Aus Brasilien«, erklärte Solo mit einem raschen Seitenblick auf mich. »Sie ist das Hauptinstrument des Capoeira. Schon mal davon gehört?«

Milky nickte, aber Pearl schüttelte den Kopf.

»Capoeira«, sagte Solo, »ist ein Kampftanz. Er kommt aus Afrika, ursprünglich soll es mal ein ritueller Tanz gewesen sein. Die Sklaven, die von den Portugiesen nach Brasilien verschleppt wurden, haben dann eine Selbstverteidigungstechnik daraus gemacht und heute wird Capoeira in vielen Ländern unterrichtet. Angeblich meist von afrobrasilianischen Meistern. Man bildet einen Kreis, in den abwechselnd zwei Kämpfer treten. Dazu spielt man Trommeln und eben die Berimbau.«

»Klingt gut«, sagte Elfe. »Kannst du Capoeira?« Solo schüttelte den Kopf. »Ich mag nur das Instrument. Ein Brasilianer hat mir beigebracht, wie man es baut – und darauf spielt.«

Pearl nickte ihm zu. »Dann lass mal hören.«

Solo umfasste den gebogenen Holzstock, schob den ausgehöhlten Kürbis über das untere Ende des Drahtes und hielt sich die Kürbisöffnung vor den Bauch. Dann nahm er einen kleinen, runden Stein zwischen Daumen und Zeigefinger und presste ihn an den Draht. In der anderen Hand hielt er die *Batequa*, einen dünnen Holzstab, und dazu das Körbchen mit den Pflanzensamen.

Als die ersten tiefen Laute in der Luft vibrierten, fühlte ich, wie sich die feinen Härchen auf meinen Armen aufstellten. Es gibt für mich keinen größeren Zauber als den Klang der Berimbau, wenn man sie beherrscht – und Solo beherrschte sie, als hätte er sein Leben lang auf diesem Instrument gespielt. Mit dem feinen Holzstab brachte er den Draht zum Schwingen und veränderte mit dem Stein die Tonlagen, ließ sie von den tiefen Stimmen bis nach oben in sopranähnliche Klänge gleiten. Das kleine, mit Muscheln gefüllte Körbchen tanzte im Takt dazu in seinen Händen und Solos sehniger Oberkörper, der nackt war, wiegte sich im Rhythmus der Musik. Die Luft wurde zu einer einzigen großen Klangschale, erfüllt von den magischen Tönen, die Solo der einzigen Saite des Instrumentes entlockte. Eine Weile lang saß ich nur da und lauschte, aber irgendwann, als die Klänge schneller, fordernder, fiebriger wurden, stand ich auf und begann zu tanzen. Ich vergaß, wo ich war und wer, ich bewegte mich nur noch zum Klang der Musik, die in jede Faser drang, wie ein Strom durch meine Adern floss, bis sie mich ganz ausfüllte und mich in diesen magischen, tranceähnlichen Zustand versetzte, in dem alles Denken aufhört. Erst als es um mich herum ganz still geworden war, wurde mir klar, dass alle mich ansahen. Auch Solo. Vor allem Solo.

»Wow«, sagte Elfe in die Stille hinein. »Jetzt kann ich verstehen, warum Tempelhoff dich ausgewählt hat. Musstest du ihm einen Tanz für die Insel versprechen?«

Ich setzte mich hastig und starrte in die züngelnden Flammen, mein Gesicht war ganz heiß geworden und mein Herz schlug furchtbar schnell.

Milky war auch aufgestanden. Er hatte seine Congas geholt, und als jetzt die beiden Jungen zusammen spielten, begann Pearl zu singen. Plötzlich kam sie mir vor wie ein ganz anderer Mensch. Ihre sonst so ruhige, samtige Stimme war tief und voll wie die einer alten Negerin. Sie sang ein amerikanisches Gospellied und ich musste an Cristo denken, die riesige Jesusstatue, die nicht weit von uns auf dem großen Berg stand und ihre steinernen Arme über Rio ausbreitete. Es war ein wunderschöner Moment.

Als ich die Augen öffnete, hatte Darling zu tanzen begonnen. Sie trug noch immer ihr rotes Bikinioberteil, dazu einen kurzen, weiten Rock. Joker pfiff und klatschte in die Hände, aber ich mochte gar nicht hinsehen. Ich hasse es, wenn Mädchen auf diese Weise tanzen. Darling konnte sich bewegen, aber es war nicht die Musik, die *sie* bewegte, ihr Tanz hatte nur ein einziges Ziel: die Blicke der anderen auf sich zu ziehen.

Jetzt kam auch Alpha aus der Dunkelheit zurück, mit seinem Ghettoblaster. Pearls Gesang, Milkys Trommel und Solos Berimbau wurden jäh unterbrochen. Harte Technobässe schlugen mir ins Gesicht, und während Darling ihre Hüften immer wilder im Kreis drehte, stand Solo auf und ging. Ich folgte ihm, ich wollte einfach nur weg.

Kurz vor dem Haupthaus drehte Solo sich zu mir um. Er streckte seine Hand nach mir aus, und als ich jäh zurückzuckte, hielt er erschrocken in der Bewegung inne. »Entschuldigung«, sagte er schnell. »Ich wollte nicht ...« Er sah mir in die Augen. »Du bist aus Rio, nicht wahr?«, flüsterte er kaum hörbar. »Du bist Brasilianerin.«

Ich wollte den Kopf schütteln, aber es gelang mir nicht. Ich nickte und schluckte, in meiner Kehle brannten die Tränen.

Für einen Moment sah Solo so aus, als wollte er mich in den Arm nehmen, aber dann erschien Krys im Garten und Solo verschwand mit raschen Schritten im Haus.

Unter der Dusche ließ ich meinen Tränen freien Lauf. Als ich die Leiter nach unten stieg, waren außer Krys auch Elfe und Moon ins Zimmer gekommen. Elfe hatte ihr Buch aufgeschlagen, sie las uns das Märchen von Sterntaler vor. Ich drehte das Schneckenhaus in meiner Hand. Krys hielt ihren Teddy im Arm und rauchte bei geöffnetem Fenster, Moon saß auf dem Fußboden vor ihrem Bett und malte. An der Stelle, wo Sterntaler ihr Hemd weggab, ertönte das Nebelhorn.

Vom Strand kamen uns Darling, Alpha, Lung, Joker und Milky entgegengelaufen. Endlose Sekunden später kam Solo aus dem Schlafraum der Jungen. Mephisto war bei ihm.

Wir standen alle um den Glastisch herum. Solos Blick

flog über die Runde, und als er an mir hängen blieb, sah ich, wie er tief Luft holte. Ich schaute ihm direkt in die dunklen Augen und in diesem Moment wurde mir klar, dass man einen Menschen nicht kennen muss, um sich in ihn zu verlieben. Man muss nicht einmal mit ihm gesprochen haben. Seit diesem Augenblick weiß ich auch, dass Liebe schneller sein kann als unser Bewusstsein, das in meinem Fall nur stolpernd hinterherkam. Liebe ist etwas, auf das man keinen Einfluss hat, sondern etwas, das einen findet – ohne Grund, ohne Kommentar und ohne, dass man sich dagegen wehren kann. Vielleicht ist es mit der Liebe so wie mit der Musik, man kann sie nicht erklären, sie trifft einen wortlos – mitten ins Herz.

Ich schlug die Augen nieder, mein Puls ging rasend schnell. Ich war so froh, dass Solo noch da war.

Und ich war so traurig, dass Pearl fehlte.

Elf

Sein Handy klingelte. Eine SMS, schon die dritte in den letzten fünf Minuten. Er öffnete den Mitteilungseingang, überflog die Zeilen und tippte genervt eine kurze Antwort. Dann sah er noch einmal auf seine Notizen zu Pearl, die jetzt im Boot saß, auf dem Weg zurück zum Festland. Nana Makhetha, so lautete ihr richtiger Name. Pearl nannte sie sonst nur ihr Freund, von dem in Heidelberg niemand wusste. Pearls Freund hieß Ulf. Er war 48 Jahre alt, Scheidungsanwalt und seit zwanzig Jahren verheiratet. Zweimal in der Woche passte Pearl auf seine Töchter auf, die beiden trafen sich abends, wenn Ulfs Kinder schliefen und seine Frau unterrichtete. Ulfs Frau war Gesangslehrerin, Pearl hatte Einzelstunden bei ihr genommen und so hatte sie den Job als Babysitterin bekommen. Nachts schrieb sie seitenlange E-Mails an Ulf und ein Tagebuch hatte sie auch in ihrem Computer angelegt. Er musste lächeln, als er an die sehnsüchtigen Worte des Mädchens dachte. Mit ihrem Computer war Pearl für ihn ein offenes Buch gewesen. Ja, die Bezeichnung gläsernes Zeitalter passte. Sich Zugang zu solchen Informationen zu beschaffen, war für ihn mittlerweile ein Kinderspiel, und es war gut, auf diese Weise noch ein besseres Bild von der Gruppe bekommen zu haben. Sogar über Neander, der in Wirklichkeit Tristan Leander hieß, hatte er auf diese Weise einiges herausgefunden. Der Junge hatte an einigen Theaterprojekten teilgenommen und jobbte bei der Post. Seine Mutter war Alkoholikerin, sein Traum war es, Wissenschaftler zu werden, und nachts schrieb er Gedichte, ziemlich schöne sogar. Eins davon, über diesen brasilianischen Vogel, den Bem-Te-Vi, hatte er sich ausgedruckt.

An Informationen über Vera zu gelangen, war da schon viel mühsamer gewesen. Sie schrieb keine E-Mails, keine Tagebücher und keine Gedichte auf ihrem Computer. Dass sie auf den Namen Joy Reichert getauft worden war und in Kürze ihren achtzehnten Geburtstag feiern würde, war aus den Casting-Gesprächen hervorgegangen, ebenso die Stichpunkte zu ihren deutschen Eltern. Bernhard Reichert war Arzt, Erika Reichert Psychologin, beide hatten in Hamburg einen guten Namen. Aber über die Adoption hatte er auf diesem Wege nichts erfahren. Dazu hatte er sich in vertrauliche Akten einloggen müssen. Joy Reichert war am 13. Dezember 1989 unter dem Namen Vera Marcondes in Rio de Janeiro geboren worden, Erika und Bernhard Reichert hatten sie im Alter von vier Jahren adoptiert. Unter dem Namen Marcondes hatte er im Internet auch eine gewisse Esperança gefunden, eine Menschenrechtlerin, die sich für Straßenkinder in Rio einsetzte, aber eine Verbindung zu Vera hatte er nicht erkennen können. In Hamburg besuchte Vera die zwölfte Klasse eines Gymnasiums und neben der Schule tanzte sie. Brasilianischen Tanz und Capoeira. Über ihre Aufführung in der Hamburger Fabrik hatte es sogar einen kleinen Bericht im Fernsehen gegeben.

Als Vera am Feuer zu Solos Musik getanzt hatte, hatte er den Blick nicht von ihr abwenden können. Daneben war Darling ei-

ne Karikatur, auch wenn sie ihre Reize gut einsetzte, sehr gut sogar. Aber Vera war tief. Es war etwas, das von ihrem Wesen ausging, etwas, dem er sich selbst über den Bildschirm kaum entziehen konnte. Sie weiß nicht, wie schön sie ist, dachte er. Und das machte sie noch schöner. Solo war in sie verliebt, auch das konnte er auf dem Bildschirm sehen. Es missfiel ihm und reizte ihn gleichermaßen. Ja, es reizte ihn mehr, als ihm lieb war. Was Solo zu Vera gesagt hatte, bevor er ins Haus ging, hatte er nicht mitbekommen, aber Veras Reaktion ging ihm nicht aus dem Sinn. Ein leichtes Zittern ging durch seinen Körper. Er sollte sich auf andere Dinge konzentrieren. Aber für den Moment fiel ihm das schwer. Er war abgelenkt und ärgerte sich über sich selbst. Er sah in Veras Gesicht, betrachtete ihren ernsten Mund, die eigenwilligen, leicht geblähten Nasenflügel und ihre grünen Augen, die so viel Traurigkeit ausstrahlten. »Was sind deine Träume?«, fragte er leise und schob das Handy, das ihm schon wieder eine SMS ankündigte, zur Seite.

DEN GANZEN nächsten Tag ließ sich die Sonne nicht blicken. Die Luft war drückend und schwer und der wolkenverhangene Himmel, der sich wie eine dumpfe Glocke über unsere kleine Insel stülpte, passte genau zu meiner Stimmung. Es war später Nachmittag und ich stand in der Küche, um mir einen Kaffee und ein bisschen Obst zu holen, wobei ich ständig über meine Schulter nach hinten sah und bei jedem Geräusch zusammenzuckte. Es ist seltsam, wie real Angst werden kann, selbst wenn sie nur durch ein Spiel erzeugt wird. Das musste Tempelhoff gewusst haben – und es funktionierte, schon jetzt. Seit Pearls Verschwinden musterten wir einander noch misstrauischer als zuvor und gestern Nacht waren die ersten Vermutungen laut geworden. Joker hatte Lung verdächtigt, der am Feuer direkt neben Pearl gesessen hatte, Lung hatte cool mit den Schultern gezuckt und Alpha hatte uns daran erinnert, dass wir den Mörder nicht nennen durften, wenn wir meinten, ihn erkannt zu haben, worauf ihn Elfe und Krys noch argwöhnischer beäugt hatten. Solo hatte sich wie immer im Hintergrund gehalten, aber wieder war er mir vorgekommen, als hätte er Kopfschmerzen. Alle paar Minuten hatte er sich die Finger an die Schläfen gepresst und Unmengen von Wasser getrunken. Irgendwann waren wir zurück in die Betten gegangen, in Gruppen. Darling hatte sich, nachdem sie mehrere Male auf der Toilette verschwunden war, ihr Bettzeug geschnappt und war damit abgezogen.

Ich hatte sie den Vormittag über nicht zu Gesicht bekommen, aber jetzt saß sie in der Kissenecke, die langen Beine ausgestreckt, und beobachtete Joker, der für Mephisto seine Gummipuppe tanzen ließ. Joker hielt Tante Käthe an einem Arm gepackt, während Mephisto aufgeregt um ihn herumsprang.

Plötzlich fing der Hund wie wild zu bellen an, machte einen Satz und biss Jokers Gummipuppe ins Bein, woraufhin Tante Käthe mit einem lauten Knall zerplatzte und Darling in schallendes Gelächter ausbrach.

»Tja«, bemerkte Joker trocken und sah zur Decke empor. »Das war Mord vor der Kamera, würde ich sagen. Was machen wir denn jetzt mit der Leiche, Herr Tempelhoff?«

Ich trat hinaus in den Garten, wo Milky in der Hängematte lag, die Elfe doch nicht am Strand, sondern zwischen zwei Orangenbäumen aufgehängt hatte. Milky spielte auf seinen Congas, aber als er mein Kommen bemerkte, hielt er jäh inne.

»Musst du dich so anschleichen?«, fragte er mit einem erschrockenen Grinsen. Lung, der in Sichtweite vor einem Mangobaum stand, fuhr herum, geschmeidig und angespannt zugleich.

Ich war enttäuscht, dass Solo nicht bei ihnen war. Er hatte sich den Tag über noch nicht blicken lassen, doch unsere Begegnung in der gestrigen Nacht lief wie ein Film vor meinem inneren Auge ab, wieder und wieder. Seine geflüsterten Worte, sein liebevoller, erschrockener Blick und seine wie mühsam zurückgehaltene Geste. Mein Wunsch, mit ihm zu sprechen, wurde immer größer. Gestern Mittag waren es vor allem Fragen über ihn gewesen, die mir am Herzen gelegen hatten. Heute fühlte ich, dass ich ihm auch gerne etwas über mich erzählen wollte – ein Bedürfnis, das ich bis jetzt noch keinem Menschen gegenüber gehabt hatte.

Milky hatte wieder angefangen zu trommeln, aber ich war zu rastlos, ihm zuzuhören. Unruhig ging ich in den Schlafsaal, und als ich Pearls leeres Bett sah, seufzte ich. Wo sie jetzt wohl war? Hatte sie sich gefürchtet in ihrem Versteck? Freute sie sich auf ihren Freund, der sie zu Hause erwartete? Gab es diesen Freund überhaupt? Wir konnten erzählen, was wir wollten, wir konnten sein, wer wir wollten, in dieser Hinsicht gab es keine Regeln.

Aus Pearls Truhe lugte ein Zipfel des grünen Schals hervor, Elfe hatte sich letzte Nacht um ihre drei Inseldinge gekümmert. Jetzt lag sie auf dem Bett und las. Krys hatte sich unter ihrer Bettdecke vergraben und Moon hockte auf dem Fußboden. Sie hielt etwas in ihren Händen und sah mich aus ihren großen Augen an.

»Ich will sie begraben«, sagte sie.

Die tote Schildkröte war winzig, und als ich die glasigen, geöffneten Augen in ihrem verrunzelten Gesicht sah, musste ich an das tote Vogelbaby denken, das Neander vor ein paar Tagen im Wald gefunden hatte.

»Wo hast du sie her?«, fragte ich Moon.

»Geerbt.« Moon strich über den Panzer des Tieres. Er hatte die Farbe von getrocknetem Schlamm und die Muster, die ihn zierten, gleichmäßige Rechtecke, Kreise und wellenförmige Linien, waren von einem verwaschenen Blau und verblichenem Orange. Das Köpfchen war schwarz mit roten Flecken und ich wunderte mich, dass das tote Tier nicht den geringsten Geruch nach Verwesung ausströmte.

»Lua hat meiner Urgroßmutter gehört«, sagte Moon mit ihrer hohen Stimme. »Meine Urgroßmutter war Indianerin und hat Lua nach ihrem Tod meiner Großmutter vererbt, später bekam sie meine Mutter und dann ich. Lua ist an Altersschwäche gestorben, aber ich wollte sie nicht in Deutschland begraben. Ich finde, hier passt sie besser hin. Kommst du mit?«

Ich zögerte und sah zu Elfe, die ihr Märchenbuch zugeklappt hatte. »Meine Güte«, sagte sie. »Dann ist das Tier ja über hundert Jahre alt.«

»Lua ist hundertvierundfünfzig geworden«, sagte Moon. »Ein gutes Alter, um zu sterben. Wenn ich sie nicht durch den Zoll bekommen hätte, wäre ich nicht mit auf die Insel gekommen.« Sie küsste ihre tote Schildkröte auf den Panzer und wandte sich mit einem Blick auf mich zum Gehen.

»Ich will auch mit«, sagte Elfe. »Hier drinnen fällt mir sonst die Decke auf den Kopf.« Sie legte ihr Märchenbuch zur Seite, und als wir den Schlafraum verließen, kam auch Krys hinterher. Milky und Lung waren nicht mehr im Garten, aber Mephisto, der noch immer unter der Hängematte lag, bellte laut und schloss sich ebenfalls unserer kleinen Begräbnisexkursion an.

Wir gingen in den Wald, denselben Weg, den ich vorgestern mit Neander entlanggewandert war. Auch hier kam mir die Luft heute drückend und stickig vor. Aber diesmal wählten wir nicht den Pfad, der den Berg hinaufführte, sondern schlugen den anderen Weg Richtung Nordosten ein. Der Wald war ganz still. Die dichte Vegetation schimmerte in dunklen Grüntönen und die Bäume erschienen mir wie verzauberte Wesen, einsam und übermächtig. Kein Blatt bewegte sich, alles wirkte wie gelähmt und selbst die Stimmen der Vögel über unseren Köpfen klangen gedämpft. Dafür plagten uns die Mücken. Ganze Geschwader von Moskitos umschwärmten uns, besonders auf Elfe hatten sie es abgesehen. Angriffslustig stürzten sie sich auf ihre nackte Haut, Elfe schlug fluchend um sich und kratzte sich verzweifelt, worauf Mephisto wieder laut zu bellen anfing, als wollte er Elfe beschützen. Mir fiel auf, wie zutraulich dieser Hund war. Keinen von uns – mit Ausnahme von Tante Käthe – hatte er angeknurrt oder argwöhnisch beschnuppert, allen war er schwanzwedelnd begegnet und ich musste wieder daran denken, wie er am Flughafen von Rio meine Hand abgeleckt hatte. Ob Solo wusste, dass sein Hund jetzt bei uns war?

Wir hatten das andere Ende der Insel schon fast erreicht, ich hörte das leise Rauschen des Meeres, als Mephisto nach rechts ins Unterholz lief, wo mitten aus dem Waldboden ein kleiner Bach entsprang. Ich hatte ihn bei meinem ersten Spaziergang gar nicht bemerkt. Zunächst war es nur ein schmaler silberner Streifen, unter dem sich glitzernde Steine und schimmerndes Wurzelwerk abzeichneten. Geräuschvoll schlabberte Mephisto über das Wasser, nieste, schüttelte seinen schwarzen Kopf und schoss weiter. Wir folgten ihm durch das Gewirr der Bäume. Einige von ihnen waren so hoch, dass ich ihre Kronen nur erahnen konnte, andere hatten verschlungene Äste, die bis zum Boden reichten oder sich ineinanderkrallten, als wollten sie eine Festung bilden. An manchen Ästen hingen schwere dunkle Früchte, und als wie aus dem Nichts eine Handvoll riesiger Nüsse zu Boden ploppte, schrie Krys neben mir erschrocken auf. Meine Haut war schweißnass und mein Atem ging immer schwerer, so drückend war die Luft.

Der Bach war breiter geworden, gurgelnde, glucksende Töne entstiegen ihm und das gierige Summen der Moskitos verfolgte uns. Einen Pfad gab es hier nicht, der Weg wurde beschwerlicher und der Gedanke an versteckte Kameras in diesem verschlungenen Laubdurcheinander kam mir immer absurder vor. Wir kletterten über Felsbrocken und umgestürzte Stämme, Krys' rotes Haar verfing sich in einem tief hängenden Ast, der plötzlich aussah, als stünde er in Flammen, und Elfe schimpfte unablässig über die Mördermücken. Gerade als ich vorschlagen wollte umzukehren, tauchte vor uns die Lichtung auf. Es war kein angelegtes Grundstück wie das, auf dem unsere Unterkunft stand. Es war wilder, ursprünglicher und an seinem Ende, überwuchert von Efeu und Schlingpflanzen, entdeckte ich die Ruine, die ich auf meinem Spaziergang mit Neander aus der Ferne gesehen hatte. Es war wirklich eine Kapelle, aus hellem Stein. Die schmale Eingangstür und die Fenster waren klaffende Löcher, aber die Mauern standen noch und auf dem Dach, gleich neben dem Holzkreuz, kauerte ein dunkler Vogel. Aufgeschreckt durch unsere Schritte flog er in die Höhe und sein schriller Schrei mischte sich in das Rauschen des Meeres, das jetzt ganz nah war. Wieder flammte ein Bild vor meinem inneren Auge auf – eine Reihe von Kindern, schlafend unter Müllsäcken im Schatten einer Kirche, zwischen ihnen zwei kleine Jungen und zwei Mädchen, das eine vier, das andere dreizehn – das jetzt hochschreckte, aufgescheucht von Schritten. Ich presste die Hände vor meine Augen, und als ich sie wieder fortnahm, kam Mephisto bellend um die Ecke geschossen.

»Wahnsinn«, entfuhr es Elfe. »Das ist ja ein unglaublicher Ort. Wollen wir mal in die Kapelle rein?« Sie schauderte. »Vielleicht ist da drinnen das Versteck?«

Krys schüttelte entsetzt ihre rote Mähne. Moon war hinter der Kapelle verschwunden und wir folgten ihr.

Aus dem verwilderten, von Wurzeln und abgerissenen Pflanzen überwucherten Erdboden ragten Grabsteine, auf manchen waren sogar noch Schriftzüge zu erkennen, einzelne Buchstaben, an denen die Zeit gefressen hatte. Die Namen konnte man nicht mehr lesen.

Hinter den Grabsteinen lag die Felsküste, das zweite Gesicht unserer Insel, und von hier aus konnte ich auch auf die kleine Bucht schauen, von der Neander gesprochen hatte. Ein schmaler Steinweg führte von der Kapelle aus dorthin. Die Bucht war von schroffen Felsen gesäumt und in ein paar Minuten würde der winzige, sichelförmige Strand wie ein Aquarium mit Meerwasser gefüllt sein. Links von der Bucht lag der Berg, den ich mit Neander bestiegen hatte. Aus der Nähe wirkte er noch massiger. Schwarz und hoch war er. Ganz unten im Berg sah ich eine kreisförmige Öffnung, die mir wie ein aufgesperrtes Maul vorkam und im oberen Teil, fast am Gipfel, klaffte ein v-förmiger Spalt.

»Wunderbar«, sagte Moon. »Das ist der richtige Ort für Lua.«

Sie hielt die Schildkröte hoch in die Luft, als wollte sie ihr ein letztes Mal den Himmel zeigen. Dann fing sie mit ihren kleinen Kinderhänden an, ein Loch in die Erde zu graben.

Ein Vogel für Neander, eine Schildkröte für Pearl, dachte ich, als wir zu viert um die kleine Grabstätte herumstanden, die Moon zur letzten Ruhestätte ihrer Familienschildkröte ernannt hatte.

»Warum habt ihr mitgemacht?« Krys strich sich ihr rotes Haar hinter die Ohren. Sie musterte uns, skeptisch und nervös, und ihre Stimme zitterte. Sie sah blass aus, fast bleich, als ob die Sonne ihre Haut nicht erreichte.

»Ich möchte Theater spielen«, entgegnete Elfe. »Klassisches Theater, ihr wisst schon, die großen tragischen Rollen. Und ich dachte, diese Insel könnte die ideale Bühne zum Üben sein. Dieser Ort hier ist jedenfalls fantastisch.«

Elfe breitete ihre von Moskitos zerstochenen Arme aus, ging vor Moons kleinem Grabhügel in die Knie und stieß mit tragischem Gesichtsausdruck hervor: »Meine Ruhe ist hin, mein Herz ist schwer! Ich finde sie nimmer und nimmermehr! Wo ich ihn nicht hab, ist mir das Grab! Die ganze Welt ist mir vergällt! Mein armer Kopf ist mir verrückt, mein armer Sinn ist mir zerstückt! Meine Ruhe ist hin, mein Herz ist schwer! Ich finde sie nimmer und nimmermehr!«

Elfe hielt inne, vergrub ihr Gesicht in den Händen und begann, laut zu schluchzen. Sie trug ein silbergraues Kleid aus leichtem, flatterigem Stoff, der ihren fülligen Körper umspielte, und die lilafarbenen Haare fielen wie ein Vorhang vor ihre Hände. Eine Sekunde später lachte sie uns Beifall heischend an. »Na, wie war ich?«

»Nicht schlecht«, erwiderte Krys mit ihrem kalten Lächeln. »Aber für das Gretchen aus Faust würde dich höchstens ein Blinder besetzen. Dann schon eher für eine von Shakespeares Waldnymphen.«

Elfe kicherte. Beleidigt schien sie über Krys' Äußerung nicht zu sein. »Und du?«, fragte sie neugierig. »Warum bist du dabei? Spielst du auch Theater?«

Krys schüttelte den Kopf. »Film«, sagte sie. »Ich will zum Film.«

»Du könntest Draculas Verlobte spielen«, schlug Elfe vor. »Mina Murray, die Rolle wäre dir wie auf den Leib geschrieben.«

Krys zuckte mit ihren dünnen Schultern.

»Und du?« Elfe wandte sich an Moon, die gerade eine große weiße Blüte auf ihren kleinen Grabhügel legte. »Warum bist du mitgekommen?«

Moon zupfte eine zweite Blüte von dem großen Strauch und steckte sie hinter ihr Ohr. Auf ihrer Glatze zeichneten sich winzige schwarze Stoppeln ab und noch immer trug sie ihr Nachthemd. Sie sah schön aus, auf ihre ganz besondere Weise. Ein wenig erinnerte sie mich an Sinéad O'Connor, die irische Sängerin, und ein bisschen an das kleine Mädchen aus Sterntaler, dem Märchen, das Elfe uns vorgelesen hatte.

»Ich bin mitgekommen, weil ich meine Schildkröte begraben wollte«, sagte Moon.

»Und du, Vera?«

Ich sah in Elfes goldbraune Augen und dachte an Esperança. Ihr Foto schob sich vor Elfes Gesicht. Die Telefonnummer auf der Rückseite des Bildes konnte ich auswendig. Unzählige Male hatte ich sie im Geiste gewählt. Von Deutschland aus. Ich hatte versucht, mir vorzustellen, welche Stimme mir antworten würde, ich hatte mir Worte zurechtgelegt. Englische Worte. Portugiesisch konnte ich nicht. Nicht mehr.

Ich hatte die Telefonnummer aus dem Internet, ein paar Klicks hatten genügt und ich hatte alle Informationen, die ich brauchte. Esperança Marcondes, Kriegerin des Lichts.

Die junge Frau auf den Bildern im Internet hatte nicht mehr viel Ähnlichkeit mit dem dreizehnjährigen Mädchen auf meinem verblichenen Foto – und auch nicht mit dem Mädchen, das mir auf dem Spaziergang mit Neander wie eine Vision erschienen war. Esperanças Gesicht auf den Internetbildern war markanter, fast maskulin, ihr Ausdruck hatte etwas Kämpferisches. Sie war erwachsen – eine Frau. Aber in ihren Augen war immer noch das Strahlen, dieses kraftvolle Licht, von dem so viel Wärme und Zuversicht ausging.

Wenn ich Bernhard gebeten hätte, er wäre mit mir nach Brasilien geflogen, er hätte alles für mich organisiert, da war ich mir sicher. Aber ich hatte diesen Weg gewählt, auch wenn ich wusste, wie sehr ich Erika damit verletzte. Bernhard verstand mich, das fühlte ich. Er verstand, dass ich alleine gehen musste, und ich glaube, er verstand sogar, dass dieses Filmprojekt für mich keine Brücke, sondern ein Umweg zu meinem eigentlichen Ziel war. In neun Tagen würde ich achtzehn sein. Wenn ich bis dahin auf *Isola* blieb, würde man mich anschließend nicht zwingen können, zurück nach Hause zu fahren.

»Tja, Vera«, Elfe lachte. »Eine Sprechrolle sollte man dir jedenfalls nicht anbieten, dann schon eher den Tanz, was?« Sie legte sich neben Mephisto auf den Boden, kraulte seine schwarzen Ohren und stieß einen tiefen Seufzer aus. »Aber irgendwie habe ich mir das Inselprojekt anders vorgestellt. Dieses verdammte Spiel hat für mich alles verdorben. Wenn ich wenigstens wüsste, wer der Mörder ist. Ich dachte, es würde sofort auffallen, aber irgendwie muss Mister X ziemlich geschickt vorgegangen sein. Oder Miss X.« Elfe sah uns der Reihe nach an. »Wenn eine von euch die Mörderkarte gezogen hat, würdet ihr mir bitte den Gefallen tun und mich nicht nachts ins Versteck zerren? Ich hab *wirklich* Angst!«

Krys zog sich einen dünnen Zweig aus dem roten Haar. »Und wenn du der Mörder bist? Wen würdest du ins Versteck zerren?«

Elfe schnaubte. »Na, wen wohl! Diese Darling ist so was von ätzend. Ich möchte wissen, zu wem sie sich letzte Nacht ins Bett gelegt hat, als sie aus unserem Schlafsaal abgezogen ist. Angebaggert hat sie Joker, aber von wem sie die Augen nicht lassen konnte, war Solo. Ist euch das auch aufgefallen?«

Ich erschrak. Nein, das war mir nicht aufgefallen.

Moon war aufgestanden und zu der Felsküste gegangen. Krys folgte ihr und Elfe zuckte zusammen, als Mephisto zu knurren anfing. Dann sprang er auf und schoss bellend in die andere Richtung, zur Ruine.

»Huch«, sagte Elfe ängstlich. »War da was? Hast du was gehört?«

Ich schüttelte den Kopf. Wir warteten einen Moment, aber Mephisto kam nicht zurück.

»Ich geh nachsehen«, sagte ich, obwohl mir das Herz bis zum Hals schlug. »Kommst du mit?«

Elfe hob abwehrend die Hände. »Tut mir leid, bei aller Freundschaft, aber zu zweit geh ich nirgendwohin. Ich bleib hier bei den anderen, wenn was ist, schrei, dann kommen wir zusammen. Aber du weißt ja, wenn dich jemand am Handgelenk fasst, darfst du keinen Pieps von dir geben. Also, falls du nicht selbst der Mörder bist, tu mir den Gefallen und sei vorsichtig. Ich hätte dich gern noch ein paar Tage in meiner Nähe.«

Als ich die verfallene Kapelle betrat, zog sich mein Herz zu einer kleinen, harten Kugel zusammen. Ein düsterer Schimmer fiel durch die klaffenden Löcher der Fenster und meine Schritte hallten unheimlich auf dem steinernen Boden.

Hatte ich gewusst, dass es Solo war?

Oder hatte ich es ... *gehofft?*

Mephisto war neben ihm, er wedelte mit dem Schwanz, als ich mich näherte. Die beiden standen ganz hinten im Raum vor einem steinernen Plateau, das wohl ursprünglich einmal ein Altar gewesen war. An der Wand sah ich die Umrisse eines Marienbildes, direkt davor stand Solo. Sein Gesicht lag im Schatten, aber seine Augen funkelten, als er sich zu mir wandte. Sein Lächeln kam mir plötzlich so fremd vor, auch sein Blick war anders, er hatte etwas Fiebriges, Wildes, das mich gleichermaßen erschreckte und anzog. Ganz langsam kam er auf mich zu. Mir rauschte das Blut in den Ohren, ich trat zurück, versteckte meine Hände hinter dem Rücken.

Ich musste ausgesehen haben wie ein aufgescheuchtes Reh, aber im Unterschied zu gestern wirkte Solo nicht erschrocken, sondern kam mir entschlossener und unbeirrbarer vor. Jetzt stand er direkt vor mir. Er streckte seine Hände aus und ich konnte nicht weiter zurückweichen, ich stand mit dem Rücken an der Wand. Ich weiß nicht, was stärker war, meine Angst, *Isola* vor meinem achtzehnten Geburtstag verlassen zu müssen, oder diese Erregung, die in mir anschwoll, bis ich sie kaum noch ertragen konnte.

Solo berührte mein Gesicht. Ganz leicht, nur mit der Kuppe seines Zeigefingers. Wieder lächelte er und dann wickelte er eine Strähne meines Haares um seine Fingerspitze und zog daran, bis sich mein Kopf nach unten bewegte, nur ein paar Zentimeter, dann hielt er inne. Wir waren fast Mund an Mund, ich konnte seinen Atem auf meiner Haut fühlen. Mein Herz raste und meine Blicke schwirrten umher auf der Suche nach den Kameras. Es war jenseits all meiner Vorstellungskraft, dass Tempelhoff uns in diesem Moment beobachtete, in diesem so unbeschreiblich intensiven Moment, aber dennoch, er *musste* uns sehen. Überall, hatte man uns gesagt, überall waren wir überwacht.

Solos Mund kam mir so nah, dass nur noch ein hauchdünnes Blatt zwischen unsere Lippen gepasst hätte. Eine glühende Hitze stieg in mir auf, ich schluckte und irgendwie fand ich die Kraft, mit dem Kopf zu schütteln, ein verzweifeltes »Nicht« herauszupressen. Ich wollte nicht, dass Tempelhoff uns so sah, ich wollte nicht, dass er *mich* so sah. Ich kannte mich selbst nicht in diesem Moment, da war etwas Fremdes in mir, etwas, das mit aller Macht herauswollte – und Solo schien es zu spüren.

»Komm zur Bucht vor unserem Haus, wenn Nacht ist«, wisperte er in mein Ohr. »Komm, wenn niemand in der Nähe ist. Ich werde versuchen, dort zu sein, ich werde auf dich warten ... «

»Vera?« Elfes Stimme drang durch die Tür. »Bist du da? Wir gehen zurück, es wird dunkel, hörst du?« Sie klang ängstlich. »Kannst du mich hören? Bist du noch da? Wir sind hier. Vera?«

Solo stieß mich sanft zurück. »Geh«, flüsterte er. »Und nimm Mephisto mit. Ich möchte noch ein wenig allein sein.«

Ich fasste Mephisto am Halsband und stolperte zur Tür, wo Elfe, Moon und Krys standen. »War jemand da?«, fragte Elfe.

Ich schüttelte stumm mit dem Kopf. Elfe und Krys atmeten erleichtert auf, aber Moon warf mir einen seltsamen Blick zu.

Dann liefen wir zurück zum Haus, mit schnellen Schritten, im Wettlauf mit der hereinbrechenden Dunkelheit.

Der Schrei ertönte tief in der Nacht.

Es war ein furchtbarer Schrei, und obwohl er aus der Ferne kam, ging er mir durch Mark und Bein. Wir waren am Strand. Lung hatte wieder ein Feuer gemacht und Elfe las uns gerade das Märchen von den wilden Schwänen vor, während Solo am Ufer stand und auf seiner Berimbau spielte. Er war erst spät gekommen, aus dem Schlafsaal der Jungen, und hatte unsere heimliche Begegnung in der Ruine mit keiner Geste kommentiert. Als der Schrei an unsere Ohren drang, kam er zu uns gelaufen. Elfe ließ ihr Buch fallen und krallte sich zu Tode erschrocken an meinen Arm. Wir stolperten los, alle gemeinsam, Richtung Haupthaus und starrten in den Wald, aus dem der Schrei gekommen war.

Am Himmel stand der Mond, fast voll war er, doch im Wald würde es finster sein, stockfinster.

»Scheiße«, zischte eine Stimme an mein Ohr, ich glaube, sie gehörte zu Alpha. »Scheiße, verdammt, wir haben kein Licht!«

»Doch!« Das war Milkys Stimme. »Im Haupthaus stehen die Windlichter!«

Lung und Alpha rannten mit Milky zum Haus. Minuten später kamen sie mit den Windlichtern zurück. Mephisto war bei ihnen, er hechelte stark. Wir zündeten die Lichter an und schlichen in den Wald. Ich hatte das Gefühl, regelrecht verschluckt zu werden, von einem riesigen, atmenden Tier. Da waren Geräusche, raschelnde, scharrende, wispernde Geräusche, in die sich Mephistos Hecheln mischte. Dem grauenhaften Schrei folgte kein weiterer menschlicher Laut. Die Stimmen des Waldes und unsere keuchende Atmung, das war alles, was uns umgab.

Alpha ließ den Lichtstrahl an Baumstämmen emporwandern, zitternde helle Flecken, deren Schatten den Wald noch unheimlicher machten, ich hörte jemanden schluchzen, Elfe oder Krys, und Moon begann zu singen, mit ihrer hohen, fast gläsernen Stimme. Ich hatte plötzlich das Gefühl, mich nicht mehr bewegen zu können. Dann schrie Alpha und dann sahen wir Joker. Er fiel uns förmlich entgegen, mit dem Gesicht nach unten, als stürzte er aus einem der Bäume herab, und in der Luft blieb er hängen. Der schwache Schein von Alphas Windlicht schien Joker direkt ins Gesicht. Seine Züge waren zu einer grauenhaften Grimasse verzerrt, seine Augen waren unmenschlich weit aufgerissen, der Mund war nach unten geklappt. Seine Zunge hing ihm aus dem Hals und um seine Kehle hatte sich etwas geschlungen, ein Tuch oder – eine Schlange?

Elfe rief gellend um Hilfe, Darling stöhnte, Mephisto bellte und Joker stürzte zu Boden, wo er liegen blieb, immer noch mit dieser entsetzlich verzerrten Grimasse. Alpha fiel vor ihm auf die Knie, sein Windlicht kippte um, Solo stellte es hastig wieder auf und Alpha hatte sich bereits über Joker gebeugt. Mephisto lief bellend um uns herum.

»Er ... er atmet nicht, er, verdammte Scheiße, HILFE!«

Jetzt schrie auch Alpha wieder los, aber es kam niemand und Alpha legte seine Lippen an Jokers Mund, fing an, ihn zu beatmen, bis ein prustendes Geräusch ihn unterbrach und Alpha jäh zurückzuckte. Aus dem Prusten wurde ein Lachen – Jokers Lachen.

Und dann setzte Joker sich auf.

»Du küsst nicht schlecht«, sagte er trocken. »Nur gegen deinen Mundgeruch solltest du vielleicht etwas unternehmen.« Joker zog sich den Strang vom Hals, es war eine Alge, ihr fauliger Geruch stieg mir in die Nase.

Mir sackten die Knie weg, ich rang nach Luft und mein Herz schlug so schnell, dass es mir in der Brust wehtat. Elfe fing an zu weinen und Darling lachte.

»Du schwule Sau«, schrie Alpha außer sich. »Du beschissenes Stück Dreck, bist du noch ganz frisch in der Birne?«

»Jetzt wieder«, sagte Joker mit einem vergnügten Blick auf Alpha. »Aber hat dir mal jemand gesteckt, dass man bei Mund-zu-Mund-Beatmung keine Zunge braucht?«

Darlings Lachen wurde noch eine Spur schriller und Alpha ballte seine Hände zu Fäusten. Er schnaufte, er war völlig außer sich, aber als er auf Joker losgehen wollte, zog ihn Solo an der Schulter zurück.

»Keine Gewalt«, sagte er mit einer ebenso sanften wie energischen Stimme und Alpha sprang auf. Er schnappte sich das Windlicht und stampfte fluchend zurück zum Haupthaus, dicht gefolgt von Solo.

Als wir wieder in unseren Schlafsaal kamen, war Elfe kreidebleich. »Tempelhoff«, flüsterte sie aufgelöst. »Er ist nicht gekommen. Warum ist er nicht gekommen, als Joker geschrien hat?«

Einen Moment lang war ich wie im Schock, aber dann beruhigte ich mich. »Wenn er alles sieht«, sagte ich, »dann hat er auch mitbekommen, dass Joker nur so getan hat. Wahrscheinlich hat Joker ruhig auf seinem Ast gesessen, bis wir unter ihm waren. Und dann hat er sich fallen lassen.«

»Dieser Vollidiot!« Elfe zitterte immer noch und sah sich nach den anderen um. Moon lag schon in ihrem Bett. Darling und Krys fehlten, sie tauchten auch in den nächsten Stunden nicht wieder auf.

Aber die Gedanken, die mich wach hielten und aufwühlten, waren nicht die an Darling oder Krys oder an Jokers verdammten Streich.

Es waren die Gedanken an das, was Solo mir in der Kapelle ins Ohr gewispert hatte.

Ich tastete nach dem Schneckenhaus, das immer noch auf meinem Nachttisch lag. Als ich meine Lippen an die kühle, glatte Oberfläche des Gehäuses legte, dachte ich an den Monolog von Gretchen, den uns Elfe heute vor Moons kleinem Grabhügel vorgetragen hatte.

Wir hatten Goethes *Faust* in Deutsch durchgenommen und Gretchens Monolog war eine der Stellen, über die wir eine Hausarbeit schreiben sollten. Nicht wenige aus unserer Klasse hatten über die altmodischen Worte kichern müssen, aber ich hatte schon damals gefunden, dass eine gewaltige Kraft in ihnen steckt, eine dunkle und traurige Kraft, die ich heute mit einer schmerzhaften Erinnerung verbinde. Mit der Erinnerung an ein Gesicht, das ich nie wiedersehen werde.

Jedenfalls fielen mir in jener Nacht die Worte plötzlich wieder ein. Nicht die Stelle, die Elfe rezitiert hatte, sondern eine der weiteren Strophen des Monologes, in der sich Gretchen so verzweifelt nach Faust verzehrt.

Seine edle Gestalt,
seines Mundes Lächeln,
seiner Augen Gewalt.
Und seiner Rede Zauberfluss,
sein Händedruck
und ach! sein Kuss!

Ja, es war der Wunsch, Solo körperlich nah zu sein und ihn zu küssen, der mich in jener Nacht bis in meine Träume verfolgte.

Aber an den Strand hinunter ging ich nicht.

Zwölf

KRYS WAR die Nächste.

Das Nebelhorn ertönte in den frühen Morgenstunden, aber irgendwie war ich mir sicher, dass es schon in der Nacht geschehen sein musste und dass Jokers Aktion mit Kry's Verschwinden zusammenhing. Wir waren so in Aufruhr gewesen in der Finsternis des Waldes, dass wir auf nichts anderes geachtet hatten, und damit hatten wir dem Mörder ein leichtes Spiel bereitet. Ich hatte Lung im Verdacht, ein bisschen auch Joker, und immer noch fürchtete ich, dass es Solo sein könnte, während Elfe mir zuflüsterte, dass sie Darling für den Mörder hielt und hoffte, dass es nicht Milky war. »Vermutungen *dürfen* wir doch aussprechen, oder nicht?«, raunte sie mir ängstlich ins Ohr. Ich zuckte mit den Achseln. Sicher war ich mir eigentlich nur, dass es auf keinen Fall Elfe sein konnte, dazu war ihre Angst zu echt, und außerdem war sie die Einzige, die die ganze Zeit an meiner Seite gewesen war.

Kry's Teddybär verschwand mit ihren Zigaretten und ihrem Feuerzeug in ihrer Truhe. Bevor Elfe den Deckel zuklappte, sah ich noch einmal die pelzige, zum Gruß erhobene Tatze und die freundlichen warmen Knopfaugen des

Bären und ich weiß noch, dass es mir wehtat, ihn verschwinden zu sehen, als sperrten wir mit dem Stofftier von Krys ein Stück Unschuld, ein Stück Kindheit weg.

Wir waren zu neunt.

Wir blieben zusammen, immer in Sichtweite voneinander und ich stellte mir vor, wie uns Tempelhoff durch seine Kameras beobachtete, während wir äußerlich das taten, was man auf einer idyllischen Südseeinsel tut; wir dösten im Schatten unter den Palmen, badeten im Meer, pflückten uns Obst von den Bäumen, tranken Kokosnusssaft und holten uns Sonnenbrände. Moon malte, Alpha stählte seinen Körper und Lung jonglierte mit Limonen. Wie winzige Sonnen schwirrten die grüngelben Früchte in einem perfekten Kreislauf hoch über seinem Kopf, und als ich in sein Gesicht blickte, staunte ich: Er hatte die Augen geschlossen.

Es war ein fast schmerzhaft schöner Tag. Die Sonne schien vom wolkenlos blauen Himmel, ein leichter Wind wehte und die Lagune strahlte und schillerte in paradiesischen Farben, während mein Herz nicht aufhören konnte, in diesem unangenehmen Rhythmus zu schlagen. Ein paar Mal hörte ich den Bem-Te-Vi-Vogel rufen – in meiner Fantasie war es nur dieser einzige –, aber ich bekam ihn nicht zu Gesicht.

Ich schwamm ein Stück in die Lagune hinaus, ließ mich bäuchlings auf dem Meer treiben und beobachtete das stille Leben unter dem Wasser, das auch ohne Taucherbrille einen herrlichen Anblick bot. Kleine Fische in leuchtenden Farben zogen in Schwärmen unter mir vorbei und am hellen Grund sah ich Weichkorallen in schillernd rosa Farbtönen, deren verzweigte Fangarme sanft hin und her schwankten wie die Kronen unterirdischer Kirschbäume. Als ich wieder auftauchte, stand Solo am Strand und starrte zu mir herüber.

Diesmal überlegte ich nicht lange. Ich hatte den ganzen Tag über nach einer Gelegenheit gesucht, mit ihm zu sprechen, aber wir waren nie allein gewesen – abgesehen von den Kameras hatte immer jemand aus der Gruppe in der Nähe gestanden.

Ich holte tief Luft und schwamm auf den Strand zu. Doch als ich aus dem Wasser kam, war Solo nicht mehr da und die Enttäuschung überrollte mich wie eine Welle. Ich hatte fest damit gerechnet, dass er am Ufer auf mich warten würde.

Er lehnte an dem dreieckigen Felszacken, der wie das Segel eines Bootes in unseren Strand hineinragte. Offenbar hatte er sich Lungs Messer geliehen und schnitzte damit an dem gebogenen Holzstab seiner Berimbau herum. Er wirkte völlig versunken in seine Arbeit.

Ich ging auf ihn zu, obwohl mir mehr denn je bewusst war, dass mir die Kameras folgten. Vielleicht würde Tempelhoff in diesem Moment sogar heranzoomen, um mich genauer zu betrachten, zu *studieren?*

Noch heute, wo all das Schreckliche hinter mir liegt, ertappe ich mich oft bei der Vorstellung, beobachtet zu werden. Manchmal hat es fast etwas von einem Wahn, der mir die Kehle zuschnürt und meinen Puls schneller schlagen lässt. Auch in diesem Augenblick schlug mir das

Herz wieder bis zum Hals, aber mein Wunsch, mit Solo zu sprechen, war größer. Ich musste ihn ja nicht auf die Kapelle ansprechen, ich konnte einfach so auf ihn zugehen und ...

Mephisto schoss von der anderen Seite auf Solo zu, ein Stück Treibholz zwischen seinen Zähnen. Er legte es vor Solo in den Sand und sah schwanzwedelnd zu ihm empor. Lachend legte Solo seine Berimbau und das Messer zur Seite. Er hob das Holzstück auf und warf es weit ins Meer hinaus. Der schwarze Labrador rannte bellend und wasserspritzend hinterher und Solo folgte ihm, wobei mich sein flüchtiger, fast erstaunter Blick streifte. Wir waren nur wenige Meter voneinander entfernt – und niemand aus der Gruppe war in der Nähe. Aber ich brachte keinen Ton hervor und im nächsten Augenblick war Solo mit seinem Hund im Meer verschwunden.

Ich musste mich zusammenreißen, damit man mir nicht ansah, wie mir zumute war. Mit einem Mal hatte ich das Gefühl, als hätte ich nur diese eine, diese einzige Gelegenheit gehabt, um mit Solo zu sprechen – und ich hatte versagt.

Ich starrte auf das glitzernde Wasser, in dem Solo mit Mephisto herumtobte. Hatte er mir absichtlich aus dem Weg gehen wollen? War er enttäuscht, dass ich nachts nicht an den Strand gekommen war?

»Na? Auch mal?« Ich schrak zusammen, als ich Lungs Stimme hörte. Er stand plötzlich vor mir und warf mir eine Limone zu, während er mit den fünf anderen weiterjonglierte, bis er sie kunstvoll mit den Händen auffing und mich angrinste. Ich nickte, froh über alles, das mich ablenken würde – von den Kameras, von Solo, von mir selbst.

»Am besten du fängst mit einer an«, sagte Lung. »Wirf die Limone von der rechten in die linke Hand.«

Ich versuchte es, fing die Limone auch, aber Lung schüttelte mit dem Kopf. »Höher«, sagte er. »Du musst diagonal werfen, konzentrier dich auf einen Punkt vor deiner Stirn. Und halt die Arme dicht am Körper – so.« Er drückte meine Ellenbogen an die Seiten und ich machte einen zweiten Versuch.

»Prima.« Lung nickte zufrieden und legte mir nach ein paar weiteren Würfen die zweite Limone in die freie Hand. »Jetzt abwechselnd. Wirf die rechte Limone diagonal nach links, genau wie vorhin. Wenn sie ganz oben in der Luft ist, wirfst du die linke Limone auf dieselbe Weise nach rechts – und fängst beide auf. Klar?«

»Theoretisch ja.« Ich holte Luft und tat, was Lung mir beschrieben hatte, aber die Limonen schienen sich selbstständig zu machen. Anstatt nach oben flogen sie nach vorn und landeten im Sand. Ich musste lachen und kam mir plötzlich vor, als ob ich zwei linke Hände hätte.

»Leicht nach hinten«, sagte Lung. »Wirf die Limonen ganz leicht nach hinten, dann geht es besser.«

Ich versuchte es und Lung verkniff sich ein Grinsen, als mir die Limonen gegen die Stirn prallten. »Noch mal?«

Ich machte noch ungefähr zwanzig Versuche, aber die Limonen purzelten in alle Himmelsrichtungen und schließlich gab ich auf. »Ich fürchte, mir fehlt das Talent«, sagte ich, worauf Lung mit dem Kopf schüttelte.

»Ruhe«, sagte er. »Das ist alles, was man braucht. Wir Chinesen sagen, nur im ruhigen Teich spiegelt sich das Licht der Sterne. Aber du bist nicht ruhig. In dir tobt es, stimmt's?«

Lung hatte seine Stimme gesenkt, sodass ich ihm die Worte fast von den Lippen ablesen musste, und mein Gefühl, dass er das aus Rücksicht tat – damit es Tempelhoff nicht hören konnte –, rührte mich tief. Was er gesagt hatte, saß.

Ich brachte nur ein klägliches Nicken zustande und Lung legte mir sanft die Hand auf die Schulter, bevor er die Limonen einsammelte und ohne ein weiteres Wort in Richtung Haupthaus verschwand.

Die Sonne stand jetzt hoch am Horizont. Die Hitze war so übermächtig, dass ich mich zu Elfe in den Schatten unter die Palmen legte, im gleichen Moment, als Solo an uns vorbei zum Haus ging. Ich wusste nicht, ob er mich ansah, ich hatte unwillkürlich nach unten geschaut.

»Der Typ ist irgendwie noch schweigsamer als du«, meinte Elfe. »Ich hab den kaum einen Satz sagen hören und besonders gesellig scheint er ja auch nicht zu sein. Glaubst du, er ist der Mörder?«

»Wer ist der Mörder?« Milky stand vor uns, mit seinem Surfbrett unter dem Arm. Er strich sich seine Rastalocken aus der Stirn, bevor er sich mit einem verschämten Grinsen an Elfe wandte. »Hast du Lust auf einen kleinen Ritt über die Wellen? Das vertreibt die düsteren Gedanken.«

Elfe lachte erlöst und nickte. »Aber nur, wenn du uns im Auge behältst«, wandte sie sich mit einem kurzen Stirnrunzeln an mich. Dann stand sie auf, löste das Seidentuch von ihren Hüften und schwirrte in ihrem lilafarbenen Badeanzug neben Milky zum Ufer. Einen Ritt über die Wellen brachten die beiden nicht zustande, sie paddelten nur ein Stück hinaus und ließen sich bäuchlings auf Milkys Brett treiben. Als sie zurückkamen, hörte ich Elfes Lachen, es klang wie eine Schelle, ein helles, fröhliches Klingeln. Ich seufzte und dachte daran, dass es so einfach sein konnte. Zwischen Elfe und Milky – das war etwas anderes, ein heiterer, unbeschwerter Flirt, dem auch die Kameras nicht im Wege zu sein schienen. Milky legte Elfe das Tuch über die Schultern, er flüsterte ihr etwas ins Ohr und sie kicherte, dann liefen sie Hand in Hand Richtung Haus. Ich blieb zurück, allein mit meinen Gedanken, Fragen und Zweifeln und mit der immer größer werdenden Unruhe in meinem Bauch.

Heute weiß ich, dass mein größtes Problem gar nicht die Kameras waren – und auch nicht Solos Verhalten, das mir Rätsel aufgab. Ich war es. Ich selbst stand mir im Weg.

Abends bekochte uns Milky, es gab wieder Reis, diesmal mit Zucchini, dazu gebratenes Huhn, und später, im Mondschein, stellte sich Darling an einen großen Baum im Garten und forderte Lung auf, sein Messer zu werfen. Er tat es, gut zehn Meter nahm er Abstand von dem Baum, kniff die Augen zu und zielte, die Spitze landete haarscharf neben Darlings Hals im Stamm. Sie zog das Messer heraus und ließ die Klinge zwischen ihre Brüste gleiten, dann trat sie auf Lung zu und stellte sich in Pose, aber

Lung streckte nur seine Hand aus, bis Darling ihm das Messer zurückgab.

Ich lag in Elfes Hängematte, im Hintergrund hörte ich Milky Conga spielen und Elfe lachen. Solo war gerade in den Garten getreten, mit seiner Berimbau über den Schultern. Er sah zu Lung, dann zu Darling, die ihn anlächelte und ihm eine Kusshand zuwarf. Solo machte eine Geste, es war eine schnelle, ruckartige Bewegung, als ob er statt Darlings Luftkuss ein hässliches Insekt aus der Luft gegriffen hätte. Dann vergrub er die Faust in der Hosentasche und schlenderte an uns vorbei zum Strand, bis ihn die Dunkelheit verschluckte. Geh ihm nach, drängte eine leise, lächerlich schwache Stimme in meinem Inneren. Aber der Boden hielt mich fest wie ein mächtiger Magnet.

Nachts weckte mich wieder Elfes Schnarchen, und als ich barfuß ins Haupthaus schlich, um mir etwas zu trinken zu holen, hörte ich in der Kissenecke Geräusche, ein leises Keuchen und ein unterdrücktes Stöhnen. Durch das große Glasfenster schien der Mond und im fahlen Licht sah ich Darling – mit Alpha.

Am nächsten Morgen war Lung verschwunden. Mittags ertönte das Nebelhorn und am Nachmittag setzte ein warmer Regen ein.

Ich hatte mir Elfes Märchenbuch geliehen und mich damit in die Kissenecke im Haupthaus verzogen. Aus den Seiten rieselte der Sand und das Buch dellte sich leicht, es war in der Nacht von Jokers blödem Streich am Strand liegen geblieben und feucht geworden. Moon saß mir mit ausgestreckten Beinen gegenüber und lutschte an einer sternförmigen Frucht. Ihre nackten Zehen berührten meine Oberschenkel, wie kleine Kieselsteine fühlten sie sich an, glatt, rund und auf eine ganz sonderbare Weise tröstlich. Ich las Hänsel und Gretel, Däumelinchen, der Teufel mit den drei goldenen Haaren und das Märchen von Dornröschen. Als ich an die Stelle kam, an der der König zur Geburt seiner Tochter ein Fest gab und dazu auch die zwölf weisen Frauen einlud, damit sie dem Kind hold und gewogen wären, dachte ich an uns, an uns zwölf, wie wir im Boot gesessen und auf die Insel gefahren waren, und ich hatte plötzlich die Empfindung, als wären nicht Tage, sondern Wochen oder Monate vergangen. So kommt es mir im Rückblick auch heute noch vor. Die Zeit auf *Isola* war eine andere – es war die längste Zeit meines Lebens.

Wir waren zu acht.

Elfe, Moon, Darling, Joker, Alpha, Milky, Solo und ich.

Solo und ich. Solo – und ich.

Komm zur Bucht, wenn Nacht ist ...

Es war die Erinnerung an seinen suchenden Blick in der Nacht von Pearls Verschwinden, sein erleichtertes Aufatmen, als er mich in der Gruppe entdeckte, die sich wie eine Flamme in meinem Kopf entzündete und mir die plötzliche Gewissheit gab, dass er nicht der Mörder sein konnte.

Zum Teufel mit Tempelhoff! Zum Teufel mit den Kameras! Und zum Teufel mit meinen ewigen Fragen, meinem ständigen Zögern! Ich konnte nicht mehr.

Tief in der Nacht, als Elfe und Moon in ihren Betten lagen und schliefen, zog ich ein Strandkleid aus meiner Truhe und ging zur Bucht. Der Regen hatte aufgehört, aber die

Luft war noch immer warm und von den Wellen her kam ein leichter, nach Salz riechender Wind. Sterne sah ich nicht, nur der Mond stand am Himmel, hoch über dem Meer wie ein silberner Scheinwerfer. Ich setzte mich ans Ufer, lauschte den leisen, schwappenden Geräuschen der Wellen und krallte meine Finger in den nassen Sand.

Ob er draußen geblieben und auf mich gewartet hatte oder mir hierhergefolgt war, konnte ich später nicht mehr sagen. Aber plötzlich tauchte er auf, hinter mir und lautlos wie ein Schatten. Er trug Shorts und zog mich, so wie ich war, an der Hand ins Meer. Die kühlen Wellen umspielten meine nackten Beine und ich spürte, wie mir leise Schauer über den Körper jagten, bis ich ganz ins schwarze Wasser tauchte.

Wir schwammen bis zu dem großen Felsen, der wie der Buckel eines Walfisches aus dem Wasser ragte. Solo umrundete ihn mit entschlossenen Zügen, und als ich ihm folgte, ging mein Atem in kurzen, heftigen Stößen. *Verschlossen wie eine Auster*. Das sagten die Jungs an meiner Schule über mich, aber ihre Worte prallten an mir ab – wie an einer glatten Schale eben. Sie berührten mich nicht. Doch jetzt hatte diese Schale einen Riss bekommen und ich merkte, dass ich Angst bekam, Angst vor meiner eigenen Offenheit. Konnte man Kameras in Felsen installieren?

Solo war jetzt genau hinter dem Felsen und es sah aus, als stünde er im Wasser, aber als er mich zu sich heranzog, merkte ich, dass der Felsen einen Vorsprung hatte, ein kleines Plateau, wie ein unterirdischer Balkon. Solo schob mich an die glatte Steinwand und legte seine Hände auf meine Schultern. Sein Gesicht kam so nah, dass ich seinen Atem auf meiner Haut spüren konnte. Aus seinen schwarzen Haaren löste sich ein Wassertropfen und fiel auf meine Nase. Seine vollen Lippen waren leicht geöffnet und ich konnte seinen Herzschlag fühlen, der schnell und hart in seiner Brust ging – aber vielleicht war es auch mein eigener, es gab plötzlich keinen Unterschied mehr. Für einen endlosen Moment hielten mich seine Augen fest und in seinem Blick lag etwas, das mich verstörte. Es war etwas Fremdes, ein dunkles Flackern, als habe er selbst Angst vor dem, was zwischen uns geschah. Doch dann lächelte er, verstärkte den Druck seiner Hände und glitt mit mir unter Wasser. Ich spürte, wie sich seine Muskeln spannten. Auch ich war angespannt, hin und her gerissen, zwischen der Angst und dem Wunsch, endlich loszulassen – nicht mehr zu grübeln, sondern endlich zu *fühlen*.

Solos Hände lösten sich von meinen Schultern und legten sich um meine Taille, während mich sein Körper noch fester gegen den Felsen drückte. Als sich unsere Lippen berührten, brach etwas in mir auf, ja, es fühlte sich wirklich so an, als ob sich tief in mir etwas öffnete und einer gewaltigen Sehnsucht den Weg frei machte. Seine Zunge war warm, rau und salzig. In seinem Kuss lag wieder diese Wildheit, dieses fordernde Verlangen, das mich elektrisierte und von dem ich plötzlich nicht genug bekommen konnte. Jetzt drückte auch ich mich gegen ihn, fast verzweifelt wurde mir klar, dass wir bald wieder auftauchen mussten, wenn wir Luft holen wollten. Mein ganzer Körper bäumte sich auf und ich glaube, selbst wenn wir nicht unter Wasser gewesen wären, hätte ich das Gefühl gehabt zu ertrinken – aber ich wollte nicht auftauchen, ich wollte hier sein, hier mit ihm. Ich berührte seine Schultern, glitt mit den Fingern bis zu seinem Schlüsselbein und dort über einen sehnigen Streifen, der sich wie eine Narbe von seiner glatten, kühlen Haut absetzte. Seine Muskeln vibrierten unter meinen Fingern und mit einem Mal hatte er nichts mehr von dem Jungen, den ich vor drei Tagen beim Frisbeespielen beobachtet hatte. Sein Körper erschien mir reifer, männlicher, als hätte die Nacht ihm Kräfte verliehen. Seine Arme umschlangen mich ein letztes Mal und hielten mich, ganz fest, dann ließ er mich los, stieß mich fast grob von sich, und tauchte weg. Ich glitt an die Oberfläche und rang keuchend nach Luft.

Er kam nicht zurück. Ich schwamm zum Ufer und das Meer war wieder eine glatte, unberührte Fläche, wie ein dunkler Spiegel. Erst jetzt wurde mir bewusst, dass wir wieder nicht gesprochen hatten, kein einziges Wort. Und etwas daran kam mir plötzlich falsch vor. Ich fühlte mich verlassen, fast verraten, als ob mir etwas Kostbares gestohlen worden wäre, obwohl ich es freiwillig gegeben hatte. Ich war verstört. Es ging mir nicht gut. Ich konnte nicht fassen, dass er sich einfach davongemacht hatte. Warum? Wegen der Kameras? Wo war er hingeschwommen? Suchend blickte ich mich am Strand um. Nichts. Niemand. Nur die Dunkelheit. Aber ich war zu sehen – auf Tempelhoffs Monitoren. Was tat er jetzt, unser Regisseur? Lachte er leise in sich hinein? Ich rang nach Luft, ballte die Fäuste, um nicht loszuweinen. Seinen Gefühlen zu folgen – war es das, was man davon hatte? Das?

Ich drehte mich um, so abrupt, dass ich fast über meine eigenen Füße gestolpert wäre. Als ich zurück in unser Zimmer stürzte, brannte das Licht. Elfe saß aufrecht im Bett und starrte mich an, Angst und Misstrauen in ihren goldbraunen Augen.

Moons Bett war leer. Das Nebelhorn ertönte, ehe ich meine tropfnassen Kleider ausziehen konnte.

Dreizehn

MOONS ERBE waren ihre Bilder. Sie hingen im Haupthaus an der Wand, in einer langen Reihe neben dem großen Glastisch. Zwölf Bilder waren es, mit Bleistift gezeichnet, und jedes von ihnen zeigte einen von uns. Die Ähnlichkeit war atemberaubend, obwohl es eher eine innere Ähnlichkeit war, als hätte Moon mit ihren Bildern gewisse Eigenschaften von uns nach außen gekehrt.

Ganz links hing das Bild von Neander. Sein bulliger Oberkörper strotzte vor nicht gelebter Kraft, der Kopf war geduckt, die Augen sanft und liebevoll. Daneben war Pearl. Sie saß strickend an eine Palme gelehnt, ihr Körper wirkte wie verhaftet mit dem Strand, während ihr Blick etwas Fliehendes hatte. Ihr trauriges Lächeln war von einer unerfüllten Sehnsucht. Hinter einem Schleier aus Rauch und Nebel trat das Gesicht von Krys hervor. Es hatte die Form eines perfekt geschliffenen Diamanten, Kinn und Stirnpartie waren fein gezeichnet, die Wangenknochen breit und scharfkantig, die schmalen Lippen versiegelt. In ihren Armen lag ein weiches Bündel Fell – ihr Teddybär.

Lung hatte sein Messer zwischen den Zähnen, sein

schwarzer Zopf hing ihm über die Schultern und in seinen schräg stehenden Augen blitzte eine scharfe Intelligenz. An seinem Hals baumelte der Drachenanhänger und in meinem Inneren klangen die Worte nach, die er gestern zu mir gesagt hatte.

Neben Lung hing ein Selbstporträt von Moon und erst jetzt wurde mir klar, dass die linken Bilder einer symbolhaften Serie folgten. Moon mit ihrer Glatze war das letzte der fünf Opfer und plötzlich, ich weiß auch nicht, warum, hatte ich das Gefühl, sie war freiwillig von uns gegangen. Ihre unterschiedlich farbigen Augen, das eine hell, das andere dunkel, sahen durch mich hindurch wie in eine andere Wirklichkeit. Ihr Gesicht kam mir vor wie das eines Babys und gleichzeitig wie das einer uralten Frau.

Rechts neben ihr war Elfes Bild. Lesend lag sie in ihrem Bett, der leichte Stoff ihres Kleides schmiegte sich um ihre üppigen Rundungen, fast anbetungswürdig sah sie aus, wie ein Schönheitsideal aus längst vergangenen Zeiten.

Daneben Joker, der Harlekin mit seinen spitzen Gesichtszügen. Die eine Augenbraue war hochgezogen bis zum Haaransatz, das Grinsen über dem winzigen Ziegenbart dämonisch, aber in seinen Mundwinkeln lag etwas, das ich lange anschauen musste, bis ich begriff, was es war. Was sich in seinen Mundwinkeln abzeichnete – was Moon ihm in seine Mundwinkel hineingezeichnet hatte –, war Verletzlichkeit.

Als Nächster Milky, stupsnasig, sommersprossig, die Rastalocken verfilzt, in der Hand, wie eine Waffe, einen

Kochlöffel schwenkend. In seinem Ausdruck schwang trotz des offenen Lachens etwas Heimtückisches mit.

Es folgte Alpha mit dem zum Zerreißen gespannten Expander vor seiner Brust, einer tiefen Furche zwischen den Augenbrauen und einem harten Zug um den Mund.

Ich kam als Nächste. Ich hielt auf meinem Porträt meine weiße Kerze in den Händen. Ihr flackerndes Licht spiegelte sich in meinen Pupillen. Mein Blick kam mir suchend und unruhig vor, meine Nasenflügel waren leicht gebläht, als ob sie zitterten, und meine leicht geöffneten Lippen strahlten eine so verstörende Sinnlichkeit aus, dass ich vor mir selbst erschrak.

Solo spielte auf seiner Berimbau. Seine Augen waren geschlossen, der Kopf mit den schulterlangen schwarzen Haaren war in den Nacken gelegt, der Oberkörper, schmal und sehnig, war nackt. Zu seinen Füßen lag Mephisto.

Ich spürte, wie mir beim Anblick seines Porträts brennende Röte in die Wangen schoss, gleichzeitig durchzuckte mich das Gefühl, dass auf diesem Bild etwas fehlte, ich konnte aber nicht ausmachen, was es war.

Ganz rechts hing Darling. Sie lächelte. Ihr helles Haar fiel in weichen Wellen um ihr herzförmiges Gesicht. Mit ihren weit geöffneten Augen hatte sie auf diesem Bild etwas Engelhaftes, gleichzeitig funkelte ihr Blick derart eindringlich, dass ich unwillkürlich zurückzuckte.

Es war Nachmittag – ein neuer Tag. Ich stand allein vor dieser seltsamen Menagerie an Bildern und fühlte mich unsagbar fremd in meinem Körper.

In der gestrigen Nacht war Elfe aus unserem Schlafsaal

geflohen. Ich war allein ins Bett gekrochen und bis Mittag im Bett liegen geblieben. Als ich aufstand, war niemand außer mir im Haupthaus.

Ich war es nicht, wollte ich zu Elfe sagen, als ich sie in der Hängematte liegen sah, aber Elfe starrte mich schon wieder so erschrocken an, dass mir die Worte im Hals stecken blieben. Aus einer der Mülltonnen neben dem Haus lugten die Überreste von Jokers Gummipuppe hervor.

Ich ging zum Strand hinunter. Der Himmel war bedeckt, ein leichter Wind war aufgezogen und die Luft schmeckte nach Regen und Salz.

Das Meer war silbrig grau, die Brandung hoch. Schaumkronen schwemmten ans Ufer, der Strand war übersät von Muscheln und Algen. Nur Milky war dort – er surfte weit draußen in den Wellen, die sich an dem großen Felsen brachen; dem schwarzen Walfischbuckel, hinter den mich Solo letzte Nacht entführt hatte. Ja – entführt. Genauso kam es mir vor. Noch stärker als gestern hatte ich die Empfindung, dass mir etwas geraubt worden war. Und seither hatte Solo sich nicht blicken lassen. Sein rätselhaftes Verhalten verstörte mich immer mehr. Gleichzeitig wuchs meine Angst, dass der Mörder jetzt auch ihn erwischt haben könnte. Das Nebelhorn war seit Moons Verschwinden nicht mehr ertönt, doch das musste nichts heißen. Auch Darling, Joker und Alpha waren verschwunden und Elfe war mir gegenüber zu misstrauisch, als dass ich sie nach Solo fragen wollte. Sogar in den Schlafsaal der Jungen hatte ich geschaut, aber auch dort war er nicht gewesen. Als ich von der Tür aus in den leeren Raum geblickt hatte, war mir noch etwas anderes bewusst geworden. Sich in jemanden zu verlieben, konnte schmerzhaft sein, verdammt schmerzhaft – und auch dagegen war man machtlos.

Ich starrte auf das silbergraue Meer hinaus. Der Wind war kühl, aber ich konnte kaum atmen. Ich fühlte mich so schrecklich allein – isoliert. Wie eine Insel, dachte ich. Eine einsame Insel mitten im Meer.

Gegen Abend wurde die Luft noch einmal sehr drückend, fast wie vor einem Gewitter. Wir saßen zu viert im Haupthaus, Joker, Darling, Alpha und ich. Die drei waren auf der anderen Inselseite gewesen und unterhielten sich aufgeregt über eine riesige Höhle, die sie bei der Felsküste entdeckt hatten. Ihrem Gespräch entnahm ich, dass auch Solo mit von der Partie gewesen war und sich jetzt im Schlafraum hingelegt hatte. Erleichtert atmete ich auf, was Darling mit einem spöttischen Seitenblick zur Kenntnis nahm. Ich schluckte und fühlte, dass ich rot wurde vor Wut.

Milky kam vom Strand, ein Handtuch um den Unterkörper geschlungen, türkisfarbene Flip-Flops an den Füßen. Mephisto war bei ihm. Milky gab ihm frisches Wasser, dann fing er pfeifend an, Gemüse zu schälen. Kurz darauf tauchte auch Elfe auf. Sie wirkte gehetzt, fast als hätte sie sich irgendwo versteckt, und mied jeglichen Blickkontakt mit mir. Erst, als sie Milky sah, entspannte sich ihr Gesicht und sie bot sich an, ihm beim Kochen helfen. Sie unterhielten sich leise, ab und zu hörte ich Elfe lachen.

Mit mir sprach niemand, nicht mal beim Essen. Milky und Elfe hatten Suppe gekocht, Gemüsesuppe mit Hühnchen und aufgebackenem Brot. Außer Solo saßen wir alle um den Tisch. Mephisto lag zu unseren Füßen und machte sich schmatzend über seine Schale mit Hundefutter her. Es wurde nicht wirklich geredet, aber ich fühlte mich plötzlich wie ein Fremdkörper. Ich hatte die ganze Zeit über nicht viel gesprochen, genau genommen sogar fast gar nicht, und trotzdem hatte ich mich seit unserer Ankunft auf der Insel immer als Teil der Gruppe gefühlt. Aber die gestrige Nacht hatte alles verändert. Verzweiflung und Trotz schossen in mir empor.

»Ich war es nicht«, hörte ich mich plötzlich sagen. Es platzte einfach aus mir heraus und es kam mir fast wie ein Fauchen vor. Elfe musterte mich skeptisch, Joker zog seine Braue hoch und Milky lächelte zögerlich. Ich legte ärgerlich den Löffel zur Seite, weil meine Hand zu zittern anfing.

»Ich war es nicht«, presste ich noch einmal hervor und sprang so heftig vom Tisch auf, dass der Stuhl hinter mir zu Boden fiel.

Ich stürmte aus dem Zimmer und hinüber in den Schlafsaal der Jungen, fest entschlossen, Solo zur Rede zu stellen. Der Schlafsaal war das Spiegelbild zu unserem, von der Einrichtung her genau gleich, sechs zu einem großen Kreis angeordnete Betten mit Baldachinen, vor jedem Bett eine Truhe. Nur unordentlicher war es hier, sehr viel unordentlicher. Schuhe und Kleidungsstücke flogen herum, leere Flaschen und Essensreste. Solo lag in dem Bett neben der Tür. Über ihm an der Decke brannte Licht, aber er schien tief und fest zu schlafen. Als ich näher trat, sah ich ein goldenes ovalförmiges Amulett auf seinem Nachttisch liegen. Seine drei Inseldinge, schoss es mir durch den Kopf. Die Berimbau, Mephisto und ein persönliches Andenken. War es dieses Amulett? Von wem war es?

Es war aufgeklappt, und als ich mich darüberbeugte, fiel mir auf, dass die glänzenden Ränder an einigen Stellen abgeblättert waren. Im Inneren – auf der rechten Seite – war das Miniaturgemälde eines Engels. Verdutzt betrachtete ich den geflügelten Himmelsboten. Er hatte schulterlanges blondes Haar und dunkle Augen, und obwohl seine Gesichtszüge sehr feminin waren, meinte ich, einen männlichen Engel in ihm zu erkennen. Die linke Innenseite des Amuletts war leer und mich überkam das unerklärliche Gefühl, dass eigentlich auch hier ein Bild hineingehört hätte.

Gleich neben dem Amulett lag eine Packung Tabletten. *Tavor 1.0* war die Aufschrift und der Anblick ließ mich zusammenzucken. Ich kannte diese Tabletten, Erika benutzte sie gegen heftige Migräneanfälle und jetzt wurde mir auch klar, warum Solo immer so schmerzhaft das Gesicht verzogen hatte.

Gerade als ich gehen wollte, schlug er die Augen auf. Er sah mich direkt an und auf seinem Gesicht stand in der ersten Sekunde Erstaunen, dann lächelte er, warm und schläfrig. »Hey«, sagte er. »Alles okay?«

Ich zuckte mit den Schultern. Es war seltsam. Die Wut in mir löste sich auf und plötzlich war die wortlose Vertrautheit da. Meine Gefühle für Solo hatten wieder eine andere Form – auch einen anderen Platz in meinem Körper. Sie saßen mehr in der Brust, waren wärmer und sanfter, dabei allerdings nicht weniger kraftvoll. Doch verwirrt war ich immer noch. *Was war das?*, fragte ich stumm. *Was war das zwischen uns gestern Nacht?*

Solo rieb sich die Augen, er war noch immer halb im Schlaf. »Wie spät ist es?«, murmelte er.

Da schluckte ich meine stummen Fragen hinunter. Wenn Solo nicht darüber sprechen wollte, würde ich es auch nicht tun – schon gar nicht vor laufenden Kameras. Schwieg Solo deshalb? Mein Blick tastete den Raum ab, Wände, Decken, den Fußboden.

»Ich hab keine Uhr«, brachte ich irgendwie heraus. »Es ist Abend, früher Abend, denke ich mal.«

Solo strich sich das Haar aus der Stirn. »Wo sind die anderen?«

»Im Haupthaus. Milky hat gekocht. Sie denken, ich ... «

Ich zögerte, ich konnte nicht weiter. Das hier war anders, der Ort war anders, das Gefühl, beobachtet zu werden, war anders, die Gesetze waren anders – wir waren anders. Plötzlich wünschte ich mir, ich hätte Solo unter anderen Umständen kennengelernt. Ich wandte mich um.

»Hey«, Solos Stimme hielt mich fest. »Warte. Geh nicht.«

Er streckte seine Hand aus, sein Gesicht wurde zärtlich und jetzt sah ich auch in seinem Blick die Sehnsucht. Da war kein Flackern mehr wie letzte Nacht, da war nur Licht und alles in mir drängte ihm wieder entgegen. Wenn ich nur einen Schritt in seine Richtung getan hätte, nur einen einzigen, dann wäre alles gut gewesen. Alles.

Aber ich tat diesen Schritt nicht, ich stand da wie ein

kleiner Baum, die Wurzeln schmerzhaft im Boden verkrallt.

»Hey!« Dasselbe Wort, dieselben drei Buchstaben – und darin eine andere Wirklichkeit. Joker stand im Raum. Er hielt ein Windlicht in der Hand. »Alpha, Milky, Darling und ich machen einen Nachtausflug zur Höhle. Wenn wir die Windlichter mitnehmen und was zu trinken, könnten wir dort eine kleine Party steigen lassen, das wär mal was anderes. Kommt ihr mit?«

In mir stieg sofort Widerwillen auf. Solo, der sich den letzten Schlaf aus den Augen rieb, sah unschlüssig aus. Er setzte sich im Bett auf. »Jetzt?«, fragte er mit einem zweifelnden Blick nach draußen. »Im Dunkeln? Diese Höhle war ziemlich ...«

Joker unterbrach ihn grinsend. »Hast du Angst? Brauchst du nicht, du weißt doch, wir werden überwacht. Und wenn wir alle dicht zusammenbleiben und Händchen halten«, er warf einen Seitenblick auf mich, »kann uns der Mörder nichts tun.«

»Halt deine blöde Klappe!«, fuhr ich ihn an. »Ich hab gesagt, ich war's nicht!«

»Schon gut, Katzenauge«, Joker stupste mir freundschaftlich gegen die Schulter. »Wer auch immer es ist, wir sind geschlossen der Meinung, der Mörder macht heute Pause und wir lassen ein bisschen gute Stimmung aufkommen. Wir könnten es gebrauchen und Tempelhoff wird ja wohl nichts einzuwenden haben, oder? Schließlich bleiben uns noch über zwei Wochen, die sollten wir genießen, bevor wir alle ÄÄÄÄÄÄRRRGGGGS ...«, Joker griff sich an die Kehle und verdrehte die Augen, ». . . gehen. Also, seid ihr dabei?«

Solo zuckte mit den Achseln, dann stand er auf und griff nach seiner Berimbau. »Okay.«

Ich schüttelte den Kopf.

Aber Elfe, die eigentlich auch nicht mitwollte, hatte sichtlich größere Angst davor, mit mir allein im Haus zu bleiben, und schloss sich seufzend der Gruppe an.

Joker trug einen Rucksack über der Schulter, alle hatten ein Windlicht in der Hand, und als sich Solo in der Tür noch einmal zu mir umdrehte, ging ich mit.

Vierzehn

Seine Nerven fühlten sich an wie Stäbe aus hauchdünnem Glas. Er hatte zwei Nächte lang nicht geschlafen, seine Augen waren gerötet, sie brannten und sein ganzer Körper fühlte sich hohl und schutzlos an, als löste sich zwischen ihm und der Außenwelt die Grenze auf. Das Bild von Mirjam hatte er umgedreht, er konnte es plötzlich nicht mehr ertragen, in ihr Gesicht zu sehen, in ihre Augen, die so voller Liebe waren. Der Raum um ihn schien auf absurde Weise zu schrumpfen und sich gleichzeitig auszudehnen wie ein atmendes Wesen, jede Bewegung kam ihm fremd und verzerrt vor. Er hielt seine Hand vor den Monitor und selbst hier schien der flimmernde Bildschirm kein Hindernis mehr zu sein, er wirkte flüssig, als könnte er eintauchen – in den Wald, durch den sie jetzt liefen, auf die andere Inselseite zur Höhle. Noch waren sie im Dickicht der Bäume, hielten ihre Windlichter fest in den Händen, helle, schwankende Punkte, umgeben von der Schwärze des Waldes.

Er rieb sich die brennenden Augen und trank Wasser, in großen Schlucken aus der Flasche, um den schalen Geschmack in seinem Mund loszuwerden, dann fixierte er wieder den Monitor.

Die letzte Schicht hatte der Kameraassistent übernommen, ein paar Ausschnitte hatte er sich angeschaut, hatte beobachtet, wie

Sven vor den Monitoren saß, Bier trank, rauchte, in der Nase bohrte, einen Popel auf der Fingerspitze balancierte und ihn prüfend betrachtete wie ein fremdartiges Insekt. Die Idee, den Monitorraum ebenfalls mit Überwachungskameras auszustatten, war natürlich genial gewesen. Jetzt war Sven mit Moon auf dem Weg zum Festland, wo er bis zum nächsten Abend bleiben würde. Moon – die Isola *freiwillig verlassen hatte. Ein Date mit dem Mörder, gleich nachdem sie ihre Bilder fertig gemalt und an die Wand gehängt hatte. Als er gesehen hatte, wie Vera Solos Bild betrachtete, war ihm der Atem gestockt, genau wie später, als er Vera vor Solos Bett hatte stehen sehen. »Hey …« Fast wäre sie zu ihm gegangen. Er hatte ihr den Wunsch nach Solos Nähe förmlich vom Gesicht ablesen können – nein, nicht nur vom Gesicht. Ihr ganzer Körper hatte sie zu Solo hingezogen. Aber etwas hatte sie zurückgehalten – etwas, das sie umso anziehender machte.*

Und dann waren sie aufgebrochen – alle sieben, mit Mephisto an ihrer Seite. Jetzt erreichten sie gerade die Felsküste auf der hinteren Seite der Insel. Darling ging mit Alpha vorneweg und führte sie zu der schmalen Bucht aus grauschwarzem Sand. Wie eine Sichel lag er zwischen den schroffen Felsen. Seit einer halben Stunde war Ebbe und der Himmel war voller Sterne. Das Ufer war durchsetzt von Mangroven, deren Wurzeln aus dem schlammigen Boden ragten wie die Beine unzähliger Riesenspinnen. Der Höhleneingang war im Berg, der links von der Bucht lag, und auch im Dunkeln würde er leicht zu finden sein. Ein kreisrundes Loch von fast einem Quadratmeter klaffte im Fuß des Berges wie ein zahnloser Schlund.

Einer nach dem anderen verschwand darin – nur Mephisto

blieb draußen. Er bellte, drei Mal, es klang wie eine Warnung, dann legte sich der schwarze Hund vor dem Höhleneingang nieder. In den Gängen schalteten sich die Kameras ein.

Okay. Er trank die Wasserflasche leer. Atmete ein, dann aus, straffte die Schultern und riss die Augen weit auf. Okay. Okay. Okay. Er musste wach bleiben – hellwach.

DARLINGS LACHEN hallte von den Wänden des Höhleneingangs wider. Das Windlicht in meiner Hand begann zu zittern, es warf unscharfe, flackernde Schatten an die Wände. Schatten, die nach mir zu greifen schienen. Wir mussten uns bücken, der schmale Schacht war kaum mehr als einen Meter hoch, die Luft roch faulig und klamm, nach Moder, Seetang und jahrtausendealter Vergangenheit. Erst nach fünfunddreißig Schritten (ich hatte sie wirklich gezählt) konnte ich mich halbwegs aufrichten. Ich war die Vorletzte in der Reihe, hinter mir war Milky, dicht vor mir Solo. Der Sand auf dem Höhlenboden, der sich hart und nass unter meinen Füßen anfühlte, wechselte in nackten Stein über und der beklemmende Tunnel, durch den wir uns vorwärtstasteten, erstreckte sich noch eine ganze Weile in den Fels hinein, bis er sich verzweigte. Zwei Gänge taten sich auf, der eine verschwand in tiefschwarzer Dunkelheit, in den zweiten tauchte Solo, der offensichtlich den anderen folgte, und ich blieb ihm so dicht wie möglich auf den Fersen. Noch immer war der Gang mit seinen glatt geschliffenen, von Seetang übersäten Wänden beängstigend schmal, aber nach einer Weile wurde er schlagartig breiter und führte in leichter Neigung aufwärts.

Wir bewegten uns im Gänsemarsch und eine ganze Weile lang hörte ich nur den Widerhall unserer Schritte, der ab und zu durch ein leises Knirschen unter unseren Sohlen unterbrochen wurde. Die Luft schien trockener. Ich schätzte, dass wir uns jetzt oberhalb des Meeresspiegels bewegten, doch dann, nach etwa hundert Metern, führte der Gang wieder abwärts und erstreckte sich in ein kreisrundes Gewölbe von bestimmt fünfzig Quadratmetern Durchmesser. Wir standen so verteilt, dass unsere Windlichter immer nur Ausschnitte erfassten, aber was ich sah, nahm mir den Atem. Die Felswände leuchteten in einem rötlichen, teilweise goldschimmernden Braun und von der Decke, deren Höhe ich nicht erahnen konnte, hingen Stalaktiten herab – bizarre, durch die Tropfen von Jahrtausenden entstandene Gebilde, die an einigen Stellen bis fast zum Boden reichten. Im Schein der Windlichter schimmerten sie in allen nur denkbaren Nuancen, milchig weiß, bronze- oder sandsteinfarben, rötlich, orange, dunkelgrau, zartrosa oder bläulich und sie hatten unzählige Formen, die wie fallende Säulen, Reißzähne oder Säbelspitzen aussahen. Manche erinnerten auch an bleiche, in Stein verwandelte Nadelbäume und ein Tropfstein kam mir vor wie ein riesiger gebogener Finger.

Der Höhlenboden war größtenteils glatt und trocken. Nur im hinteren Teil erkannte ich einige Tropfsteingebilde und auf der linken Seite war ein Tümpel glitzernd schwarzen Wassers. Die Stalaktiten spiegelten sich auf seiner Oberfläche, aber auf den ersten Blick sah es aus, als kämen sie von unten – aus einem magischen Reich tief unter der Erde.

Das Eindrucksvollste dieser unterirdischen Halle war jedoch ihr Zentrum, das einen fast vollkommenen Kreis bildete. Große, glatt geschliffene Steinbrocken säumten ihn, sie waren angeordnet wie zu einer Sitzgruppe. Sieben. Ich war sprachlos. Es waren wirklich sieben Stück.

»Voila«, Darling breitete die Arme aus. »Hier wären wir. Na, was sagt ihr?«

»Scheiße«, hörte ich Milky hinter mir hervorpressen. »Scheiße, ist das abgefahren.«

Wir standen jetzt alle um die Steinbrocken herum. Hinter einem der Windlichter sah ich Elfes Gesicht, ihr Mund war geöffnet und plötzlich fing sie an zu lachen, in hellen, glockenartigen Tönen.

»Ich glaub es nicht«, entfuhr es ihr. »Ich glaub nicht, dass wir das tun. Und jetzt, was machen wir jetzt?«

»Wir trinken Wasser!« Das war Joker. Er hatte sich auf einem der Steinbrocken niedergelassen und seinen Rucksack geöffnet. Er trug einen langen schwarzen Mantel aus dünnem Stoff, bis zum Boden reichte er, und darunter ein weißes T-Shirt, auf dem ich die Worte *unmöglich* und *Arsch lecken* entziffern konnte. Die Magnumflasche, die Joker wie einen Springteufel aus seinem Rucksack zauberte, sah aus wie eine große Wasserflasche. Joker schraubte den Deckel ab, setzte sich die Flasche an den Mund und nahm einen tiefen Schluck. »Selig sind die Dürstenden«, verkündete er grinsend, »denn sie werden gesättigt werden. Wer ist der Nächste?«

Alpha streckte die Hand aus. Trank. Reichte die Flasche weiter, an Milky, der nach einem zögernden Schluck wie im Schmerz das Gesicht verzog. »Heilige Maria«, keuchte er, »das ist ...«

»Wasser«, fuhr Joker dazwischen. »Reines, klares Heilwasser, hervorragend für die Gesundheit und labend in dunkler Nacht. Solo? Bist auch du ein Dürstender?«

Solo stand genau gegenüber von mir, seine eine Gesichtshälfte leuchtete golden und warm, die andere, vom Windlicht abgewandte, war dunkel und kalt. Er zögerte. Dann griff er zur Flasche, nahm mehrere tiefe, fast trotzige Züge, wischte sich mit dem Faustrücken über den Mund und reichte die Flasche an Darling weiter, die seine Hände festhielt, bevor sie trank.

Joker zog jetzt seine Shisha aus dem Rucksack, eine große arabische Wasserpfeife. Er wartete, bis die Flasche wieder zu ihm zurückkam, dann schraubte er den Behälter der Wasserpfeife auf, füllte ihn mit der durchsichtigen Flüssigkeit aus der Magnumflasche, stopfte den Tabakkopf am oberen Ende des Aufsatzes mit Wasserpfeifentabak und deckte ihn mit einem Metallsieb ab. Seine Bewegungen waren ruhig, fast andachtsvoll, als vollziehe er ein heiliges Ritual. Niemand sprach.

Elfe setzte sich neben Milky, sie lehnte sich an seine Schulter und er legte den Arm um sie. Joker entzündete ein Stück Wasserpfeifenkohle auf dem Höhlenboden und legte den glühenden Brocken oben auf das Sieb. Dann saugte er bedächtig an dem Mundstück. Die Flüssigkeit in dem Behälter schlug Blasen und mit einem blubbernden Geräusch stieg der Rauch empor. Seine Schatten stiegen zur Decke, wobei sie Muster und Kreise formten, bis sie sich im flackernden Schein der Windlichter auflösten. Bei ihrem Anblick kam mir das Höhlengleichnis von Platon in den Sinn.

Wir Menschen verbringen unser ganzes Leben wie in einer Höhle und alles, was wir darin als wahrhaftig empfinden, sind tatsächlich nur die Schatten der Wirklichkeit, das wollte Platon mit seinem Gleichnis ausdrücken. Um ans Licht und damit in die Wirklichkeit zu gelangen, müssen wir den sicheren Schutz der Höhle verlassen und die blendende Helligkeit über der Erde wird uns zunächst nur Angst und Schmerzen einjagen.

Aber wir waren nicht aus der Höhle heraus, sondern in sie hineingestiegen, und verstießen gerade geschlossen gegen die Regeln, die Tempelhoff für uns aufgestellt hatte.

Joker inhalierte den mit Alkohol vollgesogenen Rauch mit einem tiefen, lang gezogenen *Aaaaah*, das von den Höhlenwänden widerhallte. Einen Moment lang war Stille, als ob wir alle gemeinsam den Atem anhielten und warteten, ob etwas geschah. Aber es geschah nichts. Joker grinste wieder, reichte die Shisha an Milky weiter und so ging sie im Kreis; von Milky zu Elfe, von Elfe zu Alpha, von Alpha zu Darling, von Darling zu Solo, von Solo zu mir.

Der Alkohol stieg mir auf direktem Weg ins Blut und ich weiß noch, dass ich an die Kameras dachte und über die Vorstellung lachte, dass sie auch hier in der Höhle installiert sein würden. Sogar hier, an diesem urzeitlichen Ort würde Tempelhoff uns sehen und natürlich würde er wissen, dass die durchsichtige Flüssigkeit in Jokers Flasche alles andere als Heilwasser war. Aber ihm würde auch klar sein, dass er sich seinen eigenen Film kaputt machte, wenn er jetzt eingriffe, und das würde er nicht zulassen. Er würde uns gewähren lassen – und gespannt sein, was folgte.

Was folgte.

Wir rückten enger zusammen, alle saßen wir jetzt auf den runden Felsbrocken am Boden der Höhle. Die Shisha wanderte noch drei Mal durch die Runde.

Die Windlichter waren im Kreis vor unseren Füßen aufgestellt. Die Schatten an den Wänden verformten sich zu immer neuen Gestalten, in denen wir Drachen, Monster und urzeitliche Ungeheuer sahen, und wir hielten uns, unter immer lauterem Kichern, die Angst vom Leib. Auf seltsame Weise waren wir alle eins, wir alle sieben, so schien es mir jedenfalls.

Alpha legte seine Hand auf Darlings Bein, sie lachte. Sie trug ein enges cremefarbenes Kleid mit hauchdünnen Spaghettiträgern. Am Ausschnitt, über dem linken Busen, war ein feiner Riss, ich weiß noch, dass es mir auffiel.

Joker erzählte eine Geistergeschichte, wobei er Darling fixierte, als wollte er sie mit seinen Augen verschlingen. Elfe hielt sich lachend die Ohren zu und schmiegte sich noch dichter an Milky. Solos Blicke trafen meine, einmal, viele Male, es war, als ob die Luft zwischen uns elektrische Energie war. Wassertropfen fielen aus irgendeiner Ecke der Höhle zu Boden, es waren hallende Laute, die in meiner Brust vibrierten. Schauer jagten wie Stromstöße durch meinen Körper, in meiner Brust war alles heiß, ich fühlte mich leicht und schwer zugleich, als ob ein Teil von mir fliegen, ein anderer mich noch tiefer unter die Erde ziehen wollte. Der Alkohol wirkte – und wie er wirkte!

Alpha hatte seinen Ghettoblaster dabei, und als er ihn irgendwann anstellte, ertönte ein Song von *Faithless.* Der Song hieß *God is a DJ* und Alpha hatte ihn zu einer Endlosschleife kopiert, sodass wir ihn immer wieder hörten – so laut, dass die elektronischen Bässe hundertfach von den Höhlenwänden auf uns zurückgeworfen wurden. Es war eine andere Stimmung als vor ein paar Nächten am Strand, eine ganz andere. Vielleicht lag es am Ort, der Dunkelheit, dem Eingeschlossensein in diesem steinernen Gewölbe, keine Sterne, kein Mond, kein Himmel, kein Strand, kein Meer, keine Erde – vielleicht war es dieses Urzeitgefühl, in dem sich meine Gedanken auflösten, vielleicht auch der Alkohol und vielleicht war es einfach all die angestaute Spannung, die freibrach, hungrig und voller Gier, wie ein zu lange eingesperrtes Tier.

Was hatte Joker gesagt: *Der Mörder macht heute Pause und wir lassen ein bisschen gute Stimmung aufkommen.* Und genauso war es auch.

Die Musik, eine ekstatische Mischung aus House, Trip-Hop und Soul ergriff Besitz von uns, auf eine archaisch aggressive Weise drang sie in uns ein, und die sonore Stimme des Sängers war wie eine gesungene Predigt, der sich keiner von uns entziehen konnte. Die Lyrics passten, als wäre der Song einzig für uns und diesen Ort geschrieben worden. Ich werde dieses Lied nie vergessen, jede Zeile, jedes Wort hat sich tief in mich hineingebrannt, wie ein akustisches Tattoo.

This is my church
This is where I heal my hurts
It's a natural grace
Of watching young life shape
It's in minor keys
Solutions and remedies
Enemies becoming friends
When bitterness ends
This is my church
This is my church
This is where I heal my hurts
It's in the world I become
Contained in the hum
Between voice and drum
It's in the change
The poetic justice of cause and effect
Respect, love, compassion
This is my church
This is where I heal my hurts
For tonight
God is a DJ
God is a DJ
This is my church

Ja, die Höhle wurde zu unserer Kirche und das Lied zu unserer Predigt.

Joker erhob sich als Erster. Wie ein Zeremonienmeister verbeugte er sich tief vor unserer Runde, dann breitete er, die Hände zu Fäusten in den Manteltaschen geballt, seine

Arme weit auseinander, wodurch sich sein schwarzer Mantel wie die Schwingen einer Fledermaus auffächerte. Lachend warf er den Kopf in den Nacken und begann zu tanzen. Wir anderen folgten ihm.

Wir tanzten, als ob es kein Morgen gäbe. Wir warfen unsere Körper den kalten, fordernden Bässen entgegen und steigerten uns in einen immer exzessiver werdenden Rausch, in dem mir der Schweiß in heißen Bächen den Hals hinunter zwischen die Brüste rann, meine Haare nass wurden, als hätte ich geduscht, und ich die Wassertropfen auf meinen nackten Armen und die salzigen Tränen auf meinen Wangen spürte – wie Feuer brannten sie. Gleichzeitig musste ich lachen, glucksende, befreiende Laute, die wie aus einer unterirdischen Quelle an die Oberfläche drängten. In den wenigen Momenten, in denen ich die Augen öffnete, sah ich Solo. Er hielt seine Berimbau in den Händen, zog und schob sie wie im Fieber zu sich hin und von sich weg, sein Oberkörper war nackt und glänzend vor Schweiß, seine Augen waren geschlossen und plötzlich tanzte Darling zu ihm hin, in ihren Händen hielt sie Jokers Magnumflasche, ihre blonden Haare wirbelten wie weiße Flammen um ihren Kopf. Solo griff nach der Flasche und trank und von hinten näherte sich Joker. Er riss Darling an der Schulter herum, aber dann schloss ich wieder die Augen – ich wollte nichts sehen, nichts denken, ich wollte nur sein, *außer* mir sein, und tanzen, tanzen, tanzen.

Dass jemand die Windlichter gelöscht hatte, merkte ich erst, als es um mich herum dunkel wurde. So dunkel, dass ich keine Worte dafür finde. Es war eine namenlose, alles schluckende Finsternis. Und noch immer lief – in einer ohrenbetäubenden Lautstärke – die Musik. Ich hatte jäh innegehalten, wie erstarrt stand ich da, aber mein Herz tobte weiter, trommelte wie wild in meiner Brust und mein ganzer Körper bebte, bis plötzlich und abrupt die Musik verstummte. Es dauerte, bis die Stille Gestalt annahm, es dauerte quälend lang. Doch dann wurde die Stille so übermächtig wie die Finsternis und mit ihr erwachte eine Angst in mir, die ich niemals zuvor und niemals danach so stark gefühlt habe wie in jenem Moment. Es war eine Angst, die keinen Grund kennt und die vielleicht eben deshalb so bodenlos ist. Auch im Wald, in den uns Joker mit seinem üblen Scherz gelockt hatte, war es dunkel gewesen, aber diese Dunkelheit hatte geatmet und, wenn auch auf unheimliche Weise, *gelebt*, während es hier unten ohne die Lichter wie in einem Grab war – es war im wahrsten Sinne des Wortes: totenstill.

Wie viel Zeit verging? Sekunden? Minuten? Stunden? Ich wusste es nicht, ich hatte jegliches Gefühl für Zeit und Raum verloren, gleichzeitig waren meine Sinne, jede Faser meines Körpers zum Zerreißen gespannt. Ich schrie auf, als mich etwas am Arm streifte, ein zweiter Schrei gab mir Antwort. Elfe. Jemand kicherte. Dann ein dritter Schrei, klirrend wie zerspringendes Glas. »Macht das Licht an, verdammt!«

Wieder Kichern, dann Stille. Ein Hecheln, dann ein Röcheln. Joker? »SCHEISSE, lass den Mist, ich hab Angst!«

Stille, Schritte, Keuchen, Hecheln, Röcheln – Stille.

Ein Stöhnen – es war aus meinem Mund gekommen, aber es klang fremd, so schrecklich fremd. Wo waren die anderen ... wo ... war ... ich? Eine Hand griff nach meiner, sie war klein, prall und heiß und ich hörte Elfe wimmern, dass sie es sei, sie presste meine Finger zusammen, es war fast ein willkommener Schmerz, weil er mich fühlen ließ, dass ich existierte. Ich roch die Höhle, roch die Dunkelheit. Sie war getränkt von Schweiß und Angst und Alkohol und sie legte sich über mich wie ein kalter schwarzer Mantel, sie erdrückte mich und dehnte sich aus, riss mich mit sich.

»Scheiße! Macht jetzt ENDLICH jemand das Licht an!« Die Stimme klang nach Milky, sie schien von hinten zu kommen, vielleicht kam sie aber auch von links oder rechts. Ich presste die Augen zu und riss sie wieder auf, aber da war kein Unterschied. Die Dunkelheit fing an, sich zu drehen.

»Joker hat recht, Alpha.« Das war Darlings Stimme, sie klang wie flüssiger Honig. »Du solltest wirklich etwas gegen deinen Mundgeruch unternehmen.«

Stille, dann ein entgeistertes Japsen. »Du verdammte SCHLAMPE, ich –«

Schritte, ein Poltern, dann ein Platschen, direkt unter mir. Jäh zog ich meinen Fuß zurück. Ich musste in den Tümpel getreten sein. Wasser sickerte in meine Schuhe und schlängelte sich mit kalten Zungen zwischen meinen Zehen hindurch.

»Bitte, *bitte!* Mir ist schlecht!« Elfe. Sie klang jämmerlich, fast wie erstickt. Rascheln, Schritte, in meinen Ohren begann es zu pochen, hart und schmerzhaft, ich bewegte mich, aber ich wusste nicht, wohin, ich hatte keine Orientierung, nur Elfes Hand fühlte ich, fester und immer fester krallte sie sich um meine Finger.

Die Kameras sehen mehr als das menschliche Auge ... sie können sogar im Stockfinsteren sehen.

Ich versuchte, mich an diesem Gedanken festzuklammern.

»Scheiße, *verdammte* Scheiße!«

»Mir ist so schlecht, oh Gott. Mir ist so schlecht!«

Dann – endlich – ein fahles Licht!

Dahinter der Schatten eines Gesichtes. Milky! Er hatte ein Windlicht gefunden. Sein Gesicht war fahl wie das eines Geistes und die filzigen Haare fielen ihm wie Seetang über die Schultern.

»Ich will hier raus – bitte! Bitte, bringt mich hier raus.« Elfe. Sie würgte. Milky war mit einem Satz bei ihr, im Hintergrund sah ich den Schatten von Solo, der an einer Wand lehnte und sich beide Fäuste auf die Augen presste, und ich meinte, Darlings Stimme zu hören, aber die anderen sah ich nicht. Wir flohen nach draußen, stolperten durch den endlosen Gang, bis uns die Höhle wieder ausspuckte – Milky, Elfe und mich.

Mephisto war noch immer vor dem Eingang, er war aufgesprungen. Schwanzwedelnd stand er da und bellte laut, Elfe fing an zu weinen und Milky redete beruhigend auf sie ein. Die Bucht schimmerte silbrig im Licht des Mondes, der jetzt hoch am Himmel stand, und die Brandung brach sich rauschend an den Felsen. Ich warf einen Blick zur

Nachbarinsel, aber alles, was ich sah, war ein heller Lichtpunkt. Er hing in der Dunkelheit wie ein gefallener Stern.

Elfe schwankte so sehr, dass wir sie stützen mussten, und ich dachte, wenn sie jetzt ohnmächtig wird, dann kommt er, dann kommt Tempelhoff. Aber Elfe wurde nicht ohnmächtig. Sie würgte noch zweimal, dann schnaufte sie, sie sei okay.

Und so stolperten wir drei über die Felsen und durch den Wald zurück zu unserem Haus, wo wir uns zu dritt in die Kissenecke legten. Ich erinnere mich daran, dass Milkys Haare mich am Hals kitzelten und dass Elfe nach Patschuli roch, während Mephisto schwer und tröstlich auf meinen Füßen lag.

Dass wir einschliefen, daran erinnere ich mich nicht mehr.

Ich weiß nur noch, dass wir erwachten und der *Bem-Te-Vi*-Vogel schrie und dass die gleißende Sonne, die durch die hohen, leicht geöffneten Glasfenster schien, etwas Gnadenloses hatte.

Fünfzehn

WIR STANDEN zu dritt in der Küche und Milky hatte gerade den Kaffee aufgesetzt, als Alpha zurückkehrte. Seine Kleidung war schmutzig, sein Gesicht blass, er wirkte ausgemergelt und verstört. Er ging zum Kühlschrank, griff nach einer Flasche Cola und trank sie mit gierigen Schlucken leer, dann wischte er sich mit dem Handrücken über die Lippen und lehnte sich an die Wand.

»Wo sind die anderen?«, fragte Milky.

Alpha zuckte mit den Schultern. An seinem Hals kroch wieder die Röte empor und ich ertappte mich dabei, wie ich in den aufflammenden Flecken auf seiner Haut nach Mustern suchte. Auch auf Alphas T-Shirt war ein roter Fleck, ganz plötzlich fiel er mir auf, er war nicht groß, aber er sah aus wie getrocknetes Blut.

»Ich bin allein aus der Höhle raus«, sagte Alpha, ohne uns anzusehen. »Kurz nach euch, auf die anderen hab ich nicht mehr geachtet. Ich hab noch ein Windlicht und Feuer gefunden, aber dann, im Wald, bin ich gestolpert, das Licht ging aus und ich konnte nicht weiter. Scheiße. Scheiße! Ich will hier weg!«

Hilflos sahen wir einander an. Milky kaute in einer verzweifelten Intensität an seinen Nägeln und Elfe krallte sich an der Kaffeetasse fest, die sie in der Hand hielt.

»Ihr habt auch nichts gehört, oder?«, fragte sie zögernd. »Ich meine ... da war kein Nebelhorn, oder?«

»Nein!« Milkys Antwort kam wie aus der Pistole geschossen. »Da war nichts. Vielleicht sind die anderen noch in der Höhle. Wir sollten ... «

»Auf keinen Fall!« Elfe schüttelte wild mit dem Kopf. »Ich gehe da nicht wieder hin und ich möchte auch nicht hier allein bleiben ... bitte!« Sie warf erst Milky, dann uns flehende Blicke zu. Ihre Augen waren verquollen und stark gerötet.

Stumm setzten wir uns an den Glastisch. Elfe starrte in ihre Tasse, als könnte sie keinen Schluck hinunterbringen, und uns allen war der Gedanke, etwas zu essen, zuwider. Meine Schädeldecke fühlte sich an wie ein hauchdünnes, zum Zerreißen gespanntes Tuch, während die Müdigkeit noch immer mit eisernem Griff meinen Kopf umschloss.

»Elfe«, setzte Milky an. »Wir ... wir *müssen* sie suchen gehen.« Elfe stöhnte und gleich darauf schoss Mephisto schwanzwedelnd zur Tür. Solo trat ins Zimmer. Er sah völlig fertig aus. Unter seinen Augen lagen dunkle Schatten und über seine Wange zog sich eine lange, blutige Schramme. Er lächelte, aber es war ein erschöpftes, verzweifeltes Lächeln, in dem ich auch Angst las.

»Wo sind Joker und Darling?«, fragte er.

Milky grinste hilflos. »Das wollten wir dich gerade fragen.«

Solo ging in die Küche und stellte den Wasserhahn an,

aber anstatt etwas zu trinken oder sich die Hände zu waschen, sah er nur regungslos zu, wie der Wasserstrahl geräuschvoll im Abfluss verschwand.

»Stell doch endlich das Ding ab«, fuhr Elfe ihn an. »Was ist passiert, wo warst du die ganze Zeit?« Ihr Blick flog zu Alpha, aber der zuckte mit den Schultern.

Solo drehte sich zu uns um. »Ich war in der Höhle. Ich bin allein zurückgeblieben.« Er drehte den Wasserhahn zu und warf einen skeptischen Blick auf Alpha. »Glaub ich jedenfalls. Als das Licht ausging, wurde mir furchtbar schwindelig. Ich hatte Kopfschmerzen wie verrückt, ich konnte kaum noch geradeaus denken. Ich weiß noch, dass sich eine Hand um mein Gelenk gelegt hat. Ich dachte ... « Solo schaute zu mir, seine dunklen Augen sahen aus, als würden sie um Verzeihung bitten. »Ich dachte erst, dass du es warst.«

Dann schüttelte er den Kopf, als wollte er das, was er erlebt hatte, verdrängen. »Mir war kotzübel. Ich glaub, mir sind einfach die Beine weggesackt. Ich erinnere mich nicht mehr. Ich meine, dass noch jemand *Schlampe* geschrien hat, aber dann drehte sich alles und irgendwann war ich weg.«

Solo strich sich das dunkle Haar aus der Stirn und biss sich leicht auf die Unterlippe. Gott, wie schön er war, selbst jetzt – oder vielleicht auch gerade jetzt.

»Ich muss eingeschlafen sein«, fuhr er fort. »Und als ich wach wurde, hat auf mein Rufen niemand geantwortet. Verdammt!«

Wieder drehte Solo den Wasserhahn auf. Diesmal trank er und fuhr sich mit nassen Händen durch die Haare, bevor er zu uns an den Tisch kam. Er trug sein T-Shirt, aber es war völlig verdreckt, und erst jetzt fiel mir auf, dass seine Jeans an den Knien Löcher und Risse hatte und dass die Haut darunter blutig zerschürft war, als wäre er auf allen vieren durch die Höhle gekrochen – was er wahrscheinlich auch getan hatte. Mephisto setzte sich vor ihn und versuchte, ihm die Knie abzulecken, aber Solo stieß ihn mit einer wütenden Bewegung von sich. »Ich bin eine verdammte Ewigkeit in dieser Scheißdunkelheit herumgeirrt, bis ich den Gang gefunden habe. Ich dachte, ich kratz da unten ab!«

Den letzten Satz rief Solo laut aus, wobei er hochblickte – auf die Wände und an die Decke –, und es war klar, dass sich diese Worte nicht an uns richten sollten.

»Was ist mit den anderen?«, hakte Milky wieder nach. »Joker und Darling – die hast du nicht mehr gesehen?«

»Spreche ich undeutlich?« Solo fuhr hoch und schlug mit der flachen Hand auf den Tisch. Seine Augen funkelten und ich zuckte zusammen. Diese Wut passte so gar nicht zu ihm. Oder vielleicht doch? Plötzlich musste ich wieder an unsere Begegnung in der Kapelle denken – und an die Nacht im Meer. Das fiebrige Flackern in seinen Augen. Auch das war ein Teil von ihm gewesen.

»Ich habe gesagt, ich war *allein*, als ich aufgewacht bin«, fuhr er Milky an. »Und es war ein verdammt mieses Erwachen, wenn ihr euch das vielleicht vorstellen könnt.« Er hustete und presste die Fäuste gegen die Schläfen, als ob ihn stärker denn je die Kopfschmerzen quälten.

Einen langen Moment herrschte Schweigen, dann stand

Solo auf. »Meine Berimbau«, sagte er und wandte sich zur Tür. »Meine Berimbau ist in der Höhle geblieben.« Aus seiner Stimme war jegliche Aggressivität verschwunden und hatte einer Erschöpfung Platz gemacht, die fast noch schlimmer für mich war. »Ich geh sie holen. Und dann geh ich die anderen suchen. Kommt ihr mit?«

Wir gingen mit ihm – natürlich taten wir das.

Fünf Windlichter standen noch im Regal des Haupthauses, Milky nahm zwei, wir anderen jeder eins. Elfe weinte während des ganzen Weges und vor der Höhle hatte sie sich in ein wildes Schluchzen hineingesteigert. Milky bot an, mit ihr vor dem Eingang zu warten, aber Elfe wollte mit und diesmal begleitete uns auch Mephisto. Hechelnd lief er uns durch die Düsternis des Tunnels voraus. Ich war ganz still und mein Atem ging flach, in leisen, schnellen Stößen jagte er durch meine Brust. Ich weiß im Nachhinein selbst nicht, warum ich – ja, warum eigentlich *wir alle* – schon da solche Angst hatte. Wir wurden überwacht, was konnte uns passieren? Vielleicht hatten sich Joker und Darling irgendwo versteckt und knutschten oder trieben sonst etwas und vielleicht hatte auch einer von ihnen den anderen am Handgelenk gefasst und zum Versteck gezogen und lungerte jetzt auf der Insel herum, um diesem verfluchten Spiel von Tempelhoff eine neue Spannung zu geben. Das konnte doch sein, diese Vorstellung ergab durchaus einen Sinn – vor allem Joker hätte man ein solches Verhalten zutrauen können. Und vielleicht *war* es ja auch so, dachte ich verzweifelt – ja, sicher:

So *musste* es sein. Trotzdem hörte dieses innere Beben nicht auf, im Gegenteil, es verstärkte sich von Minute zu Minute und ich fühlte, dass es den anderen genauso erging.

Keuchend gelangten wir in die Mitte der Höhle.

Alphas Ghettoblaster war ebenfalls zurückgeblieben, er stand noch in der Mitte des Steinkreises. Die Scherben am Boden waren von Jokers Shisha und daneben rollte sich das Mundstück wie eine Schlange am Boden zusammen. Ein Stück weiter lag die Magnumflasche, der Deckel war offen und davor hatte sich eine kleine Lache gebildet. Noch immer schwebte ein Hauch von Alkohol in der Luft und ich merkte, wie die Übelkeit in mir aufstieg. Elfe war ganz still und hielt sich dicht an Milkys Seite, der im Schatten des Windlichtes leichenblass aussah.

Von Darling und Joker war nichts zu sehen. Solo ging zur hinteren Höhlenwand, wo er seine Berimbau zurückgelassen hatte. Von einem der Stalaktiten tropfte Wasser herab, mit einem hellen Platschen landete es in dem Wassertümpel. Elfe stöhnte auf. »Ich will hier raus«, drängte sie.

Wir wollten gerade umkehren, als der Schein meines Windlichtes auf eine Vertiefung in der Felswand fiel.

Es war eine Nische, die zwei, vielleicht drei Meter in die steinerne Wand hineinführte, und als ich mein Windlicht ins Innere hielt, sah ich am Boden einen dunklen, nassen Fleck, neben dem etwas Helles schimmerte. Das helle Ding war ein Stück Stoff, kaum größer als ein Taschentuch. Aber es war kein Taschentuch. Es war ein Fetzen, ein seidiger cremefarbener Stofffetzen. Noch bevor ich ihn in die Hand nahm, erkannte ich, dass er zu Darlings Kleid gehörte.

Und der nasse Fleck am Boden war kein Wasser, sondern Blut.

Sechzehn

»WIR DÜRFEN uns nicht verrückt machen!«

Alpha kniff die Augen zusammen und rieb sich mit einer fast gewaltsamen Handbewegung die Stirn. In der anderen Hand hielt er den cremefarbenen Stoff von Darlings Kleid. Der Wind zog und zerrte daran, als wollten höhere Mächte den Stoff an sich reißen.

Wir saßen an der Felsküste vor dem Höhleneingang, mit Blick auf die Nachbarinsel, wo jetzt wieder Tempelhoffs Domizil zu erkennen war; der dunkle Turm, der wie ein erhobener Zeigefinger zum Himmel zeigte. Am Horizont fiel Regen aus einem wolkenverhangenen Himmel, in schrägen, symmetrisch angeordneten Fäden – es sah fast aus wie eine gläserne Wand. Noch immer strahlte der Turm ein helles Licht aus, das einzige Zeichen, dass dort menschliches Leben war. Aber mehr konnte man nicht erkennen.

Es war mittlerweile später Nachmittag und wir hatten die ganze Insel abgesucht. Die westliche, nicht weit von unserer Unterkunft entfernte Seite war schroff und wild. Die hohen Felsen fielen senkrecht ins Meer hinab, während auf der östlichen Inselseite die Mangrovenküste nahtlos ins Meer überging. Dicht an dicht erhoben sich die urzeitlichen Baumgewächse aus dem Wasser und bildeten ein Gewirr von Wurzeln, Ästen und Schlingpflanzen.

Auch den Wald hatten wir durchkämmt, in alle Richtungen, und hatten uns nach Joker und Darling die Kehle heiser gebrüllt, ohne eine Antwort zu erhalten. Wir waren in der Kapelle gewesen, auf dem kleinen Friedhof dahinter und noch einmal in unserer Unterkunft – im Haupthaus, in beiden Schlafräumen, in den Duschen, Toiletten und Umkleidekabinen. Aber Joker und Darling waren wie vom Erdboden verschluckt. Das Nebelhorn war nicht ertönt und wir hatten uns in eine immer stärkere Hysterie gesteigert.

Das Wetter tat sein Übriges.

Der Wind war stetig stärker geworden und die gegen die Felsen schlagende Brandung war jetzt so hoch, dass ein Boot keine Chance in den Wellen gehabt hätte. Es war kalt geworden. Mein dünnes T-Shirt, das ich mir vor dem Aufbruch wahllos aus meiner Kiste gegriffen hatte, war völlig durchnässt und die Härchen an meinen Armen hatten sich aufgestellt. Aber das innere Zittern wurde noch stärker, als ich auf den cremefarbenen Stofffetzen sah, den Alpha jetzt entschlossen in seine Hosentasche steckte.

»Das mit dem zerrissenen Kleid kann doch alles Mögliche bedeuten«, sagte er, ohne auch nur eine Spur zuversichtlich zu klingen. »Darling hat sich verfangen, irgendwo, das kann doch sein. Solo und ich sahen auch nicht grad sauber aus, als wir aus der Höhle gekommen sind.«

»Genau«, murmelte Milky mit einem Blick auf Solo, der sich ebenfalls ein sauberes T-Shirt angezogen hatte, aber immer noch seine zerfetzte Jeans trug. »Sie hat sich irgendwo das Kleid aufgerissen, als sie nach dem Ausgang oder nach einem Licht gesucht hat. Alpha hat recht, Leute. Das muss überhaupt nichts heißen.«

Solo fuhr mit den Fingern über die Drahtsaite seiner Berimbau, was einen leisen, metallischen Ton hervorbrachte, fast wie ein Klagelaut. Dabei nickte er, ganz leicht und immer wieder, aber der Ausdruck seines Gesichtes ließ das Nicken wie ein Kopfschütteln wirken. Elfe hatte schon wieder zu schluchzen begonnen. Ihre Augen waren nur noch Schlitze, unter denen dicke Tränensäcke lagen, und ihren schwarzen Lippenstift trug sie längst nicht mehr. Ihre Lippen waren blass, fast farblos im Vergleich zu ihrer geröteten Haut. Mephisto lag neben ihr und leckte ihr über die Hand, wobei er leise, fiepende Geräusche von sich gab. Elfe schien es nicht einmal zu bemerken. Ihre Haare hingen ihr in nassen lila Strähnen um den Kopf und sie zitterte am ganzen Körper.

»Und das Blut?«, schrie sie. »Verdammt noch mal, das war eine regelrechte *Lache* von Blut, die da am Boden war! Und selbst wenn sich Darling irgendwo verfangen haben sollte, warum taucht sie dann nicht auf? Wo steckt sie? Wo steckt Joker? Hat der sich auch … *verfangen?*« Elfe war aufgesprungen, plötzlich kam sie mir massig und schwer vor. »Ich halt das nicht mehr aus, das ist doch alles kein Spaß mehr! Ich verkrafte das nicht! Hier stimmt etwas nicht, verdammt, und wenn das wieder einer von Jokers blöden Witzen sein soll, dann ohne mich, ich WILL – HIER – WEG!«

Sie schrie ihre Worte in den Wind und Milky packte sie an den Schultern, schüttelte sie, aber das machte es nur noch schlimmer. Dann sprang auch Alpha auf und schlug Elfe ins Gesicht. »Hör auf!«, fuhr er sie mit kalter Stimme an. »Halt die Klappe, du machst uns ja noch alle verrückt!«

Elfe hielt sich die Wange und starrte Alpha an, als wäre er ein Monster. Das Blut, dachte ich und schielte zu Alpha. Auch er hatte sich umgezogen, bevor wir am Morgen aufgebrochen waren. Aber an das Blut auf seinem T-Shirt erinnerte ich mich noch genau. Es war ein getrockneter, kreisrunder Fleck gewesen. Mir wurde schwindelig.

»Du ...«, presste Elfe keuchend hervor. Alphas Hand hatte einen dunkelroten Abdruck auf ihrem Gesicht hinterlassen. »*Du* hast die Mörderkarte gezogen, und als Darling diesen Spruch mit dem Mundgeruch losgelassen hat, hast du sie eine *miese Schlampe* genannt und dann ...«, Elfe hyperventilierte fast, »dann hast du sie im Stockdunkeln in das Versteck gezerrt – das ist bei der Höhle, oder? Ich wette darauf, dass das Versteck bei der Höhle ist und dass du Darling im Dunklen dorthin gezerrt und ihr etwas angetan hast, *du* ...«

Alpha machte einen Satz zurück, fast wäre er gestolpert und über die Felsen gefallen. Solo konnte ihn gerade noch festhalten und Mephisto fing laut an zu bellen.

»ICH!« Milky packte Elfe an den Handgelenken. »Ich!«, schrie er. »Ich hatte die verdammte Mörderkarte, hörst du? ICH!«

Elfe japste verstört. Wir alle starrten Milky an und irgendetwas in mir sagte: *Ich wusste es*. Milky ließ sich zurück auf den Felsen sinken. Er schleuderte ein Stück Holz ins Meer, das taumelnd über die Gischt glitt, dann rieb er seine nasse Hand an der noch nasseren Hose ab und sah uns an, einen nach dem anderen.

»Ich hatte die Mörderkarte«, wiederholte er leise. »Und ich kann euch das Versteck zeigen. Es ist nicht bei der Höhle, es ist direkt am Haus, geradezu lächerlich offensichtlich. Ich habe Neander dorthin geführt, gleich nachdem wir die Briefumschläge in den Kasten geworfen haben. In der Nacht nach unserem Feuer an der Bucht habe ich Pearl abgepasst, es ging ganz einfach und dann ... «

Jetzt liefen Milky Tränen über die Wangen. Wütend wischte er sie mit dem Handrücken weg, wobei er schmierig schwarze Streifen auf der Haut hinterließ. Sein Gesicht hatte längst nicht mehr die Farbe von Milch. Die Haut war braun-rot gefleckt, die Stirn pellte sich und mit den schmutzigen Streifen über den zahllosen Sommersprossen sah sein Gesicht aus wie nach einer missglückten Kriegsbemalung. »Dann hat mir Joker geholfen«, fuhr er mit erstickter Stimme fort. »Ich hatte ihn am nächsten Tag in der Küche überrascht, als ihr Mädels mit Moon in den Wald gezogen seid. Alpha und Lung waren draußen, Solo und Joker waren mit Darling in unserem Schlafsaal und irgendwann kam Joker in die Küche, um sich etwas zu trinken zu holen. Als ich ihn am Handgelenk gegriffen habe, hat Joker mich überredet, ihn ... « Milky zuckte zurück, als eine hohe Welle neben ihm emporspritzte.

»Ihn ... was?«, zischte Alpha.

»Ihn zu verschonen.« Milky war ein Stück zur Seite gerückt. Der Wind heulte immer lauter und der Regen erreichte jetzt auch unsere Seite der Insel. Prasselnd fielen die großen Tropfen herab, aber ich beachtete sie gar nicht.

»Er hat leise auf mich eingeredet«, fuhr Milky fort. »Hat mir gesagt, dass Tempelhoff das Projekt unmöglich abbrechen würde und dass es – im Gegenteil – die Spannung doch nur steigern könnte, wenn Joker mein Komplize würde. Er sagte, er würde mir helfen, euch abzulenken, damit ich ein leichteres Spiel hätte.«

Milky zog verzweifelt die Nase hoch. »Und da habe ich eingewilligt. In derselben Nacht hat Joker dann seinen blöden Scherz im Wald steigen lassen und ich habe mir Krys geschnappt. Ihr ward ja alle so kopflos, dass ihr auf nichts mehr geachtet habt. In der Nacht darauf war Alpha mit Darling im Haupthaus verschwunden und du ... «, Milky warf einen Blick auf Solo, »hast mal wieder geschlafen wie ein Baby. Lung wollte aufs Klo, da hab ich ihn am Handgelenk gefasst. Und Moon ... « Milky zog die Knie ans Kinn und schlang seine Arme um die Beine, als ob er sich an sich selbst festhalten wollte. »Moon ist freiwillig gegangen. Sie hat von draußen an das Fenster vor meinem Bett geklopft, ganz leise. Ich musste nur rausgehen und dann hat sie mir ihr Handgelenk hingehalten. Es war fast wie ein Befehl. Die Bilder hatte sie schon aufgehängt.«

Mir wurde eiskalt. Mein Gefühl, dass Moon Isola freiwillig verlassen hatte, war richtig gewesen.

»Aber jetzt«, flüsterte ich. »Was ist jetzt mit Joker und Darling? Wo können sie denn nur sein?«

»Und warum kommt Tempelhoff nicht?« Elfes Stimme

überschlug sich schon wieder. Sie winkte wie wild zu der Nachbarinsel hinüber, während der Wind ihr Haar in alle Himmelsrichtungen riss. »Ich will weg! Ich will nicht mehr!« Sie fuhr zu Milky herum, ging vor ihm in die Knie und riss sich das Armband mit den Glasperlen so heftig vom Handgelenk, dass die bunten Dinger in alle Himmelsrichtungen schossen. Dann hielt sie Milky das Handgelenk hin, ihre nasse Hand zur Faust geballt. »Da!«, schrie sie ihn an. »Da, nimm mich. Ich bin die Nächste. Führ mich ins Versteck, dann werde ich vielleicht dort abgeholt. Komm schon, komm und bring mich von hier weg!«

Milky schüttelte kraftlos mit dem Kopf. Die Luft wurde immer kälter und der Himmel dunkler. Plötzlich musste ich an Joker denken, an das, was ich beim Tanzen in der Höhle gesehen hatte. Wie er sich Darling genähert und sie an der Schulter herumgerissen hatte.

»Und wenn es Joker war?«, flüsterte ich. »Und wenn Joker Darling etwas ... «

Solo legte seine Hand auf meinen Arm. Dann stand er auf und Mephisto tat es ihm gleich. Schwanzwedelnd stand der schwarze Labrador neben ihm, der Wind fuhr durch sein Fell, die Zunge hing ihm zum Maul heraus.

»Wir werden überwacht, Leute«, sagte Solo in einem seltsam bestimmten Ton. »Wenn irgendetwas aus dem Ruder laufen sollte, dann würde mein ... dann würde Tempelhoff eingreifen. Okay?« Er fixierte mich. »Lasst uns zurückgehen.« Seine Stimme klang ruhig. »Kommt. Wir gehen zum Haus und du zeigst uns das Versteck, Milky. Okay?«

»Okay.« Milky erhob sich wie mit letzter Kraft. Wir kletterten über die Felsen zurück, und gerade als wir an dem Höhleneingang vorbeigehen wollten, pfiff Alpha plötzlich durch die Zähne.

»Der zweite Gang«, sagte er. »Erinnert ihr euch? Als wir gestern in die Höhle kamen, da gab es doch diesen zweiten Gang. Dort haben wir noch nicht nachgesehen.«

Zögernd musterten wir einander. Die Dunkelheit näherte sich mit Riesenschritten, aber unser Drang, die Ungewissheit zu besiegen, war größer als unsere Angst. Sogar Elfe nickte.

Wieder lief Mephisto voran, und als wir nach der Abzweigung in den zweiten Gang eintauchten, rauschte das Blut in meinen Ohren. Meine nassen Sachen klebten an meinem Körper, aber jetzt war mir heiß und ich rang die ganze Zeit nach Luft. Der Gang war relativ hoch und so breit, dass wir zu dritt nebeneinanderher laufen konnten. Solo hatte irgendwann nach meiner Hand gegriffen, eine Geste, die mir plötzlich völlig selbstverständlich vorkam. Die Zweifel über sein rätselhaftes Verhalten, die mich bis vor Kurzem noch so geplagt hatten, waren verschwunden. Solos Hand zu halten, ihm endlich nah zu sein, war das Einzige, was jetzt einen Sinn ergab – in all diesem Chaos. Aber genießen konnte ich es nicht. Ich war halb verrückt vor Angst.

Milky und Elfe liefen dicht hinter uns. Dem immer näher kommenden Rauschen des Meeres nach zu urteilen, schien der Gang zurück ans Ufer zu führen. Er neigte sich aufwärts, wesentlich steiler als der Gang, den wir zur großen Höhle genommen hatten, und irgendwann fiel rechts vor uns ein diffuser Lichtstrahl auf den Felsenboden. Ich konnte das Meer riechen, ein kühler, salziger Geruch, und dann spürte ich den Wind auf meiner Haut.

In dem Gang klaffte ein Spalt. Wie ein großes V sah er aus. Ein V? Plötzlich fiel mir ein, dass ich diesen Spalt schon einmal gesehen hatte – an dem Tag, als Moon ihre Schildkröte begraben hatte. Ich hatte von dem kleinen Friedhof bei der Kapelle zu ihm hinaufgestarrt.

»Die Bucht«, murmelte Solo, der sich vor das V gestellt hatte und sich mit den Händen an der Felswand festhielt. Hinter ihm hockte Mephisto und lugte durch die Beine seines Herren ebenfalls nach draußen. »Von hier aus sieht man auch die Bucht mit den Felsen.« Solo drehte den Kopf zu uns. »Wollt ihr mal?«

Milky schüttelte entsetzt den Kopf und wich einen Schritt zurück. »Ich hab Höhenangst, Mann. Pass auf, dass du da nicht runterfliegst!«

»Ich will«, sagte Alpha und zog an meinem Arm, aber ich war schon neben Solo getreten und beugte mich durch den Spalt nach draußen. Solo hielt mich fest an den Schultern und hinter mir hörte ich Mephistos Hecheln. Der Wind blies mir den Regen ins Gesicht und ich sog gierig die salzige Luft ein, während ich auf die Felsküste hinabschaute. Gut vier Meter unter uns lag sie und die sichelförmige, von den schroffen Felsen umrahmte Bucht war jetzt vollständig von der Flut überspült. Auch die Kapelle konnte man von hier aus erkennen und die Begegnung mit Solo schoss mir wieder durch den Kopf. Es kam mir vor, als wäre es eine Ewigkeit her. Solos Hände umschlossen meine Schultern noch fester und ich fragte mich, ob er dasselbe dachte wie ich. Ein Vogel krächzte, ein einzelner schriller Schrei, und ich zog rasch meinen Kopf zurück.

Auch Alpha sah nach draußen, dann gingen wir weiter. Nach einer scharfen Linksbiegung brach der Gang plötzlich jäh vor uns ab.

»Vorsicht!« Solo zog mich zurück. Ich konnte den grauen Himmel sehen, direkt vor uns. Hier öffnete sich der Felsen zu einem riesigen Oval, wie das Ende eines Tunnels, vom Umfang her mannshoch und bestimmt zwei Meter breit. Der Wind, der uns entgegenblies, war hier noch stärker und das Rauschen unter uns erschien mir noch lauter. Ich hörte, wie die Wellen ans Ufer krachten, gewaltsam tosend und brausend, als wollten sie die Klippen zum Einstürzen bringen, und hinein mischte sich Mephistos Bellen. Solo zog mich mit sich nach unten. Auf Knien krochen wir vorwärts, bis wir uns vor dem Abgrund platt auf den Bauch legten. Spitze Steine bohrten sich in meine Brust und der Felsen unter meinen Händen war kalt und rau. Alpha robbte neben mich, während Milky und Elfe mit Mephisto hinter uns blieben.

Auf dem offenen Meer hatten Wasser und Himmel dieselbe Farbe angenommen, ein düsteres, bizarres Grau, in dem kein Horizont mehr zu erkennen war. In der Ferne sah ich die Nachbarinsel mit dem dunklen Turm, dessen Spitze jetzt fast auf unserer Höhe war. Und noch immer brannte Licht, ein schwachgelbes, kreisrundes Auge.

»Da«, rief Alpha plötzlich neben mir. »Da unten muss

noch eine Bucht sein, seht ihr? Direkt unter uns.« Er streckte den Finger in die Tiefe und mir wurde schwindelig, als ich in die schäumende Gischt sah. Das tosende Meer erschien mir wie etwas Lebendiges, als würde sich unter seiner Oberfläche eine gigantische Urzeitgestalt aufbäumen. Alpha rief etwas, doch ich konnte ihn nicht verstehen, so laut wütete der Sturm. Erst als mein Blick Alphas ausgestrecktem Finger folgte, sah ich, was er meinte. Genau unter uns brachen sich die Wellen nicht an den Felsen, sondern die Gischt verschwand, als würde sie aufgesogen – von einem Tunnel oder einer Höhle tief im Fels. Die Wellen rollten abermals heran, mit noch größerer Wucht als zuvor. Das Wasser spritzte zu uns hoch, drei, vier Meter. Doch dann zogen sich die Wellen zurück, diesmal ein wenig länger, als wollten sie innehalten, um neuen Atem zu schöpfen.

In diesem Augenblick erkannte ich das Boot. An seinem Bug war ein langes Tau, mit dem es offensichtlich irgendwo befestigt war. Neben mir gellte Solos Schrei. Er war so durchdringend, dass mir das Blut in den Adern gefror.

Und dann sah ich Joker. Er lag direkt vor dem Boot, mit dem Gesicht im Wasser, als hätte das Meer ihn zurück an Land gespült. Noch immer trug er seinen schwarzen Mantel, die Arme waren weit ausgebreitet wie die Schwingen einer Fledermaus. Aber tanzen konnte er nicht mehr.

Es gab kaum einen Zweifel.

Joker war tot.

Siebzehn

Er schloss die Tür hinter sich und lehnte sich mit dem Rücken gegen die Wand. Er kniff die Augen zusammen, die mittlerweile brannten, als hätte er eine Bindehautentzündung. Sein Kopf hämmerte und das Adrenalin hörte nicht auf, durch seine Adern zu jagen. Wie Stromschläge fühlten sich die Schübe an. Wie konnte das passieren? Es war geradezu absurd! Er drehte sich um und schlug mit der Faust gegen die Wand, bis ihm die Haut auf den Knöcheln aufplatzte. Dann holte er Luft. Ganz tief.

Einatmen, ausatmen.

Er leckte das Blut ab. Wie süß es schmeckte. Er musste sich zusammenreißen. Er musste ruhig bleiben. Alles hing jetzt an ihm, alles. Und gleichzeitig hatte er keine Wahl. Er konnte hier nicht weg. Er musste warten. Warten, was passierte. Und dementsprechend musste er handeln. Die Strategie ändern. Improvisieren. Darin war er doch ein Meister oder nicht? Sein Spiel hatte funktioniert. Es war nur etwas aus dem Ruder gelaufen, und dass es ausgerechnet Joker war, der ihm einen Strich durch die Rechnung gemacht hatte …

Er rang nach Luft. Er hatte das nicht gewollt, er durfte sich keine Vorwürfe machen, nicht jetzt! Was passiert war, konnte er nicht rückgängig machen, aber er konnte das Ruder noch herumreißen. Und das würde er tun.

Ja, das würde er tun. Er würde nicht aufgeben, nicht nach all der Arbeit, die ihn diese verdammte Inselsache gekostet hatte. Er musste nur den richtigen Zeitpunkt abpassen. Und der würde kommen. Er öffnete die Tür und ging mit entschlossenen Schritten nach nebenan.

»WIR KÖNNEN ihn doch nicht einfach dort liegen lassen. Was, wenn er noch lebt?«

Wie oft hatte Elfe diese Sätze jetzt schon gesagt? Einmal? Zweimal? Hundertmal? Wir waren zurückgegangen – oder waren wir gelaufen? Ich weiß es nicht mehr. Ich weiß nur noch, dass Solo mich nicht losgelassen hatte, die ganze Zeit über hielt er meine Hand, bis ich irgendwann das Gefühl hatte, mit ihm verschmolzen zu sein.

Aber Joker lebte nicht mehr – und wenn er noch gelebt hatte, als wir ihn gefunden hatten, dann war er jetzt tot, daran gab es nicht den leisesten Zweifel, das wusste im Grunde selbst Elfe. Stunden waren vergangen, qualvolle, klebrige Stunden, in denen jeder von uns durch seine eigene Form der Hölle gegangen war – und immer noch ging. Wir saßen im Haupthaus, in der Kissenecke, draußen heulte unablässig der Sturm. Wir hatten nichts für Joker tun können. Nichts, nichts, nichts. Die Stelle, an der er lag, war für uns unerreichbar. Frühestens bei Ebbe und nur, wenn der Sturm sich legte, würden wir dorthin kommen, vorher nicht.

Jetzt nicht.

Und wo war Darling?

Und wo war er – Tempelhoff oder sein Assistent?

Hatten sie gesehen, was passiert war? Sie mussten es gesehen haben ... oder nicht?

Woher kam das Boot?

War Tempelhoff hier, auf der Insel? Er konnte nicht hier sein, denn dann wäre er zu uns gekommen. Tempelhoff, der berühmte Regisseur, der, wie er selbst gesagt hatte, seinen Ruf aufs Spiel setzen würde, wenn er sich auch nur den kleinsten Fehler erlaubte. Er konnte uns sehen und hören, egal wo wir waren, egal zu welcher Tages- oder Nachtzeit, so war es uns doch zugesichert worden, und wenn irgendetwas Unvorhergesehenes geschähe, würde Tempelhoff erscheinen oder jemanden schicken.

Jetzt war etwas Unvorhergesehenes geschehen. Jetzt war ein Fehler passiert und es war bei Gott nicht irgendein Fehler. Tempelhoffs Spiel hatte ein Opfer gefordert, ein echtes Opfer. Ein Mensch war gestorben, Joker, ein Teil unserer Gruppe, ein Teil von uns war tot. Von Darling hatten wir nichts als einen Stofffetzen gefunden, neben einer Lache von Blut. Und nun saßen wir hier, verstört und hilflos, zu Tode verängstigt. Warum ließ uns Tempelhoff allein? War das Ganze etwa ...

Auch diese Fragen hatten wir uns gestellt. Als es an die letzte Frage ging, hörte ich Solo neben mir keuchen. Ich vergrub meinen Kopf in dem runden gelben Kissen, das ich mir auf den Schoss gelegt hatte, und drückte es so fest gegen mein Gesicht, bis mir die Luft wegblieb. Aber die Gedanken ließen sich nicht wegdrücken. Immer atemloser jagten sie durch meinen Kopf, wirbelten in wilden Kreisen umher, schneller und schneller, ohne zu irgendeinem logischen Punkt zu kommen.

Solo hatte noch kein einziges Wort gesagt, er öffnete nur seinen Mund, mehrere Male und mit schmerzverzerrtem Gesicht, als ob er etwas herauslassen wollte, etwas, das ihm unendliche Qualen bereitete – aber er schaffte es nicht und niemand außer mir schien ihm anzumerken, dass er einen stillen Kampf mit sich selbst ausführte.

»Das Versteck.« Das sagte irgendwann Alpha, mit lauter, fast schriller Stimme. Er boxte gegen das Kissen, auf dem Milky saß. »Das verdammte Versteck. Zeig es uns! Wir hätten *längst* dort suchen müssen, noch bevor wir diese gottverdammte Insel durchkämmt haben!«

Milky stand auf, wie ein Roboter, bei dem man irgendeinen Knopf gedrückt hatte. Mechanisch ging er aus dem Haupthaus und ebenso mechanisch folgten wir ihm.

Das Versteck war im Briefkasten. Oder vielmehr unter dem Briefkasten. Die schwarze Vorderseite mit der Aufschrift *Isola* war der Eingang. Milky drückte dagegen, ganz leicht, nur mit dem Handrücken und schon sprang mit einem satten Klacken, das fast ein Seufzer war, der Briefkasten auf. Hinunter führte eine schmale Stiege, so schmal, dass ich mich fragte, wie Milky Neander dort hatte hineinschieben können. Die Treppe, neunzehn in Stein geschlagene Stufen, führten in eine Kammer unter der Erde. Sie war notdürftig eingerichtet. Es gab eine Pritsche und einen Kasten Wasser, es gab Gläser, es gab Licht und ein kleines, durch eine Stellwand abgetrenntes Klo. Auf der Pritsche lagen eine braungraue Wolldecke und ein dunkelblaues Kissen, daneben fanden wir eine Notiz. *Take care, Moon* stand auf einem bleichen Blatt Papier geschrieben. Es gab sicher auch Kameras.

Hier hatten also die Opfer des Spiels gesessen, Neander, Pearl, Krys, Lung und Moon, und hier hatten sie gewartet, bis sie abgeholt wurden – obwohl mir auch bei diesem Gedanken ein kalter Schauer über den Rücken lief.

»Milky«, presste ich mit einer fremden Stimme hervor. »Du weißt nicht, was mit ihnen geschehen ist, nachdem du sie hier runtergeschickt hast, oder?«

Milky, der neben mir ging, blieb so abrupt stehen, dass Alpha in ihn hineinrannte. »Nein«, gab er zurück. »Nein, das weiß ich nicht, ich dachte ... «

Er klappte den Mund zu. Was auch immer wir gedacht hatten, es spielte keine Rolle. Wir alle hatten geglaubt, ein Spiel zu spielen, und keiner von uns hatte gemerkt, wann es Ernst geworden war. Die Spielanleitung kam mir wieder in den Sinn, der Moment, als Milky sie vorgelesen hatte. *Die Opfer bewegen sich frei auf der Insel, bis sie vom Mörder erwischt werden.*

Wer hatte Joker erwischt? Die Hoffnung, dass es ein Unfall gewesen sein konnte, war nicht mehr als ein dünner Faden, an den ich mich klammerte – und änderte nichts an der Tatsache, dass Joker sein Leben verloren hatte.

Gleich neben dem Bett war eine Tür, sie war abgeschlossen, aber sie gab nach, als Alpha und Solo sich mit den Schultern dagegenwarfen. Holz splitterte und vor uns lag ein Gang, der in keiner Weise an die Felsengänge der Höhle erinnerte. Er war von Menschenhand geschaffen worden, vermutlich hatte dieser Teil einst der Überwachung der Insel gedient. An den Decken waren Leitungen und Rohre befestigt, aus denen es stellenweise tropfte, hohle, ploppende Geräusche, die mir in den Ohren wehtaten. Aber der Strom funktionierte und überall gab es Lichtschalter. Kaltes Neonlicht erleuchtete den ausgebauten Korridor, der sich vor uns erstreckte. Ein paar Hundert Meter weiter mündete er in einer zweiten Tür, die nicht abgeschlossen war. Als wir sie öffneten, blies uns schwarze Nachtluft entgegen und das tosende Meer brach sich an den Felsen, die hier wie eine steile Festung in die Höhe ragten. Eine in den Fels geschlagene Treppe führte zum Ufer hinunter, das offensichtlich ebenfalls nur vom Meer aus zu erreichen war. Wir vermuteten, dass wir uns auf der Inselseite links von unserer Unterkunft befanden, auf die wir am Nachmittag herabgeschaut hatten.

Aber Darling war nicht hier.

Niemand war hier.

Wieder im Haupthaus setzten wir uns um den Glastisch, auf dem noch ein paar Essensreste standen. Es roch nach kalter Gemüsesuppe und mir wurde wieder schlecht. Mephisto lag unter dem Tisch und schlief, ich hörte ihn schnarchen und ab und zu leise winseln. Ich starrte auf Moons Bilder an der Wand, an Jokers Gesicht blieb ich hängen, an seiner hochgezogenen Augenbraue, seinem dämonischen Grinsen und an dem weichen, schattenhaften Ausdruck, den Moon ihm in die Mundwinkel gemalt hatte. Verletzlichkeit. Plötzlich schien sie mir Jokers hervorstechendste Eigenschaft zu sein. Sein Bild verschwamm vor meinen Augen, meine Hände wurden kalt. Joker – wie war sein richtiger Name gewesen? Wie alt war er – oder wie jung? Wie hatte er gelebt, vor der Insel, in welcher Stadt, in welcher Familie? Als ich daran dachte, dass seine Eltern nicht einmal wussten, dass ihr Sohn tot war, versteifte sich mein ganzer Körper, von den Zehenspitzen bis unter die Haarwurzeln, und die Spannung in mir ließ mich die Knie gegeneinanderschlagen, immer fester und fester, ich konnte nicht damit aufhören.

In der Mitte des Tisches, eingebettet in die gläserne Mulde, umgeben von Brotkrümeln und einer klebrigen Lache Saft, lag das Spiel. Ich bemerkte, dass Solo den schwarzen Kasten mit dem türkisfarbenen Auge wie in einem stummen Kampf anstarrte. Er saß gegenüber von mir, direkt unter dem Bild von Darling, und als er dieses Mal den Mund öffnete, kam heraus, was ihn vorhin offenbar so gequält hatte.

»Er ist mein Vater.«

Die Worte klangen, als ob Solo an ihnen ersticken würde.

Niemand reagierte, niemand sagte einen einzigen Ton und dann stand Solo auf und griff nach dem schwarzen Kasten. Er hielt ihn hoch über seinen Kopf und schmetterte ihn mit voller Wucht auf den Glastisch, aber der gab nicht nach, nur die Teller bebten und eine Gabel fiel klirrend zu Boden.

Solo setzte sich wieder, er vergrub das Gesicht in den Händen und seine Schultern fingen an zu zittern.

»Wer ist ... *was?*« Alpha zuckte zusammen, als hätten

ihn Solos Worte erst jetzt erreicht. »Was redest du da, verdammt – wer ist dein Vater? *Tempelhoff?*«

Solos Kopf, noch immer zwischen seinen Händen, bewegte sich auf und ab. Auf ... und ab.

»Jetzt weiß ich's.« Plötzlich kam Leben in Elfe. Sie sprang auf und zerrte an Solos Armen, bis er sie vom Gesicht nahm. »Schon im Flugzeug bist du mir bekannt vorgekommen«, keuchte sie und starrte ihn an. »Und jetzt weiß ich endlich, woher ich dein Gesicht kenne: Aus der Zeitung! Ich habe dich in der Zeitung gesehen, es war irgendein Artikel über deinen Vater und dich. Du hast neben ihm gestanden. Daher. Daher kannte ich dich.«

Für einen Moment brach sie in Kichern aus, es klang wie ein verzerrtes Echo der ewig plappernden Elfe, die ich im Flugzeug kennengelernt hatte. Dann verstummte sie abrupt und sackte zurück in ihren Stuhl. »Und damit ... kommst du uns jetzt?«

Solo nickte wieder, ein einfaches Ja, auf eine einfache Frage.

»Was wusstest du?« Milkys Stimme klang so schrill wie die einer Frau. »Was wusstest du über dieses verdammte Projekt?«

»Nichts«, entgegnete Solo tonlos. »Jedenfalls nicht mehr und nicht weniger als das, was ihr auch wusstet. Dass die Insel überwacht ist. Dass wir drei Wochen hier sein würden. Dass wir zu zwölft hierherfliegen würden. Dass aus dem, was sich hier abspielt, ein Film werden sollte und dass mein Vater drüben auf der Nachbarinsel zusammen mit Sven die Monitore überwacht. Mehr nicht. Ich wusste das, was alle wissen. Mein Vater hat mir nur das gesagt, was er euch auch gesagt hat.«

»Und wo«, Alpha spuckte die Worte aus wie Glassplitter. »Und wo ist dein verfluchter Vater *jetzt?*«

Solo sah Alpha aus seinen dunklen Augen an. Ganz ruhig war er, beinahe gelassen. »Das«, erwiderte er, »will ich genauso wissen wie ihr.«

Es stürmte noch immer, als sich Elfe und Milky wieder in die Kissenecke verkrochen. Ich war mit Solo am Tisch sitzen geblieben und hörte die beiden leise reden. Milky erzählte von seinen Eltern, die Lehrer waren, und Elfe fragte ihn nach Geschwistern, er hatte vier, vier ältere Schwestern, die ihm früher Mädchenkleider angezogen hatten, worüber Elfe lachen musste, doch gleich darauf fing sie wieder an zu weinen. Alpha lief im Raum umher, auf und ab wie ein eingesperrtes Tier. Er hatte sich aus Krys' Truhe Zigaretten geholt und steckte sich gerade eine neue an. Der Rauch vernebelte die Luft, aber wegen des Sturms konnten wir kein Fenster öffnen. Dafür machte sich Alpha jetzt an den Tapeten zu schaffen, erst mit den Fingern, dann mit einem Küchenmesser und schließlich mithilfe seines Leathermans, aus dem er ein Rasiermesser zog. Wütend und hektisch ritzte er ein Stück Tapete auf, zog einen langen Streifen davon ab, dann noch einen, wobei er keuchende Geräusche von sich gab.

»Lass es sein!«, rief Solo und stand vom Tisch auf. »Lass es bleiben, was soll uns das denn bringen?«

»Ich – will«, presste Alpha hervor. »Ich will wenigstens

sehen, dass es hier Kameras gibt, ich will –« Er hielt inne und zuckte zurück.

Milky und Elfe waren aufgesprungen und standen hinter ihm, dann kamen auch Solo und ich dazu. Ein winziges Objektiv wurde sichtbar, kaum größer als ein Centstück. Alpha ließ das Messer sinken und für Minuten standen wir da und starrten das bläulich schimmernde Glasauge an. Solo stöhnte leise und rieb sich die Schläfen, diesmal mit den Fäusten. Alpha trat mit dem Fuß gegen die Wand und dann stürzte er zum Glastisch. Er warf zwei Stühle um, schnappte sich einen dritten und schlug ihn gegen die Wand, bis krachend eins der schwarz lackierten Holzbeine abbrach. »Dein Scheißvater«, schrie er. »Dein verfluchter Scheißvater, was spielt der hier mit uns?« Er fuhr zu Solo herum, den erhobenen Stuhl noch immer in den Händen.

Solo verließ den Raum.

»Hey«, Milky fasste Alpha bei den Schultern. »Hey, beruhige dich, es nützt uns nichts, wenn wir jetzt ausflippen. Wir müssen ruhig bleiben, verstehst du? Wir müssen ... «

Alpha ließ den Stuhl sinken und Elfe stand da, beide Hände vor dem Gesicht zusammengeschlagen. Es war mir unerträglich, hier zu bleiben.

Ich überlegte, ob ich hinter Solo hergehen sollte, aber ich brachte es nicht fertig, ich wusste nicht mehr, was ich fühlte oder dachte oder glauben sollte. Stattdessen ging ich in unseren Schlafraum. Ich setzte mich auf mein Bett, nahm das Foto von Esperança vom Nachttisch und starrte es an. Zwischendurch schweifte mein Blick zu dem Schneckenhaus, das ich am Strand gefunden hatte, wenige Stunden, bevor das Spiel losging.

»Stör ich?«

Solo stand vor meinem Bett. Ich schüttelte den Kopf und plötzlich war ich erleichtert, dass er da war. Er setzte sich neben mich.

»Was machen deine Kopfschmerzen?«, fragte ich.

Er lächelte müde. »Besser. Danke.«

»Wie lange hast du diese Schmerzen schon?«

»Lange. Ich glaub, seit ich zwölf oder dreizehn bin. Mein Vater hat mich zu allen möglichen Ärzten geschleppt. Angeblich ist es irgendwas mit den Nerven, aber genau konnte es niemand sagen.«

Ich dachte an die Tabletten, die ich auf Solos Nachttisch gesehen hatte, dieselbe Sorte, die auch Erika gegen ihre Migräne nahm – immer dann, wenn sie besonders schlimm war. Und ich dachte daran, wie Bernhard einmal völlig ausgeflippt war, als Erika in Verbindung mit den Tabletten Alkohol getrunken hatte. »Bist du wahnsinnig?«, hatte er geschimpft. »Weißt du, was das Zeug für Nebenwirkungen hat?«

»Das sind harte Pillen, die du da schluckst«, murmelte ich.

»Ich weiß.« Solo seufzte. »Aber sie helfen.« Er legte die Fingerspitzen gegeneinander, sodass seine Hände ein Zelt formten. Dann lehnte er seine Zeigefinger an die Nase und starrte darüber hinweg ins Nichts. »Darling hat mich angegraben«, flüsterte er wie zu sich selbst. »In der Höhle, als ihr weg wart. Sie . . . sie wollte mich küssen, ich hab sie angefahren, dass mir schlecht sei, dass sie mich in Ruhe lassen sollte, aber sie hat nicht aufgehört und dann ...« Solo schüttelte immer heftiger mit dem Kopf.

Ich hielt den Atem an. »... *und dann?*«

Solo ließ die Hände sinken und sah mich an. »Dann weiß ich nichts mehr. Als ich zu mir kam, war Darling ebenfalls fort. Vielleicht ist sie auch ... ins Meer gestürzt ... wie Joker.« Solos Gesichtsausdruck wurde immer verzweifelter. »Glaubst du, dass Joker gestürzt ist? *Glaubst* du, dass es ein Unfall war?«

Ich zuckte hilflos mit den Schultern. »Ich weiß genauso wenig wie du«, sagte ich leise.

Wieder starrte ich auf das Bild in meinen Händen, dann schloss ich die Augen und sah Joker vor mir, wie er in seinem schwarzen Mantel auf der Oberfläche des Wassers trieb. Es tat so weh, dass ich die Augen wieder aufriss, aber das änderte nichts. Ich fühlte mich wund, mein ganzer Körper schmerzte äußerlich und innerlich, aber ich konnte nicht weinen, ich war stumm und still wie eine Puppe – genau wie damals, als Erika und Bernhard uns vor der Kapelle in Rio gefunden hatten.

»Wer ist das?«, fragte Solo schließlich und tippte auf das Foto von Esperança. »Wer ist das Mädchen? Sie ist schön. Sie ... sieht dir ähnlich.«

Ich nickte. Ja. Das hatte auch Moon gesagt, in der Nacht, als sie sich neben mich in mein Bett gelegt hatte.

»Sie ist meine Schwester«, hörte ich mich sagen. »Der Berg in Rio, der *Dois Irmaos*, wir sind durch seinen Tunnel gefahren. Auf diesem Berg bin ich geboren. In der Favela, dem Armenviertel, das dort oben liegt. Aber Esperança ist oft mit uns nach unten gegangen, wenn unsere Eltern vollgepumpt mit Drogen waren und es nichts zu essen gab. Es ist verrückt, dass ich mich noch daran erinnere, aber seit ich hier bin, sehe ich immer wieder Bilder. Einen alten Mann, der mir eine Mango gab, meine schreienden Babybrüder, eine Spritze am Boden. Wahrscheinlich waren meine Eltern heroinabhängig, ich habe später gelesen, dass Drogen in einer Favela zum Alltag gehören. An meine Eltern erinnere ich mich nicht, da ist nichts, kein Gesicht, kein Geruch, kein Gefühl. Ich weiß auch die Namen meiner Brüder nicht mehr.«

Meine Hände, die noch immer Esperanças Bild festhielten, begannen zu zittern. »Aber meine große Schwester war immer bei mir, sie ... « Ich rang nach Luft und legte meine Hand auf meinen Bauch, an eine Stelle direkt unter der Brust. Plötzlich sah ich all die Bilder wieder vor mir, die mich in den letzten Tagen so wahllos überfallen hatten. Jetzt bildeten sie eine logische Folge – und mein Wunsch, Solo von mir zu erzählen, erfüllte sich in der denkbar dunkelsten Situation. Aber jetzt drängte alles aus mir heraus. Ich sprach, wie ich noch nie zu einem Menschen zuvor gesprochen hatte.

»Esperança sitzt hier«, sagte ich und presste die Hand noch fester auf meinen Bauch. »Genau hier, als wäre sie mit mir verwachsen. Sie hat sich die ganze Zeit um uns gekümmert, um mich und meine Brüder, und ich glaube, sie ist oft mit uns betteln gegangen. Ich erinnere mich daran, dass wir durch die Straßen von Rio gezogen sind und dass meine Brüder noch zu klein zum Laufen waren. Meine Schwester hat sie in einer Schubkarre geschoben. Eines Nachts sind wir wieder unten geblieben, irgendwo in der Stadt, das haben wir oft gemacht. Es war zu dunkel und der Weg nach Hause war zu weit. In dieser Nacht haben wir uns vor eine Kapelle gelegt, auch andere Straßenkinder waren dort, fünf oder sechs. Esperança schien sie zu kennen, ein paar von ihnen schnüffelten Klebstoff, ich weiß noch, wie eklig es stank, und dass Esperança mit ihnen schimpfte. Ich hatte furchtbare Bauchschmerzen und habe geschrien wie verrückt. Esperança konnte mich nicht beruhigen, sie hat mir etwas vorgesungen und irgendwann fing sie an zu weinen, darüber muss ich dann eingeschlafen sein. Jedenfalls wurde ich wach – von Schritten, und Esperança war völlig panisch. Sie riss meine Brüder aus dem Schlaf, zog mich am Kragen und zerrte uns hinter die Kapelle. Sie drückte meinen Kopf in ihren Schoß. Ich habe nur die dumpfen Schläge gehört und die Schreie der anderen Kinder. Irgendwann ertönten zwei Schüsse und dann war alles still.«

Ich hielt inne und versuchte, das Zittern in meinen Beinen unter Kontrolle zu halten. Meine Knie schmerzten und meine Kehle war wie ausgetrocknet.

»Wer?«, flüsterte Solo. »Wer hat . . . «

»Die Polizei«, unterbrach ich ihn tonlos. »Ich habe später jede Menge darüber gelesen und Sabiá, mein Tanzlehrer in Hamburg, hat mir auch viel erzählt. Er war selbst ein Favelakind. Die Polizisten werden in Brasilien schlecht ausgebildet, verdammt schlecht, wie Sabiá sagte. Du kannst ihre

Arbeit mit der eines Kriegssoldaten vergleichen, wahrscheinlich liegt es auch an der hohen Kriminalitätsrate. Ich weiß nicht, was das aus Menschen macht. Jedenfalls sind diese Männer extrem gefährlich, vor allem für die Straßenkinder. Ihre Arbeit wird miserabel bezahlt und Sabiá meinte, dass viele Bullen in Brasilien nur auf Macht aus sind. Fakt ist, dass in Brasilien auch heute noch vier bis fünf Straßenkinder am Tag getötet werden.«

Ich lachte trocken. »Oder beseitigt – wie Straßendreck.«

Ich griff nach dem Wasserglas, das zwischen der Muschel und meiner Kerze auf dem Nachttisch stand, und trank es leer.

»Ich habe keine Erinnerung mehr daran, wie die Nacht verging«, fuhr ich fort. »Ich weiß nur noch, dass wir hinter der Kapelle hockten und dass meine Brüder irgendwann wieder einschliefen, während ich auf Esperanças Schoß lag. Wir haben uns nicht gerührt. Wir haben uns stundenlang nicht gerührt. Als wieder Schritte kamen, fing Esperança an zu wimmern, aber diesmal war es keine Polizei. Es waren zwei Weiße, ein Mann und eine Frau. Wie ich später erfuhr, war es reiner Zufall, dass sie uns hinter der Kapelle entdeckten. Sie waren auf dem Rückweg von einem Restaurant und die Frau hatte die Kapelle anschauen wollen, weil sie so friedlich aussah. Was sie vorfanden, waren drei tote und vier völlig verstörte Kinder. Die Frau ist vor uns auf die Knie gefallen. Sie hat mich angeschaut, sie hat meine Haare gestreichelt, mein Gesicht, und dann hat Esperança angefangen, auf die beiden einzureden.«

Meine Kehle zog sich zusammen, ich konnte nicht weitersprechen. Ich spürte, wie Solo näher an mich heranrückte, aber ich versteifte mich und Solo schien es zu verstehen. Er fasste mich nicht an.

»Was hat deine Schwester gesagt?«, flüsterte er.

Ich hielt Esperanças Bild vor mein Gesicht, so nah, dass wir Auge in Auge waren. Ich sah ihr Lächeln, ihre hohe Stirn, das Leuchten in ihren Augen. Und ich hörte den Klang ihrer Stimme. *Cuidem dela. Cuidem de minha irmã caçula. Ela não pertence à este lugar.*

Ich schloss die Augen. »*Sorgt für sie*«, flüsterte ich. »*Sorgt für meine kleine Schwester. Sie gehört nicht an diesen Ort.*« Das waren ihre Worte. Esperança hat sie immer wieder gesagt. Auch den Namen unserer Favela hat sie genannt und irgendwann hat die Frau genickt. Da ist Esperança aufgestanden. Sie hat meine Brüder geschnappt und ist mit ihnen weggelaufen. Ich habe gehört, wie sie weinte – ich höre es immer noch. Sie hat so furchtbar geweint. Ich wollte hinter ihr her, aber ich bin stehen geblieben. Die Frau hat mich in den Arm genommen und meinen Kopf an ihre Brust gepresst. Sie trug eine Kette, die mir in die Stirn gedrückt hat, es tat weh, aber ich habe mich nicht bewegt.«

Ganz langsam wandte ich meinen Kopf zum Fenster und schaute hinaus in die tiefe Schwärze. Kein Mond, keine Sterne, nur der heulende Sturm. Und ich musste an Yansã denken, die Göttin des Candomblé-Kultes, zu der ich mich immer hingezogen gefühlt hatte. In diesem Kult werden die Götter getanzt, mit all ihren Eigenschaften. Oshun – die Schöne, Yemanjá – die Mutter, Xangô – der Herrscher des Feuers … sie faszinierten mich, jeder auf seine Weise.

Aber Yansá, die Herrin des Sturmes, die auch die Führerin der Toten ist, war für mich schon immer die machtvollste von allen.

»An das, was danach geschehen ist, kann ich mich nicht mehr erinnern«, erzählte ich weiter. »Ich weiß es nur aus Erzählungen. Die beiden Weißen, Erika und Bernhard, haben mich mitgenommen. Erst ins Hotel und später nach Deutschland. Sie haben mich adoptiert, Bernhard hat einiges dafür in Bewegung setzen müssen, aber er war damals schon Arzt, er hatte gute Verbindungen und es hat funktioniert. Er machte die Favela ausfindig, holte sich die Einwilligung meiner Eltern und die Erlaubnis der Ämter. So hat er es mir später erzählt, vielleicht hat er meinen Eltern auch Geld gegeben, ich weiß es nicht. Er war jedenfalls bei mir zu Hause. Unter den wenigen Dingen, die er für mich mitnahm, war auch das Foto meiner Schwester. Ich selbst war nie wieder dort. Bernhard und Erika haben mir einen neuen Namen gegeben. Joy Reichert. So heiße ich – oder so hieß ich, in Deutschland. Esperança habe ich nie wiedergesehen.«

Ich musste innehalten, meine Kehle schnürte sich immer enger zu, bis ich kaum noch atmen konnte.

»Joy.« Solo sprach den Namen aus wie eine Frage. »Das heißt Freude.«

Ich nickte und dachte an die Bedeutung des Namens Vera. Vera – *die Wahrhaftige.* Ich rang nach Luft, ein langer, tiefer Atemzug, und mit ihm löste sich etwas in meiner Brust. Ich konnte endlich weinen. Solo nahm mich noch immer nicht in den Arm, aber er blieb dicht neben mir und irgendwann legte er die Hand auf meinen Rücken, zwischen meine Schulterblätter, bis ich mich beruhigte.

»Erika und Bernhard waren wunderbare Eltern«, flüsterte ich unter Tränen. »Sie *sind* wunderbare Eltern. Aber ich wollte immer zurück. Ich wollte zurück nach Hause. Im Internet habe ich herausgefunden, dass sich Esperança in einer Menschenrechtsorganisation für Straßenkinder einsetzt. Ich hab mich nie getraut, sie anzurufen. Ich kann ja nicht mal mehr die Sprache, bis auf ein paar jämmerliche Sätze.«

Ich drehte Esperanças Foto um und starrte auf die Telefonnummer, die ich mir aus dem Internet abgeschrieben hatte. »Als mich Tempel-, ich meine, dein Vater, dann nach einer Tanzaufführung in Hamburg auf das Projekt angesprochen hat, dachte ich, das ist Schicksal. Das bringt mich zurück nach Hause. Ich dachte, wenn ich erst mal hier bin, fällt es mir leichter. Und jetzt ... mein Gott. In fünf Tagen werde ich achtzehn. In fünf Tagen bin ich erwachsen.«

Ich legte Esperanças Bild zurück auf den Nachttisch. Dann holte ich noch einmal tief Luft und wandte mich zu Solo. »Was ist mit dir?«, fragte ich. »Von wem ist das Andenken? Das Amulett?«

Solo starrte an mir vorbei, ebenfalls aus dem Fenster heraus. Seine Hände lagen jetzt offen in seinem Schoß, die Oberflächen zur Decke gerichtet. »Von meiner Mutter«, erwiderte er. »Sie ist bei meiner Geburt gestorben. Mein Vater sagt, dass ich ihr sehr ähnlich sehe. Er hat mich allein großgezogen.«

»Keine neue Frau? Keine Geschwister?«

Solo schüttelte den Kopf. »Es gab immer nur uns. Uns zwei. Und seine Filme. Mein Vater hat gesagt, mehr bräuchte er nicht. Er ist sehr extrem, was seine Filme angeht. Und was mich angeht – eigentlich auch. Er ist besitzergreifend, leidenschaftlich, exzessiv, in eigentlich allem, was er tut. Wenn er eine Sache angefangen hat, bringt er sie zu Ende. Egal, wie.«

Ich versuchte, mir Tempelhoffs Gesicht in Erinnerung zu rufen. Die grauen Haare, der Zopf, der stechende Blick, das Schillernde, das ihn umgab, und die teuren Schuhe in den verschiedenen Farben. Dass er überhaupt einen Sohn hatte, wäre mir nie in den Sinn gekommen. Und dass es ausgerechnet Solo war . . .

»Wie ist dein richtiger Name?«, fragte ich leise.

»Raphael.« Solo lächelte. »Raphael Tempelhoff-Liebermann. Den Nachnamen Liebermann hat mir meine Mutter vererbt, mein Vater wollte, dass ich ihn behalte.«

Ich dachte an Solos Amulett, sein persönliches Andenken, und an das Bild, das ich darin gesehen hatte. »Raphael, der Engel?«

Solo nickte. »Ja. Meine Mutter wollte, dass ich so heiße. Sie wussten schon vor der Geburt, dass sie einen Sohn bekommen würde, und meine Mutter war sehr gläubig, hat mir mein Vater erzählt. Kennst du die Geschichte von Raphael?«

Ich schüttelte den Kopf. »Du?«

Er nickte, sagte aber nichts weiter dazu.

»Und warum hast du dich *Solo* genannt?«

»Mein Vater«, sagte Raphael und sein schönes Gesicht

wurde dunkel vor Schmerz. »Mein Vater hat mich immer Solo genannt, schon als ich ein kleiner Junge war. Irgendwie mochte ich diesen Namen. Er hat etwas von einem Solisten, aber er hat auch etwas Einsames.«

Er sah mich wieder an, ganz lange, und wieder hatte ich dieses Gefühl, dass er in mich hineinsah, wie damals, bei unserer Ankunft, vor dem Berg *Dois Irmaos*, auf dem die Favela lag. Ich dachte an die Nacht, die wir zusammen hinter dem Felsen an der Bucht verbracht hatten. Er war so anders gewesen in dieser Nacht. *Ich* war so anders gewesen.

»Er muss hier sein«, flüsterte Solo. »Er ist mein Vater und er kann uns doch nicht so ... allein zurückgelassen haben.«

Ich schwieg. Was hätte ich sagen sollen?

Solos Vater hatte es getan. Er hatte uns allein gelassen.

Achtzehn

Allein gelassen. Er wandte sich vom Monitor ab und starrte die kleinen runden Brandnarben auf seiner Handfläche an. Sie formten ein Muster. Ein Blumenmuster. Ein Kreis in der Mitte für die Blüte und fünf Kreise drum herum für die Blätter. Mit freundlichen Grüßen von den älteren Jungs aus dem Heim. Die Erzieherinnen waren zu dem Zeitpunkt, als er die Blume geschenkt bekam, leider gerade beschäftigt. Raucherpause auf dem Balkon.

Er dachte an den kleinen Jungen, mit dem er damals im Heim sein Zimmer geteilt hatte. Anton – so war sein Name gewesen. Fast jede Nacht war er davon wach geworden, dass Anton im Traum nach seinem Vater gerufen hatte. Papa, Papa … gellende, verzweifelte Rufe, deren Echo er heute noch hörte, wenn er die Augen schloss. Antons Eltern waren bei einem Verkehrsunfall ums Leben gekommen.

Bei ihm war es anders gewesen. Sein Vater lebte. Das hatten ihm die Erzieherinnen jedenfalls erzählt. Sie konnten ihm nur nicht sagen, wo. Und warum sein Vater ihn im Heim aufwachsen ließ, das konnten sie ihm auch nicht erklären. Nicht richtig jedenfalls. Da hatte er selbst einen Grund finden müssen.

Sein Vater war Geheimagent. Sein Vater musste die Welt ret-

ten, und wenn er den Feinden erzählte, dass er einen Sohn hatte, dann würden sie ihn töten. Deshalb hatte ihn sein Vater im Heim versteckt – um sein Leben zu schützen. Und deshalb durfte er auch nicht über seinen Vater sprechen. Mit niemandem – schon gar nicht mit den großen Jungs.

Aber wenn sein Vater den Feind erledigt hatte, dann würde er ihn hier rausholen. Und von da an würde es nur sie zwei geben. Sie zwei – gegen den Rest der Welt. An dieser Wahrheit hatte er sich festgehalten; in all den Nächten, in denen die Einsamkeit so übermächtig wurde, dass er glaubte, an ihr zu ersticken. Und an all den Tagen, an denen Ehepaare ins Heim kamen, um Kinder zu adoptieren. So wie Anton, der fortgegangen war, und die vielen anderen.

Wie oft war das Bett neben ihm frei geworden? Er wusste es nicht mehr. Er wusste auch nicht, warum sich all diese Ehepaare niemals für ihn interessiert hatten. Im Grunde hatten sie ihn nicht mal wahrgenommen. Er war nicht klein, er war nicht dünn, er war nicht schwach, aber irgendwie war er immer … unsichtbar gewesen. Nur nicht für die älteren Jungs, die ihn quälten, wann immer sich eine Gelegenheit geboten hatte.

Allein gelassen.

Als er neun Jahre alt war, hatte er die Zeitschrift gefunden. Er hatte nicht verstanden. Aber gewartet hatte er immer noch und in seiner Vorstellung hatte sein Vater gegen immer größere Gefahren kämpfen müssen, die verhinderten, dass er kam. Sein Vater, der Superheld. Eines Tages würde er ihn holen.

Er hatte gewartet, bis er zwölf war. Dann hatte er aufgehört.

Er legte seine Handfläche auf Mirjams Bild und horchte in den Nachbarraum, in dem es jetzt still war.

Draußen wurde es langsam hell.

Er hatte in den letzten vier Tagen ungefähr fünf Stunden geschlafen.

ALS ICH ERWACHTE, fiel helles Tageslicht ins Zimmer und vor meinem Bett saß Mephisto. Er hatte seine Schnauze auf meinen Arm gelegt und gab keinen Mucks von sich. Aber sobald er registrierte, dass ich wach war, sprang er auf und wedelte so wild mit dem Schwanz, dass sein ganzer Körper in Bewegung geriet. Er bellte zweimal und leckte mir mit seiner rauen Zunge über den Arm. Dann lief er an die Tür, wo er wieder bellte und sich zu mir umdrehte, als wollte er sagen: »Nun komm schon!« Ich fragte mich, ob Solo ihn zu mir geschickt hatte, und musste lächeln.

Wie lange hatte ich geschlafen – und wie war ich überhaupt eingeschlafen? Ich hatte es gar nicht bemerkt, auch nicht, dass Solo das Zimmer verlassen hatte. Mein Körper fühlte sich an, als ob ich aus einer Narkose erwacht wäre, und als ich aufstand, taten mir alle Glieder weh. Die Luft im Zimmer war drückend und schwer. Auf Elfes Bett lag ein Wirrwarr an Klamotten, ihre Truhe war aufgeklappt, über dem Deckel hing ein nasses Handtuch, das vorher noch nicht da gewesen war. Also musste auch sie im Zimmer gewesen sein und geduscht haben.

Die anderen Betten waren unberührt. Auf Darlings Bett fehlte das Laken.

Der Gedanke an sie versetzte mir einen tiefen Stich und mit ihm kehrten die Erinnerungen an das zurück, was gestern geschehen war. Joker hatten wir gefunden, aber die

Ungewissheit, was Darling zugestoßen sein konnte, quälte mich plötzlich noch mehr als die Gedanken an den toten Joker. Wo war sie? Lebte sie? War sie verletzt? Hatte sie Angst? War sie geflohen? War sie bei Tempelhoff? Aber wo war Tempelhoff? Ich stieß einen verzweifelten Seufzer aus. Mephisto bellte wieder und ich ließ ihn hinaus.

Dann duschte ich – lange –, putzte mir die Zähne und ging ins Haupthaus.

Elfe war gerade dabei, den Tisch abzuräumen. Die Tapete an der Wand hing noch immer in Fetzen und ich bemühte mich, nicht zu dem Loch zu starren, hinter dem Alpha gestern die Kamera entdeckt hatte. Draußen hatte sich der Sturm gelegt. Der Himmel hinter den großen Glasfenstern war noch bedeckt, aber die Wolkendecke war weiß und riss an einigen Stellen auf.

Unser Grundstück sah wüst aus. Äste und Zweige lagen am Boden verstreut, Kokosnüsse und Obst, auch ein paar der riesigen Jackfrüchte waren von den Bäumen gefallen und Elfes Hängematte hing wie ein nasser Sack zwischen den Palmen. In einem Hibiskusstrauch am hinteren Ende des Gartens hatte sich etwas verfangen, etwas Fleischfarbenes, ein großes Tuch oder ... ich kniff die Augen zusammen, und als ich erkannte, was es war, stieß ich einen erstickten Schrei aus. Im Hibiskusstrauch hingen die Überreste von Jokers geplatzter Gummipuppe. Der Wind musste sie aus der Mülltonne gefegt haben, in die Joker sie versenkt hatte.

Ich taumelte in die Küche, um mir ein Glas Wasser zu holen. Der Gedanke, etwas zu essen, war mir unerträglich, aber mein Magen war ein klaffendes Loch, ich musste etwas zu mir nehmen. Ich schnitt mir ein Stück Käse ab und zwang es angewidert herunter.

»Wo sind die anderen?«, fragte ich Elfe.

»Weg«, sagte sie. »Sie sind zur Felsküste gegangen.« Ihre Haare waren noch nass und zu einem dünnen Zopf zusammengebunden. Ihr Gesicht wirkte schmaler als sonst und ihre Augen lagen tief in den Höhlen, was ihren breiten Mund umso stärker zur Geltung brachte. Ihre Lippen waren wieder schwarz geschminkt, aber jetzt sah es furchtbar aus, wie eine Trauermaske. »Sie suchen das Boot.« Sie stockte und schaute mich an. »Du hast geschlafen wie ... du hast geschlafen wie ein Stein. Solo hat Mephisto zu dir ins Zimmer geschickt und mich gebeten hierzubleiben, bis du aufwachst. Aber ich wollte eh nicht mit. Vera, ich ...«

Elfe sank auf einen der Stühle und vergrub das Gesicht in den Händen. »Ich halte das alles nicht aus. Meine Mutter hat mich eingeladen, sie in den Winterferien zu besuchen. Sie lebt in Australien, sie hat uns verlassen, als ich elf war. Wegen eines Tauchlehrers. Jetzt lebt sie mit ihm zusammen, sie haben eine Tochter, sechs Jahre alt. Ich kenne meine kleine Halbschwester nur von Bildern. Fast wäre ich dorthin geflogen, aber dann kam die Zusage für die Insel und dafür hab ich mich dann natürlich entschieden. Und gestern Nacht dachte ich plötzlich ... ich dachte ... ich ...«

Elfe schwankte, fast wäre sie vom Stuhl gefallen.

Ich rannte zu ihr und hielt sie fest.

»Ich dachte, wenn ich sie nun niemals wiedersehe«, hörte ich sie flüstern. »Das letzte Mal, als wir am Telefon gesprochen haben, war ich so hart zu ihr. Ich habe gesagt, ich bräuchte sie nicht. Ich habe gesagt, sie soll mich in Ruhe lassen. Vera – was ist, wenn wir nicht von hier wegkommen? Wenn das alles kein Spiel ist, ich meine, wenn es nie ein Spiel sein *sollte?* Sondern vielleicht ... oh mein Gott! Hast du dir darüber keine Gedanken gemacht? Dass das alles ein Plan war? Dass ... es gibt solche Filme, weißt du? Es gibt ...«

Elfe schwieg und die Stille im Raum war übermächtig. Dann hörte ich den Vogel wieder, wie aus weiter Ferne, drang sein Ruf durch das geöffnete Fenster.

Bem-te-vi, bem-te-vi ...

»Das kann nicht sein«, erwiderte ich mit fester Stimme. »Es kann einfach nicht sein. Wenn Quint Tempelhoff wirklich Solos Vater ist, dann muss ihm etwas passiert sein. Vielleicht wollte er Hilfe holen, vielleicht ... « Ich wusste nicht weiter.

»Lass uns auf die Jungs warten«, sagte ich schließlich. »Vielleicht können wir rüber, zur Nachbarinsel. Und dann sehen wir weiter.«

Ein paar Stunden später kamen die drei zurück. Ihre Hosen waren nass bis an die Oberschenkel und ihre Gesichter sahen verschwitzt und abgekämpft aus. Mephisto schoss auf sie zu und Elfe fragte mit erstickter Stimme, was mit Joker sei.

»Er war nicht mehr da.« Alpha nahm sich die Wasserflasche vom Tisch und trank in gierigen Zügen.

»Nicht mehr da?« Für einen idiotischen Augenblick redete ich mir ein, dass wir das alles vielleicht nur geträumt hatten.

»Ich denke mal, die Flut hat ihn wieder abgetrieben«, murmelte Solo. »Einer seiner Schuhe lag noch im Wasser, aber Joker war weg. Und von Darling ... «, Solo schüttelte düster den Kopf, »... fehlt nach wie vor jede Spur.«

Milky kratzte sich am Arm. Seine Haut war von einem schuppigen weiß-roten Ausschlag übersät.

»Nicht«, rief Elfe. »Nicht kratzen. Das macht es nur noch schlimmer.« Milky nickte, kratzte sich aber gleich darauf weiter.

»Wir wollen rüber«, kam es von Alpha. »Das Meer sieht gut aus und das Boot haben wir geknackt.« Er hielt seinen Leatherman hoch. »Ich hab mir so einiges ausgemalt, was ich damit auf der Insel machen würde, aber das wäre mir im Traum nicht eingefallen. Ob das hier ... « Er sah zu der zerfetzten Tapete. »Ob das hier immer noch gefilmt wird?«

Alle Blicke wanderten zu Solo. Er trat einen Schritt zurück, dann hob er die Hände. Wasser tropfte von seinen Hosenbeinen, zu seinen Füßen hatte sich bereits ein kleiner See gebildet. »Was wollt ihr von mir hören?«, fragte er. »Was zum Teufel wollt ihr hören? Ich weiß es nicht. Verdammt, ich habe keine Ahnung, wie oft soll ich das denn noch sagen?«

Alpha stieß einen Laut aus, der an ein Knurren erinnerte und den Mephisto mit einem scharfen Bellen erwiderte. Ich glaub dir nicht, sagte Alphas Blick. Ich glaub dir kein einziges Wort.

Elfe ging zur Tür. »Lasst uns fahren«, sagte sie.

Das Meer war grau und der Himmel hatte sich wieder vollständig zugezogen, aber es regte sich kein Lüftchen und an der schmalen Bucht bei der Felsküste war Ebbe. Es war schwül, die feuchte Luft machte das Atmen schwer und ich fühlte, wie mir der Schweiß den Rücken herunterlief. Unvorstellbar, dass hier gestern noch ein wüster Sturm getobt hatte. Aber irgendwie kam mir die Stimmung heute noch bedrohlicher vor. Es war eine drückende, beklemmende Ruhe und der wolkenverhangene Himmel schien sich wie eine Glocke über uns zu stülpen. Als ich hinter Solo über die Felsen kletterte, fühlte sich mein Körper an, als wäre er taub. Jeder Schritt war ein Kraftakt und hinter meinen Augen pulsierte es. Der Sand war grau und voller Seetang, widerlicher grüner Schlick. Auf der linken Seite erhob sich der Berg. Er glänzte, als hätte der Regen ihm eine zweite Haut übergezogen, und als ich die kreisrunde Höhlenöffnung erblickte, zuckte ich unwillkürlich zurück. Gute Stimmung aufkommen – eine kleine Party steigen lassen. Mit diesem Vorsatz waren wir gestern Nacht hierhergekommen. Es war Jokers Idee gewesen. Joker. So sah ich ihn vor mir, lachend, die Hände in den Taschen seines schwarzen Mantels zu Fäusten geballt, den Kopf in den Nacken geworfen, berstend vor Energie – und gleich darauf lag er leblos im Meer, mit ausgebreiteten Armen. Ich versuchte, das Bild von seinem toten Körper mit aller Macht zu verdrängen, aber es gelang mir nicht.

Die Jungen hatten das Boot aus dem Felsentunnel in die schmale Bucht gezogen und wieder quälte mich die Frage, wie das Boot hierhergekommen war. War es das Boot, mit dem die Opfer des Spiels von der Insel geschafft worden waren? Neander und Pearl, Krys, Lung und Moon – und womöglich auch Darling?

»Hey!« Solo kam auf mich zu. Die Schatten unter seinen Augen schimmerten dunkelviolett und die Erschöpfung hatte sich tief in seine Züge gegraben. Sein Gesicht wirkte eingefallen, aber trotzdem schien mir sein Lächeln Mut machen zu wollen. Er nahm mich in den Arm. »Wir schaffen das«, flüsterte er in mein Ohr. »Wir finden eine Antwort. Wir kommen hier raus, ich versprech es dir, okay?«

Ich drückte meinen Kopf an seine Schultern und sog den Geruch seiner Haut ein. Ich roch Salz und Sand und Meer und Angst.

»Kommt ihr?« Alphas Stimme rief mich zurück. Milky und er hatten das Boot bereits ins Wasser gezogen.

Es war ein etwa zwei Meter langes, offenes Motorboot, in dem eigentlich nur vier Personen Platz hatten, aber Elfe nahm mich auf den Schoß, Milky klemmte sich Mephisto zwischen die Knie und Solo warf den Motor an. Tuckernd und begleitet vom Geschrei einiger Vögel, die jetzt von den Felsen in den Himmel stoben, setzte sich das Boot in Bewegung.

Die Überfahrt zur Nachbarinsel dauerte kaum eine Viertelstunde, aber mir kam es vor wie eine Ewigkeit. Ich blickte die ganze Zeit zu unserer Insel zurück, und je mehr sie schrumpfte, desto größer wurde der Kloß in meiner Kehle.

Wir legten an einem schmalen Holzsteg am Fuß der Felsen auf der Nachbarinsel an, wo noch ein zweites, kleineres Motorboot vertäut war. Mephisto schoss voraus, die Nase am Boden, er wedelte mit dem Schwanz und bellte aufgeregt.

Die Nachbarinsel war winzig, kaum breiter, als der Leuchtturm hoch war. Was hatte ich erwartet? Ich wusste es nicht – und wenn ich heute an diesen Ort zurückdenke, habe ich immer nur dieses eine Bild vor Augen: eine flache Scheibe mit einem dünnen Finger, der zum Himmel zeigt. Dabei war die Insel nicht flach, auch hier gab es Felsen, karg und schroff. Unzählige Muscheln und Krebse klebten an ihnen, aber außer einem bleichen, krumm gewachsenen Baum, der sich wie eine müde Gestalt über das Meer beugte, gab es keine Vegetation. Der Leuchtturm war aus dunkelgrauem Stein, genau wie das kleine Wächterhaus, aus dessen Dach er emporragte. In den Sockel waren bogenförmige Fenster eingelassen und die kleine Metallkuppel über der gläsernen Turmspitze leuchtete wie eine rote Ampel. Eine kleine Steintreppe führte zur Eingangstür des Wächterhäuschens und gleich daneben stand eine Art Holzkasten, mannshoch, aus dem zwei trompetenähnliche Gebilde ragten.

»Das Nebelhorn«, presste Alpha hervor.

Mephisto stand jetzt vor dem Eingang. Er kratzte an der Holztür und bellte immer aufgeregter. Die Tür war nicht abgeschlossen. Als Solo die Klinke herunterdrückte, gab sie quietschend nach und Mephisto war mit einem Satz im Inneren verschwunden.

Dicht aneinandergedrängt standen wir in dem runden Korridor des Häuschens. Durch die vor Schmutz starrenden Fenster fiel nur trübes Dämmerlicht. Die Luft roch abgestanden, nach einer Mischung aus Bier, Kaffee, kaltem Zigarrenrauch und Salami. Auf dem Steinboden lag ein blau-grün gemusterter Flickenteppich, es gab eine Garderobe, eine kleine Kommode aus abgenutztem Holz und einen Stuhl, über dem eine dünne Jacke hing. Vor der Tür standen zwei Gummistiefel, ein roter, ein schwarzer.

Drei Türen gingen vom Korridor ab, zwei standen offen. Links wand sich im Uhrzeigersinn eine schwarze Holztreppe nach oben.

»Hallo?«, rief Solo. Seine Stimme hallte von den Steinwänden wieder. »Quint? ... Pop? ... Bist du da?«

Es blieb still.

Die Küche lag rechts. Es war ein winziger, notdürftig ausgestatteter Raum mit Blick aufs offene Meer. Auf der Anrichte standen Bierflaschen, Teller mit Pizzaresten und eine große Plastikschale Vanilleeis, dessen Reste zu einer milchig trüben Suppe verkümmert waren. Die Spüle war bis obenhin gefüllt mit schmutzigem Geschirr. Auf dem Gasherd stand ein Topf mit Reis, in einem kleinen Regal gab es verschiedene Gewürze und Konserven und im Kühlschrank waren Lebensmittel; jede Menge Obst, Tomaten, Käse und Toastbrot. Die Kaffeemaschine war noch an, der Becher daneben halb voll, der Kaffee kalt.

Alpha und Milky inspizierten das angrenzende Duschbad, während ich mit Elfe zu den anderen Räumen ging. Es waren Schlafzimmer. Ein kleines, mit einem aufgeklappten Schlafsofa, einem Metallspind und einem Berg von Klamotten, die sich auf dem Boden türmten. Es roch nach ungewaschenen Socken. Auf dem Schlafsofa lagen Zeitschriften, *Focus, Galore, Rolling Stone* und *Playboy*.

»Tolle Mischung.« Elfe verzog angewidert das Gesicht.

Das andere Schlafzimmer war größer, und als wir eintraten, zog mir der Duft von Aftershave in die Nase. Auf dem Bett, einer breiten Holzkoje, sah ich Solo sitzen. Zu seinen Füßen lag Mephisto, die Schnauze in einem weißen Hemd vergraben. Sein schwarzer Schwanz schlug auf den Boden, kurze, hämmernde Geräusche. Solos Hände hatten sich um ein himmelblaues Kopfkissen gekrallt.

»Lasst mich einen Moment allein«, sagte er tonlos.

Der Turm hatte drei Geschosse, die nahezu unbenutzt aussahen. Im ersten Stock gab es einen Tisch mit zwei Stühlen, die Wände der zweiten Etage säumten leere Regale und vor einem der Fenster lagen drei übereinandergestapelte Matratzen.

Im Obergeschoss waren die Monitore.

Elfe und ich traten in einen perfekt ausgestatteten Hightech-Raum. Die Wände waren dunkel gestrichen und die Fensterfront war von schwarzen Rollos verdeckt, sodass kein Tageslicht von außen hineindrang. Aber das elektrische Licht war an. Dutzende von kleinen Strahlern erhellten die riesige Fläche von Monitoren, die sich in einem Halbkreis vor der Fensterfront erstreckte. Dreizehn kleinere Monitore umrahmten einen großen. Davor, auf der Tischplatte einer ebenfalls halbrunden Arbeitsfläche sah ich neben zwei Kaffeetassen, einer Tüte Gummibärchen und einer angebrochenen Packung *Gitane*, ein Schaltbrett mit unzähligen Knöpfen und Tasten, mehrere Fernbedienungen, einen Computer und an den Seiten der Tischplatte zwei große Lautsprecher.

Die Bildschirme waren schwarz.

Im Raum hing wieder der Duft von Aftershave, hier war er noch präsenter als unten im Schlafzimmer. Ich erkannte sogar die Marke. Es war Davidoff Good Life, dasselbe Aftershave, das auch Bernhard benutzte.

»Und jetzt?« Elfe hatte nach meiner Hand gegriffen. »Was machen wir jetzt?«

»Wir schauen uns Filme an.«

Alpha war mit Milky am Treppenaufsatz erschienen. Er ging auf die Monitore zu, stützte sich auf einen der beiden Drehstühle, die vor der Arbeitsfläche standen, und stieß ein pfeifendes Geräusch aus. Dann stemmte er die Hände in die Hüften und drehte sich zu uns um.

»Weiß jemand, wie man das hier bedient?«

Jetzt kam auch Solo nach oben. Er sah aus, als könnte er sich kaum noch auf den Beinen halten. Seine Unterlippe war aufgesprungen, sie bebte, und als er mit den Zähnen daraufbiss, fing sie an zu bluten.

»Du«, sagte Alpha. »Du musst es wissen.«

Solo schüttelte den Kopf. »Ich habe keinen blassen Schimmer.«

Alpha schnaubte ungläubig und fing wie wild an, auf den Tasten herumzuhämmern.

»Lass mich mal.« Milky schob sich neben Alpha. »Ich hab ein Praktikum gemacht, ein Schülerpraktikum in einer Produktion.« Milky lachte trocken. »Bei *Verstehen Sie Spaß*, wenn ihr es genau wissen wollt. Ich weiß zwar nicht, ob ich irgendwas behalten habe, aber ich kann's ja mal versuchen.«

Milky setzte sich auf den Drehstuhl und beugte sich über das Schaltpult.

Irgendetwas klapperte und es dauerte ein paar Sekunden, bis ich begriff, dass es meine Zähne waren, die aufeinanderschlugen.

Milky drückte ein paar Tasten. Nichts passierte. Er drückte noch eine Taste. Ein Rauschen ertönte.

»Das System«, murmelte Milky. »Das System fährt hoch. Das dauert jetzt wahrscheinlich ein paar . . .« Es rauschte weiter. Ein leises Pling-Geräusch ertönte. Der erste Monitor ging an. *Isola*. Nur dieses Wort leuchtete auf der schwarzen Bildschirmfläche auf. Es geisterte über den Monitor, von links nach rechts, von oben nach unten in einem schmerzhaft gelassenen Tempo. Der zweite Monitor ging an, der dritte, vierte, fünfte . . .

Irgendwann waren alle Monitore angeschaltet. Auf allen war derselbe Bildschirmschoner. Das Wort *Isola* gemächlich umherwabernd auf nachtschwarzem Untergrund.

»Drück was«, schrie Alpha. »Verdammt, hau in die Tasten, Mann!«

Milky drückte auf ein paar Schalter.

Und dann verschwand auf dem ersten Monitor das Wort *Isola* und stattdessen erschien ein Bild.

Neunzehn

Er hatte sie alle im Bild. Alle fünf. Milky auf dem Drehstuhl am Schaltpult, Alpha gleich neben ihm, Vera und Elfe ein paar Schritte dahinter und Solo noch immer am Treppenaufsatz. Aber ihre Blicke zeigten in ein und dieselbe Richtung: auf die Monitore. Er atmete scharf ein und sah über die Schulter nach hinten. »Also dann«, sagte er und lachte trocken, während etwas in ihm sich zusammenkrampfte. Seine Gefühle wollten das Lachen nicht erwidern und er hätte etwas darum gegeben, nicht diesen zermürbenden Schmerz zu empfinden, der ihn quälte. Diesen Schmerz, der ihn fragte, was er da eigentlich tat. Was er Solo antat. Was er sich selbst damit antat.

»Also dann«, wiederholte er fast trotzig und drückte den ersten Knopf. »It's showtime.«

DAS BILD auf dem Monitor zeigte unsere Bucht – mit Ausblick aufs Meer. Die Sonne stand tief am Horizont, ein glutroter Feuerball, und das Meer glitzerte, als hätte jemand Diamanten darauf verstreut. Die Farben waren erstaunlich brillant und sogar Geräusche waren zu hören. Das Rauschen der Blätter, die Wellen, die ans Ufer spülten und das Tuckern eines Motorbootes, das Kurs auf die Bucht genommen hatte und gerade anlegte.

Es war unser Boot. Vor uns auf dem Monitor sahen wir unsere Ankunft auf *Isola*.

Wir gingen von Bord, Darling verließ das Boot als Erste. Sie warf eine Kusshand in die Luft und als Nächstes folgte Joker, der eine Grimasse schnitt, aber hinter dieser Fassade unsicher wirkte. Mein Herz zog sich zusammen, als ich ihn sah. Neun Tage war das her. Vor neun Tagen waren wir hierhergekommen. Hinter Joker, mit einem geschmeidigen Satz, hüpfte Lung an Land, als Nächstes Krys ...

»Weiter!«, keuchte Alpha. »Ich will nicht unsere verdammte Ankunft sehen, sondern die Höhle! Spul vor, Mann!«

»Ich weiß nicht, wie!«, kam es von Milky, der jetzt wieder auf den Tasten des Schaltpultes herumdrückte. »Ich muss erst mal herausfinden, wie ... «

Der zweite Monitor ging an. Auf der Bildfläche erschien unser Schlafsaal, ich sah Elfe und mich, und im Hintergrund Pearl auf ihrem Bett, umgeben von Klamotten, die sie aus ihrer Truhe gezogen hatte. Afrikanische Stoffe, in bunten, leuchtenden Farben, und das gelbe Sommerkleid, das ihr so gut gestanden hatte. Es war der Moment, an dem ich zum ersten Mal unseren Schlafsaal betreten hatte. Die Beklemmung, die ich in diesem Moment gefühlt hatte, konnte ich förmlich vom Bildschirm ablesen; an meiner Körperhaltung, die mir eckig und sperrig vorkam. Elfe hielt sich einen lilafarbenen Badeanzug vor den Bauch und aus den Lautsprechern ertönte ihre fröhliche Stimme: *»Du* *bist meine Bettnachbarin. Ich hoffe, du schnarchst nicht.«* Ihre Haut war noch ganz blass, an ihrem Handgelenk klimperten die bunten Glasperlen und sie kam mir vor, als wäre sie um Jahre jünger. Sie kicherte, aber gleich darauf wanderten ihre Blicke in unserem Schlafsaal umher, bis sie direkt in die Kamera sah. *»Mann, oh Mann, ist das ein komisches Gefühl, was? Ob der uns auch hört, wenn wir flüstern?«*

Ja. Wir hörten es. Das Flüstern schien den ganzen Raum auszufüllen.

»Mach das Bild weg, Milky!« Elfe quetschte meine Hand so fest, dass ich aufstöhnte. »Bitte Milky, mach das Bild weg!«

Milky drückte den nächsten Knopf. Der dritte Monitor ging an.

»Tante Käthe mag gerne Obst.«

Joker hatte gerade seine Gummipuppenoma aufgeblasen, es war Abend, unser erster Abend auf *Isola*. Die Szene war eine Totale, wir waren alle im Bild, am dichtesten an der Kamera saß Darling, ein Stück weiter setzte Joker seine Gummipuppe auf einen der schwarz lackierten Stühle und steckte ihr eine Banane in den Mund. Sekunden später hallte mir unser Gelächter aus den Lautsprechern entgegen.

Auf dem vierten Monitor, der jetzt anging, saßen wir wieder um den Glastisch, diesmal war Morgen und die Szene war von einem anderen Blickwinkel aus gefilmt worden – von schräg oben. Auf dem Glastisch neben dem Toastbrot lag der schwarze Kasten, das türkisfarbene Auge spiegelte sich auf der gläsernen Tischplatte und Elfe hielt das Faltblatt mit Tempelhoffs Spielregeln in der

Hand. *»Einer der Jugendlichen wird zum Mörder – was denkt sich dieser Mistkerl eigentlich?«*

»Nix.« Die Kamera zoomte auf Jokers grinsendes Gesicht. *»Der lacht sich weg, wenn er uns hier sitzen sieht. Das würde ich an seiner Stelle jedenfalls tun. Ich glaube, ich ändere meine Zukunftspläne. Warum Marionette sein, wenn man an den Fäden ziehen darf? Herr Tempelhoff, Sie brauchen nicht zufällig einen Assistenten?«*

Ich kniff meine Augen zu, als ich daran dachte, dass Joker keine Zukunft mehr hatte. Einen Film konnte man ausschalten, wenn er einem zu heftig wurde. Aber das hier war kein Film. Das hier war unsere Geschichte, das hier – waren wir.

Aus den Lautsprechern hörte ich Lungs Stimme, sachlich und kühl klang sie. *»Menschlich soll Tempelhoff ja wirklich ein Mistkerl sein. Ich hab mal einen Bericht darüber gelesen, wie er seine Angestellten behandelt. Einen Regieassistenten soll er vor versammelter Mannschaft bloßgestellt haben, ganz beiläufig und ohne groß die Stimme zu erheben. Aber der Typ ist in Tränen ausgebrochen.«*

Zitternd öffnete ich die Augen. Die Kamera hatte aufgezogen, sodass wieder unsere ganze Gruppe zu sehen war. Die meisten Gesichter waren so angespannt, dass ich unsere Nervosität fast mit Händen greifen konnte. Nur Lung war die Gelassenheit in Person und Joker verschränkte provokativ die Arme hinter dem Kopf. *»Na, jetzt bin ich aber mal gespannt, ob das im Drehbuch bleibt oder rausgeschnitten wird. Aber eins ist sicher, dein kleines Spiel hat schon begonnen. Stimmt's Tempelhoff?«*

»WEITER!« Solo stand noch immer am Treppenaufsatz des Monitorraums. Er hatte die Hände zu Fäusten geballt, als ob er kurz davor wäre zu explodieren.

Milky drückte auf eine Taste und diesmal ging kein neuer Monitor an, sondern die Szene spulte ein Stück vor, bis sie plötzlich wieder anhielt.

Auf dem Bildschirm räusperte sich Lung. An seinem Hals funkelte der silberne Drachenanhänger. *»Und wenn wir nicht mitspielen?«*

». . . wird das Projekt abgebrochen.« Darlings Stimme. Sie klang nervös.

»Komm schon.« Der Kommentar von Milky. *»Es ist doch letzten Endes nur ein Spiel. Hier wird ja schließlich niemand erstochen oder abgeknallt.«*

»Also ich finde das Spiel geil.« Alpha grinste uns vom Monitor entgegen und in der nächsten Einstellung hob Joker seine Gummipuppe vom Boden auf. *»Das Ganze klingt ein bisschen wie dieses Kinderspiel* Mord im Dunkeln. *Oder wie* Zehn kleine Negerlein. *Kennt ihr den alten Agatha-Christie-Streifen? Da war auch eine Gruppe von Leuten auf einer einsamen Insel. Und irgendwann . . . gab's keinen mehr. Was sagst denn du zu unserem Spiel, Tante Käthe?«* Die Kamera zoomte auf den Kopf von Jokers Gummipuppe. Ihr rosa Gesicht mit der grauen Dauerwelle und den blassblauen Augen wirkte fast erstaunt und aus dem Off ertönte Jokers Quieksstimme: *»Heißa, das wird ein toller Spaß!«*

Die Kamera zoomte zurück, jetzt waren Elfe und Darling im Bild. *»Unter Spaß stelle ich mir jedenfalls was anderes vor, als mich auf einer einsamen Insel von einem Mörder* *jagen zu lassen«*, kam es von Elfe. *»Ich find das so was von billig.«*

»Woher willst du wissen, dass du nicht der Mörder bist?« Darlings klebriges Lächeln füllte das Bild und im Hintergrund hörte ich Elfe knurren: *»Dann wüsste ich jedenfalls, wen ich mir als erstes Opfer aussuche.«*

»NEIN!«, dröhnte es in mein Ohr – es dauerte einen Augenblick, bis ich begriff, dass diese Stimme nicht aus den Lautsprechern kam, sondern von Elfe, die neben mir im Monitorraum stand und meine Hand zerquetschte. »Nein! Ich kann das nicht. Ich kann da nicht hinsehen!«

Aber sie sah hin. Wir alle sahen hin.

Auf dem fünften Monitor erschien der schwarze Briefkasten. Es war schon fast dunkel. Wir hatten uns alle vor dem Kasten versammelt und standen da, wie festgefroren, bis Joker grinsend seine Braue in die Höhe zog, *buh* machte und Pearl zusammenzuckte. Die Einstellung lief weiter, bis unsere Umschläge in dem Briefschlitz verschwunden waren und Milky und Neander als Letzte vor dem schwarzen Kasten zurückblieben. Milkys Augen schwirrten nach rechts, nach links, und dann, nach einem kurzen Blick über seine Schulter, holte er tief Luft, umfasste Neanders Handgelenk und drückte gegen die Briefkastentür, die mit einem leisen Klacken aufsprang. Neander stöhnte auf und senkte den Kopf.

»Applaus für den Mörder.« Auf dem sechsten Monitor ließ Joker seine Augenbrauen tanzen. Er stand auf einem Stuhl im Haupthaus und blickte provozierend in die Runde. *»Möchte sich jemand verbeugen?«*

Auf dem siebten Monitor strahlte die Sonne über unserer Bucht. »*Was sagt eine Blondine, wenn man ihr den Rücken eincremt?*«, fragte Darling und lächelte in die Kamera. Um ihren großen Busen spannte sich der winzige rote Bikini und Joker zupfte nervös an seinem Ziegenbart herum.

Auf dem achten Monitor erschien die Kapelle. Elfe, Moon und Krys standen im Türrahmen, dahinter war Dunkelheit.

»*Vera?*«, hörte ich Elfe rufen. »*Bist du da? Wir gehen zurück, es wird dunkel, hörst du? ... Kannst du mich hören? Bist du noch da? Wir sind hier. Vera?*«

Kurz darauf sah ich mich aus der Kapelle stolpern, mit glühendem Gesicht stand ich vor Elfe, Moon und Krys.

»*War jemand da?*«, fragte Elfe auf dem Bildschirm. Mein Ebenbild auf dem Monitor schüttelte stumm mit dem Kopf, während ich mich mit klopfendem Herzen zu Solo umdrehte, aber sein Gesicht war ausdruckslos. Völlig reglos stand er da, die Hand am Treppengeländer, den Blick auf die Monitore gerichtet.

»*Du schwule Sau*«, ertönte Alphas Schrei aus den Lautsprechern. »*Du beschissenes Stück Dreck, bist du noch ganz frisch in der Birne?*«

»*Jetzt wieder*«, sagte Joker und grinste uns vergnügt vom neunten Monitor entgegen. »*Aber hat dir mal jemand gesteckt, dass man bei Mund-zu-Mund-Beatmung keine Zunge braucht?*«

Auf dem zehnten Monitor zog Darling Lungs Messer aus ihrem Dekolleté und auf dem elften trieb sie es mit Alpha in der Kissenecke. Ihre Körper waren verdeckt, sodass man nicht sehen konnte, wie weit sie gingen, aber die Geräusche wirkten ziemlich eindeutig. Neben ihnen auf dem weichen Teppich lag die Packung Kondome, die Kamera zoomte sie ran, noch war die Packung unbenutzt.

»Schalt das weg!« Alpha rüttelte Milky an der Schulter und Milky drückte hektisch auf den Tasten herum.

»Jetzt?«, fragte Solo auf dem zwölften Monitor. Er saß auf seinem Bett, neben ihm, auf dem Nachttisch, sah ich das Amulett liegen und daneben die Tabletten. *»Im Dunkeln?«*

Wieder grinste Joker in die Kamera. *»Hast du Angst? Brauchst du nicht, du weißt doch, wir werden überwacht. Und wenn wir alle dicht zusammenbleiben und Händchen halten«*, Joker warf einen Seitenblick auf mich, *»kann uns der Mörder nichts tun.«*

Aber wir blieben nicht zusammen. Wir hielten nicht Händchen.

Auf dem dreizehnten Monitor erschien die Höhle – und unsere Party war bereits auf dem Höhenpunkt. Die elektronischen Bässe dröhnten aus den Lautsprechern und die Stimme des Sängers ließ mir das Blut in den Adern gefrieren.

This is my church
This is where I heal my hurts
It's a natural grace
Of watching young life shape
It's in minor keys
Solutions and remedies

Enemies becoming friends
When bitterness ends
This is my church …

Wir konnten alles sehen – alles. Die Szene erschien mir, als wäre sie bereits gemischt und geschnitten worden, ich sah uns aus allen möglichen Blickwinkeln, von oben, von der Seite, von schräg unten, wie wir tanzten, als ob es um unser Leben ging, schwitzend und ekstatisch mit geschlossenen Augen, durch die Luft wirbelnden Armen – und Joker in seinem schwarzen Fledermausmantel trieb es am wildesten von uns allen. Er tanzte von hinten an Darling heran, die sich gleichzeitig Solo näherte und ihm Jokers Magnumflasche mit der durchsichtigen Flüssigkeit hinhielt, Solo griff danach, legte den Kopf in den Nacken und trank. Ich sah mein Gesicht auf dem Monitor, wie ich zu ihm hinstarrte und dann wieder die Augen schloss und weitertanzte. Joker riss Darling an den Schultern herum, plötzlich wirkte er aggressiv, er zog sie an sich und küsste sie, Darling erwiderte seinen Kuss, aber als Jokers Hände zudringlicher wurden, lachte sie. Sie lachte ihn aus und tanzte wieder von ihm weg. Joker spuckte wütend auf den Boden.

Solo nahm noch einen Schluck aus der Flasche – und dann löschte Darling die Windlichter, eins nach dem anderen. Es wurde dunkel in der Höhle. Stockdunkel. Aber wir waren trotzdem zu erkennen – in einer Furcht einflößenden Optik. Die Farben waren verschwunden, stattdessen zog sich ein grüner Schleier über die gesamte Szenerie und ließ uns wie Gespenster aussehen. Unsere Augen waren pechschwarz und unsere Bewegungen kamen mir seltsam verzerrt vor, was die Panik, in die wir uns hineinsteigerten, noch unheimlicher erscheinen ließ. Darlings Schatten beugte sich über den Ghettoblaster und die ohrenbetäubenden Bässe brachen ab. Es wurde still, totenstill, dann hörte ich unsere Stimmen, unser Keuchen, unsere ganze Verzweiflung. Solo drückte sich mit dem Rücken an eine der Höhlenwände, wo er nach Luft rang und sich die Fäuste auf die Schläfen presste. Alpha tappte gegen Darling, griff nach ihr, tastete sie ab, seine Hände berührten ihre Brüste, dann zog er sie zu sich heran, suchte ihre Lippen, fand sie, küsste sie, woraufhin Darling den Spruch von Joker wiederholte und Alpha sie nach Luft schnappend und völlig außer sich vor Wut als Schlampe beschimpfte.

Elfe, die mitten im Steinkreis stand, fing an zu wimmern, dann tauchte vor Milkys leichenblassem Gesicht das Windlicht auf. Wir drei flohen aus der Höhle; aber die Kameras blieben dort.

Ich hatte das Gefühl, nicht mehr gerade stehen zu können, und meine Hand, um die sich Elfes Finger noch immer wie Schraubstöcke klammerten, fühlte sich wie abgestorben an. Ich wollte weglaufen, aber der Monitor hielt meinen Blick fest.

In der Höhle waren jetzt noch Solo, Alpha, Joker und Darling. Ein Licht ging an, kein Windlicht, sondern die Flamme eines Feuerzeuges. Darling hielt es in der Hand, sie stand kaum einen Meter weit von Solo entfernt, der noch immer an der Höhlenwand lehnte. Sie ging auf ihn zu, das Feuerzeug vor ihr Gesicht haltend. Die Finger ihrer anderen Hand umschlossen sein Handgelenk. Solo riss die Augen auf, Staunen lag in seinem Blick, ein ungläubiges Staunen, dann öffnete er den Mund, als wollte er schreien, aber gleich darauf hielt er inne. Er blieb ganz ruhig. Darling, deren Gesicht im Schein der Flamme golden schimmerte, wirkte extrem angespannt und im Hintergrund der Höhle, dicht neben dem Ausgang, sah ich Alpha, der jetzt ebenfalls ein Windlicht gefunden hatte. Er war mit dem Fuß dagegengestoßen. Zitternd holte er Streichhölzer aus seiner Hosentasche, zündete das Windlicht an und floh nach draußen.

Dann sah ich Joker. Er stand bei den Stalaktiten, und als Alphas Windlicht aufleuchtete, stürzte er auf ein zweites Licht zu, das bei dem Steinkreis stand. Verzweifelt wühlte er in seinen Taschen, fand Streichhölzer und versuchte, den Docht anzuzünden – vergeblich.

Wieder war alles dunkel, bis auf Darlings Flamme, als Joker es schließlich schaffte, das Windlicht anzuzünden. Für Darling und Solo hatte er keinen Blick mehr übrig. Er taumelte durch die Höhle, fand nach endlosen Minuten den Ausgang und war verschwunden.

Darling lächelte, close-up auf dem Monitor. *»Jetzt sind wir allein, Solo.«*

Sie ging in die Knie, ohne Solos Handgelenk loszulassen, angelte nach einem dritten Windlicht, zündete es an und der Lichtschein hüllte sich um sie wie ein leuchtender Kreis.

Darling ließ das Windlicht am Boden auf den Felsen stehen und legte ihre Hände an Solos Wangen. Sie drehte seinen Kopf zu ihrem, fing an, ihn zu küssen. Solo wehrte sich, mit murmelnden Worten, genau, wie er es mir erzählt hatte. Aber etwas in seinem Ton klang bedrohlich – entsetzlich bedrohlich, als ob er plötzlich Angst vor sich selbst hätte. *»Nicht ... lass das ... ich ... mir ist schlecht, mein Kopf ... lass mich in RUHE, ich hab mich nicht mehr unter ...«*

»Kontrolle?« Es war Elfe, die neben mir das Wort herauspresste, während ich wie gelähmt vor Entsetzen auf den Monitor starrte. Solo wirkte wie von Sinnen, aber Darling ließ nicht locker – und dann brach das Bild plötzlich ab. Schwarzbild. Dunkelheit. Es war nur ein winziger Moment und gerade, als Alpha Milky zur Seite schieben wollte, ging das Licht wieder an.

Und die Szene übertrug sich auf alle Monitore.

Auf dreizehn kleinen und auf dem großen Monitor in der Mitte sah ich Darling am Boden der Höhle liegen.

Solo kniete auf ihr und Darling wehrte sich verzweifelt. Sie lag in der Nische, in der wir den cremefarbenen Stofffetzen ihres Kleides gefunden hatten.

»Solo, nicht ...«, stieß sie hervor, *»bitte, hör auf, es tut mir leid, ich wollte nicht ...«*

Aber Solo hörte nicht auf – im Gegenteil. Er stemmte seine Knie auf Darlings Ellenbogen und neben ihm am Boden sah ich plötzlich ein Messer aufblitzen – Lungs Messer? Über Darlings Busen spannte sich das cremefarbene Kleid, seidig und glatt, während Darlings Keuchen aus den Lautsprechern drang. *»Du tust mir weh. Bitte, Solo, du tust mir weh, es tut mir leid!«*

Solo lachte, ein fremdes Lachen, es klang grauenhaft. Seine Augen zuckten wild und sein Gesicht war eine verzerrte Maske. *»Was tut dir leid? Dass du mich angegraben hast? Du miese Schlampe! Ich hab dich gewarnt, aber du wolltest ja nicht auf mich hören. Du wolltest deinen Spaß, stimmt's? Du wolltest sehen, wie weit du es treiben kannst. Dann pass mal auf DARLING! Ich zeig dir, wie weit du bei mir gehen kannst. Jetzt kommt deine Szene!«*

Ich schloss die Augen, ich schwankte, neben mir ertönte Elfes Stimme. *»Nein«*, wimmerte sie, immer wieder leise, *»nein, nein, nein ... «*, und als ich die Augen öffnete, hielt Solo das Messer in der Hand. Darlings Kleid war zerrissen, da war Blut und Darling schrie aus den Lautsprechern, ihr Arm riss sich frei und sie schlug Solo das Messer aus den Fingern, wobei sie gellend um Hilfe rief. Neben mir kreischte Elfe auf, die jetzt meine Hand losgelassen hatte.

Auf dem Monitor umfassten Solos Hände Darlings Hals, er drückte zu, fester und immer fester, die Kamera zoomte auf Darling, ihre Schreie klangen erstickt und ihr ganzer Körper begann zu zucken. Sie strampelte mit den Beinen, schlug mit den Armen um sich und ihre Hände versuchten, sich von Solos Griff zu befreien. Vergeblich. Solo beugte sich noch tiefer über sie, ich hörte ihn keuchen und dann sah ich, wie Darlings Kräfte nachließen. Fast wie in Zeitlupe gab sie auf, das Zucken ihres Körpers wurde schwächer, dann bäumte sich ihr Oberkörper ruckartig auf wie zu einem letzten verzweifelten Versuch. Im nächsten Augenblick sank sie unter Solos Händen in sich zusammen – und bewegte sich nicht mehr.

Solos Hände lösten sich von ihrem Hals.

»*Game over*«, hörte ich ihn aus den Lautsprechern heraus sagen.

Dann ging das Licht auf den Monitoren aus.

Ganz aus.

Die Monitore waren schwarz.

Jemand schrie.

Ich war es.

Ich schrie und schrie und schrie.

Langsam, ganz langsam drehte sich Alpha um, Panik und Fassungslosigkeit im Gesicht.

Ich musste mich ebenfalls umgedreht haben, obwohl ich mich nicht daran erinnern kann. Jedenfalls sah ich zum Treppenaufsatz, wo Solo stand.

Er stand da und starrte mich an.

Und dann machte er auf dem Absatz kehrt – und rannte die Treppen hinunter, als sei der Teufel hinter ihm her.

Zwanzig

MILKY HATTE die Matratzen in der zweiten Etage des Leuchtturms nebeneinandergelegt. Er saß mit Elfe auf der einen, während Alpha und ich jeder eine Matratze für uns alleine hatten. Neben mir lag Mephisto, seine schwarze Hundeschnauze ruhte auf meinem Knie und er gab leise, schnarchende Töne von sich, als ich ihm über den Kopf streichelte. Draußen brach die Dämmerung herein. In den letzten Stunden musste sich die Sonne noch einmal hinter den Wolken hervorgekämpft haben. Die obere Hälfte des Himmels war ein dunkles, fast schwarzes Blau, in das sich in glutroten Streifen das Abendrot mischte. Nach unten zum Horizont hin war der Himmel gleißend, ein helles, feuriges Gold. Es sah fast aus, als ob der Horizont in Flammen stünde und langsam, von der schweren blauschwarzen Wolkendecke zugezogen würde. Das Meer hatte sich kupferrot gefärbt und unsere Insel ragte wie die schwarze Silhouette eines großen Fisches daraus hervor. Direkt über der Insel, mitten im feurigen Licht des Horizontes schwebte eine Wolke, sie hatte die Form eines Fabelwesens, eines Vogels Rock, düster und verzerrt mit langem Schnabel und breiten Schwingen.

Solo war fort.

Alpha war hinter ihm hergestürzt, aber Solo war zu schnell gewesen. Er hatte sich das kleine Motorboot geschnappt und war davongerauscht, ich sah ihn aus dem Fenster unsere Insel ansteuern, während Milky und Elfe Alpha beschworen hierzubleiben, ihm nicht zu folgen.

Die Bildschirme im Monitorraum waren schwarz geblieben. Milky hatte auf den Tasten herumgehämmert, aber die Bilder waren nicht wieder aufgeflammt. Der Mord an Darling war das Letzte, was wir gesehen hatten.

Elfe hatte sich nicht beruhigen können, sie hatte um Hilfe geschrien, bis ihr die Stimme weggebrochen war. Milky und Alpha hatten verzweifelt den Monitorraum abgesucht, um irgendeine Möglichkeit zu finden, Kontakt zur Außenwelt aufzunehmen – aber die gab es nicht. Kein Telefon, kein Handy, nur einen ausgeschalteten Laptop, dessen Codewort wir nicht kannten.

Keine Hilfe, kein Kontakt. Wir waren allein, abgeschnitten vom Rest der Welt. Irgendwann waren wir ein Stockwerk tiefer gegangen, wo eine lähmende Starre von uns Besitz ergriff. Milky trank Wasser aus einer Vitellflasche, die er aus der Küche genommen hatte. Der Ausschlag auf seinen Armen hatte zu nässen begonnen. Blasen bildeten sich auf der schuppigen Haut, aber Milky schien es nicht zu bemerken. Alpha rauchte, neben ihm lag die Packung *Gitane*, auf dem Boden vor ihm sammelten sich die ausgedrückten Stummel. Elfe wiegte sich in langsamen Bewegungen vor und zurück, die Arme um ihre Knie geschlungen.

Wir schwiegen, während Alpha sprach. Ein Teil von mir versuchte, ihm zu folgen, während sich ein anderer Teil krampfhaft gegen die Logik versperrte, die Alpha sich zusammenreimte.

Tempelhoff hatte zusehen müssen, wie Darling erwürgt wurde – von seinem eigenen Sohn. Was sollte er tun, was *konnte* er tun? Darling war nicht mehr zu helfen, Solo dagegen schon, denn niemand außer Tempelhoff hatte den Mord gesehen. Also fuhr er zur Insel, so schnell er konnte, um seinem Sohn beizustehen – Darlings Leiche aus der Höhle zu bringen, sie loszuwerden, bevor jemand sie entdeckte. Aber Joker sah sie – und deshalb musste er sterben. Sie schafften beide Leichen mit dem Boot fort und versenkten sie im Meer. Jokers Körper wurde zurück an Land gespült – und später von der Flut wieder davongetragen.

»So«, fasste Alpha seine Gedanken zusammen, »so muss es gewesen sein.«

»Und wo ist Tempelhoff jetzt?« Milky setzte die Wasserflasche ab und legte Elfe die Hand auf den Rücken, aber sie wiegte sich weiter, vor und zurück, vor und zurück.

»Ich meine, was ergibt das für einen Sinn?«, fragte Milky verstört. »Das stimmt doch vorne und hinten nicht. Wo war der Kameraassi, dieser ... dieser Sven? Okay, vielleicht unterwegs, was weiß ich, auf dem Festland, Moon wegbringen oder so. Aber warum ist er nicht zurückgekommen?« Milky schüttelte den Kopf. »Und vor allem: Wenn Tempelhoff Solo geholfen hat, wenn er Joker und Darling im Meer versenkt hat, warum ist er danach nicht mit seinem Sohn abgehauen? Warum ist Solo zurück zu uns gekommen, angeblich ohne sich an etwas zu erinnern? Warum hat er mit uns die Höhle abgesucht und den zweiten Gang? Wenn es so gewesen sein soll, wie du glaubst, dann hätte Tempelhoff das doch niemals zugelassen! Und außerdem kann sich Solo nicht so verstellt haben. Er hat geschrien wie am Spieß, als er Joker im Wasser liegen sah. Das kann er nicht alles gespielt haben, Alpha, überleg doch mal!«

»Was glaubst du, was ich die ganze Zeit tue?« Alpha zündete sich an der alten eine neue Zigarette an. Er inhalierte den Rauch, hustete wie verrückt und nahm gleich darauf einen weiteren Zug. »Vielleicht hatte Joker wirklich einen Unfall und ist von den Klippen gestürzt, was weiß denn ich? Ich weiß nur, was ich auf den verdammten Monitoren gesehen habe. Wir alle haben es gesehen. Solo hat Darling erwürgt. Vor laufender Kamera. Und dann ist er abgehauen.«

Alpha warf einen Blick zu mir, als hätte auch ich etwas damit zu tun. »Habt ihr die Tabletten gesehen, die Solo die ganze Zeit über geschluckt hat?«, presste er hervor und hustete wieder. »Wir waren stockbesoffen in der Höhle, uns allen ist das Zeug in den Kopf gestiegen, und als das Licht ausging, sind wir ausgerastet. Wenn Solo auch noch Tabletten intus hatte, dann hat er vielleicht gar nicht gewusst, was er tat. Blackout. Realitätsverlust. Zündschnur gerissen. Vielleicht hat er sich wirklich nicht erinnert. Vielleicht ist er tatsächlich durch die stockdustere Höhle geirrt, nachdem er Darling erwürgt hat. Und vielleicht ist Tempelhoff auf die Insel gekommen, als Solo die Höhle schon verlassen hatte, und hat alleine ... aufgeräumt. Vielleicht hat Tempelhoff Darlings Leiche irgendwo verbuddelt und Joker ist ihm dabei in die Quere gekommen? Verdammt noch mal, es kann tausend Möglichkeiten geben. Was feststeht, sind zwei Dinge. Erstens: Wir haben gesehen, dass Joker tot im Wasser lag, aber wir wissen nicht, wie er dorthin gekommen ist. Zweitens: Wir wissen nicht, wo Darlings Leiche ist, aber wir haben gesehen, dass Solo sie erwürgt hat. Auf vierzehn Monitoren haben wir das gesehen. Oder etwa nicht?«

Alpha schien die Frage an mich zu richten. In seinem Gesicht mischten sich Hass und Angst. Ich schluckte und wich seinem Blick aus. Ja, wir hatten. Wir alle hatten gesehen, was Solo getan hatte.

Der düstere Wolkenvogel über unserer Insel hatte sich aufgelöst. Das gleißende Licht über dem Horizont war in ein tiefes Rot übergegangen und die Meeresoberfläche, hinter der jetzt die Sonne versank, schimmerte wie flüssiges Blut.

»Wir müssen Hilfe rufen«, murmelte Milky. »Wir müssen die Polizei rufen.«

»Herzlichen Glückwunsch!« Alpha drückte die Zigarette am Boden aus und warf Milky einen höhnischen Blick zu. »Und bitte, wie? Haben wir vorhin etwa die Telefonanlage übersehen? Oder die Telefonzelle?«

»Aber Tempelhoff muss doch ... « Milky ließ die Wasserflasche fallen. Sie rutschte ihm einfach aus der Hand und das Wasser ergoss sich über die Matratze. Elfe steckte ihren Zeigefinger in die Lache, die sich auf dem gestreiften

Stoff ausgebreitet hatte. Sie pikste ihren Finger tief hinein und kicherte, als ihre Berührung eine Delle in dem blauweißen Streifenmuster hinterließ.

»Er muss irgendwie Kontakt zum Festland gehabt haben«, murmelte Milky.

»Klar, per Handy! Aber weißt du, warum man die Dinger so nennt? Sie sind handlich – man kann sie mitnehmen. Und das dürfte Tempelhoff ja wohl getan haben, glaubst du nicht?«

Alpha sah Milky an, als hätte er es mit einem Kleinkind zu tun. Mephisto winselte im Schlaf, aber als ich über seinen Rücken strich, grunzte er beruhigt und schob seinen Kopf ein Stück höher, bis er auf meinem Oberschenkel lag. Ein dünner Speichelfaden hing ihm aus den Lefzen. Er klappte ein Auge auf, verträumt, abwesend, fuhr sich mit der Zunge über die Schnauze und schlief nach einem tiefen Seufzer wieder ein.

»Dann *holen* wir eben Hilfe«, sagte Milky. »Wir haben das Motorboot. Wir können selbst versuchen, zum Festland zu fahren.«

Ich sah nach draußen. Das Meer war jetzt auch schwarz. Alles war schwarz.

Alpha schnaubte. »Viel Spaß«, sagte er. »Das wird sicher eine lustige Nachtfahrt.« Er stand auf und lehnte seine Stirn ans Fenster. »Nein, Leute. Abhauen können wir frühestens morgen. Wir müssen die Nacht über hierbleiben.«

»Hierbleiben.« Elfes Stimme klang fremd und hoch, wie von einem anderen Stern. Sie kicherte wieder. »Wir müssen hierbleiben. Kennt ihr Snuff Movies?«

»Snuff Movies?« Milky schüttelte verwirrt den Kopf und Alpha runzelte die Stirn. Ich stöhnte leise. Ja, ich hatte schon einmal etwas darüber gehört. Ich wollte aufstehen, aber Mephistos Kopf auf meinem Bein war so schwer. Ich war so schwer.

»*To snuff out* kommt aus dem Englischen«, verkündete Elfe und klang jetzt, als läse sie eine Beschreibung aus dem Lexikon ab, »und es heißt: *jemanden auslöschen*. Ein *Snuff Movie* bezeichnet die filmische Aufzeichnung eines Mordes, der zu Unterhaltungszwecken und mit kommerzieller Absicht begangen wird. Der Zweck des Mordes selbst ist seine Aufzeichnung. Ein echter Mord, live vor der Kamera.« Sie kicherte wieder, wobei ihre Tonlage noch höher rutschte. »Hab ich mir gut gemerkt, oder? Klaus Hansen, ein Typ, neben dem ich in der Schule sitze, hat über dieses Thema ein Referat gehalten. Ich konnte nicht fassen, dass unser Lehrer so ein Thema durchgehen lässt, aber Klausimausi hat eine glatte Eins gekriegt.« Elfe lachte laut auf. »Das war übrigens der Moment, in dem ich beschloss, mich auf einer Theaterschule und nicht beim Film zu bewerben.«

»Elfe«, Milky warf mir einen hilflosen Blick zu. »Du musst dich beruhigen, wir ... wir müssen uns alle ...« Milky fing an zu weinen. Es schüttelte ihn regelrecht und das riss jetzt auch Elfe aus ihrem Schock heraus. Sie zog Milky zu sich heran, strich ihm über die verfilzten Haare und sah über seinen Kopf hinweg zu mir herüber.

»Was denkst du, Vera? Was geht in *deinem* Kopf vor?«

Ich presste die Lippen zusammen. In Mephistos Fell war

ein Knubbel, ein winziges Ding, es klebte hinter seinen Ohren. Ich zog es mit Daumen und Zeigerfinger heraus, es war ein toter Käfer, klein und grau mit winzigen roten Punkten.

»Ich weiß es nicht«, flüsterte ich. »Vielleicht . . . « Weiter kam ich nicht. Ich hatte Angst davor zu denken. Ich hatte auch Angst davor, die Augen zu schließen, weil ich dann immer wieder Solo vor mir sah. In der Kapelle. Wie er auf mich zugekommen war, dieses Wilde, Fiebrige in seinem Wesen. Im Meer, hinter dem Felsen. Der Kuss, seine Umarmung. Diese unglaublich intensive Anziehung, die ich verspürt hatte. Als wäre ich nicht ich gewesen – und doch war das ein Teil von mir.

Ich vergrub mein Gesicht in den Händen. Einen Mörder. Ich hatte einen Mörder geküsst. Ich war in einen Mörder . . . verliebt. Das konnte nicht sein, das konnte einfach nicht sein!

Aber es war doch so.

Und wenn es anders war?

Spät in der Nacht, als die anderen drei noch immer auf den Matratzen saßen, stand ich auf und ging nach unten, in Tempelhoffs Zimmer. Mephisto folgte mir wie ein schwarzer Schatten. Auf dem Bett lag das himmelblaue Kopfkissen und am Boden das weiße Hemd, in dem Mephisto seine Schnauze vergraben hatte. Auf dem Nachttisch lagen Bücher.

Was ich liebte von Siri Hustvedt. *A Prayer for Owen Meany* von John Irving. *Das Buch der Illusionen* von Paul Auster.

Im hinteren Drittel des Buches war ein Lesezeichen. Ich zog es heraus. Es war ein Foto. Ein Schwarz-Weiß-Foto von einer Frau. Sie hatte helles Haar und ein schmales Gesicht mit einer markanten Nase und hohen Wangenknochen. Aber ihr Ausdruck war weich, fast ein wenig traurig. Die Augen und die breiten Brauen waren groß und dunkel und ein tiefes Leuchten ging von ihnen aus.

Sie war fast wie ein Spiegel von Solo.

»Abhauen können wir frühestens morgen. Wir müssen die Nacht über hierbleiben.«

Alphas Worte hallten in mir wieder.

»Nein«, hörte ich mich sagen.

»Nein.«

Da war kein Gedanke, da war keine Vermutung, da war nichts, was sich mit Vernunft erklären ließ.

Da war nur ein Gefühl.

Und diesem Gefühl folgte ich, als ich mich aus dem kleinen Wächterhaus des Leuchtturms stahl, wie ein Dieb, Mephisto an meiner Seite, und mit festen Schritten auf das Boot zuging, den Motor anwarf, um zurück auf die Insel zu fahren.

Zurück nach Isola.

Einundzwanzig

WIE HATTE ICH das damals tun können? Wenn mich heute die Fragen überfallen, ist auch diese darunter. Wie hatte ich die anderen so zurücklassen können, ohne Boot, ohne eine Fluchtmöglichkeit – und vor allem: ohne zu wissen, was mich auf der Insel erwartete? Möglicherweise brachte ich nicht nur mich selbst in Lebensgefahr, sondern auch sie; Alpha, Milky und Elfe. War ich wahnsinnig gewesen?

Nein. Das ist die Antwort, die kommt. Ich hatte getan, was mein Gefühl mir diktiert hatte. Auch nicht die Sorge, dass ich noch nie ein Boot gesteuert hatte, geschweige denn bei Nacht auf offenem Meer, hatte mich zurückhalten können. Vielleicht ist das so, in solchen Momenten. Die Vernunft setzt aus, ein anderer Teil übernimmt und diesem Teil folgte ich. Ein leichter Wind wehte über das Meer und ich legte den Weg zur Insel problemlos zurück. Mephisto saß zu meinen Füßen. Sein Schwanz schlug alle paar Sekunden auf dem Boden des Bootes auf, rhythmische Töne, die sich in das tuckernde Motorengeräusch mischten und mir das Gefühl gaben, nicht alleine zu sein.

Ich war um die Insel herumgefahren und legte am Strand vor den Unterkünften an. Ich zog das Boot an Land und schlich mit klopfendem Herzen durch das Dickicht der Palmen zu unserer Unterkunft. Alles war dunkel, aber am Himmel schien der noch immer fast volle Mond und bot eine natürliche Lichtquelle. Aber im Wald würde es dunkel sein. Und durch den Wald würde ich gehen müssen, wenn ich zur Höhle wollte – denn die Höhle war von Anfang an mein Ziel gewesen.

Im Haupthaus fand ich zwei Windlichter, mit denen ich mich auf den Weg machte. Jedes noch so kleine Geräusch ließ mich aufschrecken und plötzlich war der Wald voller knackender, raschelnder, wispernder Laute und die Bäume schienen mit ihren tief hängenden Ästen nach mir zu greifen, als wollten sie, dass ich zu einem Teil von ihnen würde. Ich versuchte, mich auf Mephistos Hecheln zu konzentrieren, seine leisen Schritte, die zu wissen schienen, wo es langging, und alle paar Meter blieb ich stehen, bückte mich zu Solos schwarzem Labrador herab und vergrub meine Nase in seinem weichen Fell. Die Luft war feucht und der Wind, der durch die Wipfel der Bäume strich, roch wieder nach Regen. Ganze Armeen von Moskitos waren im Wald unterwegs und dieses Mal war ich ihr Opfer. Sie stachen mir die Arme blutig und ihre gierigen, sirrenden Geräusche schmerzten mir in den Ohren und verbohrten sich in meinen Nerven. Als ich bei den Felsen ankam, war ich schweißgebadet. Schwer atmend stand ich vor dem Höhleneingang und kratzte mir die aufgestochenen Arme. Mephisto winselte und zog den Schwanz ein, als teilte er meine Angst, die Öffnung in den Felsen zu betreten. Aber dann lief er vor und ich folgte ihm. Mit jedem

Schritt, den ich machte, sank mein Mut. Mein Körper fühlte sich immer schwerer und mein Kopf immer schwereloser an, was ein groteskes Ungleichgewicht erzeugte, als wäre ich unten aus Blei und oben aus Gas. Ich schrie leise auf, als über meinem Kopf ein flatterndes Geräusch ertönte und im nächsten Moment ein kleiner Vogel an mir vorbei dem Ausgang entgegenstob. Kehr um, schrie mein Verstand, kehr um, kehr um, kehr um. Aber ich ging weiter, Schritt für Schritt für Schritt.

In der Höhle war Licht.

Solo kauerte vor der Vertiefung in der Felswand, wo wir neben der Blutlache den Fetzen von Darlings Kleid gefunden hatten. Die Stelle, an der es geschehen war. Mephisto stürmte auf ihn zu, sein Bellen hallte von den Höhlenwänden wieder. Als Solo aufsprang, erstarrte ich und aus meinem Körper wich alle Kraft. Die Windlichter fielen mir aus den Händen, zerbrachen splitternd auf dem Steinboden und erloschen, sodass nur noch die Stelle, an der Solo stand, beleuchtet war. Ich wollte etwas sagen, aber ich brachte keinen Laut hervor und plötzlich kroch die kalte Angst umso heftiger in mir empor. War ich in eine Falle gelaufen? War das der Preis für meine Unvernunft?

Solo machte einen Schritt auf mich zu, aber das verstärkte meine Panik nur noch. Ich wollte zurückweichen, doch ich konnte mich nicht bewegen. Kalt, eiskalt wurde mir.

Solo hatte seine Hände gehoben, jetzt ließ er sie sinken und auch sein Körper schien zusammenzusacken. Er machte ein paar Schritte zurück, lehnte sich an die Felswand und starrte zu Boden.

»Was habe ich getan?«, fragte er. Dann hob er wie in Zeitlupe den Kopf, sah mich an und schrie die Frage noch einmal aus sich heraus, mit derselben Wildheit, die ich auch in anderen Momenten in ihm gespürt hatte. »Was habe ich nur getan?«

»Ich weiß es nicht«, hörte ich mich flüstern.

Mephisto sah verwirrt zwischen uns beiden hin und her, bellte wieder und leckte Solos Hand.

»An was kannst du dich denn erinnern?«, brachte ich nach einer Ewigkeit heraus.

Solo schüttelte nur mit dem Kopf. Seine Schultern bebten. Er kam mir so schmal vor. Als ob ein einziger Windstoß ihn umwehen könnte. Ich beruhigte mich so weit, dass ich sprechen konnte.

»Die Kapelle«, sagte ich. »Der Felsen im Meer.«

Solo reagierte nicht. Er schien mit der Felswand verschmelzen zu wollen.

»Was ist das gewesen?«, fragte ich mit lauterer Stimme. »Was ist das zwischen uns gewesen?«

Solo sah mich an, er schien jetzt völlig verstört und plötzlich begann mein ganzer Körper zu kribbeln. Es begann in den Fingerspitzen und breitete sich von dort immer weiter aus, bis ich das Gefühl hatte, mich nicht länger auf den Beinen halten zu können. Irgendwie fand ich die Kraft, auf Solo zuzugehen. Ich legte meine Hand auf seine Schulter.

»Küss mich«, sagte ich.

Solo zuckte zusammen, als hätte ich ihm ins Gesicht geschlagen.

»Was?«

»Küss mich«, wiederholte ich mit fester Stimme und blickte ihm in die Augen.

Solo öffnete den Mund, um etwas zu sagen, aber es kam nichts heraus, er sah aus, als ob er versuchen wollte, das Gesicht von mir abzuwenden, aber er schien nicht die Kraft dafür zu finden. Sein Blick begegnete meinem, Hilflosigkeit, Trauer, Verzweiflung, Zärtlichkeit, all diese Gefühle mischten sich darin und dann, ganz langsam, beugte er sich vor und nahm mein Gesicht zwischen seine Hände. Es lag eine unendliche Scheu in dieser Berührung. Sein Gesicht kam näher und eine Strähne seines Haares streifte meine Wange. Als sich unsere Lippen berührten, schloss ich die Augen. Ich schmiegte mich an ihn. Das Kribbeln in meinem Körper wurde fast unerträglich. Ganz leicht öffnete ich meinen Mund und kostete seine Zunge. Sein Kuss war noch immer scheu, aber dann veränderte er sich, wurde intensiver und aus Solos Brust drang ein tiefes, verzweifeltes Stöhnen.

Ich legte meine Arme fester um ihn, umschloss mit den Händen seinen Nacken und fühlte Wärme in mir aufsteigen – eine tiefe, sanfte Form von Wärme – und mit ihr eine Gewissheit, die keinen Zweifel mehr zuließ.

Ich brauchte nicht nach der dünnen Narbe oberhalb seines Schlüsselbeins zu tasten, über die in jener Nacht im Meer meine Finger geglitten waren. Ich wusste auch so, dass ich sie nicht finden würde. Moons Bild von Solo, das ich an der Wand betrachtet hatte. Mein Gefühl, dass etwas auf diesem Bild gefehlt hatte. Jetzt wusste ich, was es war.

Als ich mich von Solo löste, begann mein Herz, wieder

zu rasen, in mir war ein Sturm von Gefühlen und es gelang mir nicht, sie in die richtige Reihenfolge zu bringen. Ich brachte nur den einen Satz hervor:

»Du warst es nicht.«

Zweiundzwanzig

Die Narbe an seinem Schlüsselbein war von einer Messerstecherei im Jugendgefängnis. Später hatte er sich mit seinem Gegner angefreundet, einem sechzehnjährigen Hacker, der das Sicherheitssystem von T-Online geknackt und mithilfe eines Trojanischen Pferdes die Passwörter von mehr als 600 Kunden des Unternehmens aufgedeckt hatte, um sich nach der Haftstrafe anderen Projekten zu widmen, vornehmlich dem DVD-Markt. Auch von ihm hatte er gelernt. Er war sogar sein bester Schüler geworden, hatte Einbruchswerkzeuge nutzen gelernt und sich nach einigen Übungsfeldern Schritt für Schritt seinem eigenen Projekt genähert, seinem Meisterstück sozusagen. Er hatte mit allem Möglichen gerechnet, was schieflaufen konnte, und dass der Mord in der Höhle so reibungslos im Kasten landete, war fast zu viel des Guten gewesen. Dieses unglaubliche Triumphgefühl, als er Tempelhoffs Reaktion auf dem Monitor gesehen hatte. Er hatte sich kaum losreißen können von diesem Anblick, von den Gefühlen, die er auf Tempelhoffs Gesicht hatte ablesen können. Solo, mein geliebter Junge, mein einziger Sohn – ein MÖRDER.

Ja, bis zu diesem Punkt war sein Plan glänzend aufgegangen, alle Fäden hatte er in der Hand behalten. Nur mit Joker hatte er nicht gerechnet, obwohl er selbst in dieser Situation die Nerven behalten hatte – irgendwie. Aber jetzt wurde die Luft langsam dünn, nicht nur des verdammten Handys wegen, das er immer noch nicht hatte finden können.

Als er sah, wie Vera Solo küsste, war ihm kalt geworden. Ganz langsam war das geschehen, Stück für Stück, als würde ihm aus jeder Faser seines Körpers die Wärme entzogen. Wie gelähmt saß er da und erst als hinter seinem Rücken ein Stöhnen ertönte, erwachte er aus seiner Starre. Wenn die beiden jetzt abhauen würden, sah es nicht gut für ihn aus. Denn ohne das Handy konnte auch er nicht von hier weg. Die Polizei würde vermutlich die ganze gottverdammte Insel absuchen, und wenn sie das Handy finden würden, wäre es für sie ein Leichtes herauszufinden, wem es gehörte. Ganz zuschweigen von den Informationen, die es enthielt. Das würde auch ihm das Genick brechen. Er musste handeln, er musste etwas tun, sie aufhalten, und zwar so schnell wie möglich.

»WEG! Wir müssen hier weg!« Das war der nächste Gedanke, der sich mit aller Macht aus mir herausdrängte. Meine Stimme hallte von den Höhlenwänden wieder, aber als ich nach dem Windlicht griff, um aus der Höhle zu stürzen, hielt mich Solo an der Schulter fest.

»Warte!«, rief er aus. »Warte, ich versteh das nicht! Was soll das heißen, ich war es nicht? *Was* war ich nicht? Was meinst du, Vera?«

Solos Blick war so ratlos und gleichzeitig so offen, dass mir flau im Magen wurde. Und dann schob sich vor sein Gesicht wie eine Doppelbelichtung ein anderes. Ich dachte an das fiebrige Flackern, das ich in denselben Augen wahrgenommen hatte – zum ersten Mal in der Kapelle und dann in jener Nacht im Meer. Es hatte mich verstört und aufgewühlt, aber es hatte mich gleichzeitig auf elektrisierende Weise angezogen – und ich hatte mehr gewollt. Mehr von diesem kraftvollen, vibrierenden Körper, der mich hinter dem Felsen unter Wasser gezogen hatte.

Plötzlich hatte ich das Gefühl, mich übergeben zu müssen.

Ich wollte fort von hier, so schnell wie möglich, aber Solo hielt mich noch immer an der Schulter fest und wartete auf eine Antwort.

»In der Kapelle«, presste ich hervor. »Da war jemand. Da war ein Mann, der genauso aussah wie du. Er hat gesagt, ich soll zur Bucht kommen, nachts, wenn niemand da ist. Und das habe ich getan. Wir haben uns geküsst und ich dachte, du seiest es. Aber du warst es nicht.«

»Ein Mann, der aussah wie *ich?*« Solo starrte mich an, als hätte ich den Verstand verloren. »Vera, das ist doch absurd! Wer soll denn das gewesen sein?«

Verzweifelt schüttelte ich den Kopf. Ich wusste es ja selber nicht. Hatte ich wirklich *ein Mann* gesagt? Ja, das hatte ich – und wenn dieser Mann derselbe war, der Darling erwürgt hatte, dann hatte ich wirklich einen Mörder geküsst. Und dieser Mörder, der mich, uns alle – und vor allem Solo auf grausame Weise hinters Licht geführt hatte, war womöglich immer noch hier!

Die Höhlenwände fingen an, sich zu drehen. »Bitte«, brachte ich hervor und griff nach Solos Handgelenk, »bitte, lass uns von dieser Insel verschwinden!«

»Vera, ich ... « Solo rang nach Luft. »Ich muss wissen, was mit meinem Vater ist, ich muss hierbleiben und ihn ... «

»NEIN!«, schrie ich Solo an. »Wir können hier nicht bleiben, verstehst du das denn nicht? Wir sind in Gefahr, vielleicht in Lebensgefahr! Wenn dein Vater noch hier ist, dann kann er uns entweder nicht helfen oder ... «

Die Alternative wagte ich nicht auszusprechen. Tempelhoff war Solos Vater, ich aber kannte diesen Regisseur nur als einen schillernden Mann mit verschiedenfarbigen Schuhen und einem Blick, vor dem ich mich gefürchtet hatte. »Bitte«, sagte ich ein letztes Mal. Ich spürte, wie die Panik immer höher und höher stieg, bis ich sie nicht mehr herunterschlucken konnte.

Ich drehte mich um und rannte.

Und Solo folgte mir.

Am Höhlenausgang wandte er sich nach Norden, er wollte zur Felsküste, wo er mit dem kleinen Boot angelegt hatte, aber ich schüttelte den Kopf. »Lass uns zur anderen Bucht, dort liegt das große Boot, das ist schneller.«

Wortlos hetzten wir mit Mephisto durch den dunklen Wald, der jetzt eine neue Dimension der Bedrohung angenommen hatte. Solos Windlicht warf grässliche Schatten und die Geräusche schienen plötzlich aus allen Richtungen zu kommen, aus jedem Wipfel und Winkel dieses trostlosen Ortes. Und hinter jedem Rascheln, jedem Knacken war jetzt noch etwas anderes zu vermuten. Nein, nicht etwas. Jemand.

Über unseren Köpfen brach ein Ast, ein schaurig krachender Laut, gefolgt von einem dumpfen Aufprall, kaum einen Meter von uns entfernt. Der Wind heulte, und als wir an unserer Unterkunft vorbeikamen, die noch immer hell erleuchtet war, griff Solo nach meinem Arm. »Warte. Lass uns schnell noch ein paar Sachen holen. Es fängt jeden Moment an zu regnen, wenn mein Windlicht den Geist aufgibt, sind wir aufgeschmissen. In Neanders Truhe ist die Taschenlampe.«

Gehetzt sah ich mich um. Mephisto war ruhig, er bellte nicht, er wedelte nicht mit dem Schwanz, sondern lief ganz selbstverständlich ins Haus. Niemand schien hier zu sein, und als ich in die hellen Räume trat, zweifelte ich zum ersten Mal, ob es richtig war, sich in stockfinsterer Nacht aufs offene Meer zu begeben.

Es war wie ein kurzes Atemholen in dieser schrecklichen Nacht – das tröstende Licht, die heimelige Wärme, die Illusion, als wäre gar nichts passiert.

Solo verschwand im Schlafsaal der Jungen, während ich in unseren Raum hinüberging. Mein Feuerzeug hatte ich bereits bei mir. Esperanças Foto lag auf meinem Kopfkissen. Ich drückte es einen Augenblick fest an meine Brust, bevor ich das Schneckenhaus nahm, das ich am Strand gefunden hatte, und meine weiße Kerze. Ich steckte das Schneckenhaus in meine Hosentasche, das Foto in die andere. Die Kerze behielt ich in der Hand.

Als ich auf dem Weg zurück ins Haupthaus an Elfes Bett vorbeikam, fiel mein Blick auf ihr Märchenbuch. Es war aufgeschlagen. An der vergilbten Illustration erkannte ich das Märchen von Dornröschen, das ich vor wenigen Tagen gelesen hatte, um meine dunklen Gedanken zu vertreiben. Mein Blick blieb an einem Satz hängen.

Es waren ihrer dreizehn in seinem Reiche, weil er aber nur zwölf goldene Teller hatte, musste eine von ihnen daheimbleiben.

Zwölf goldene Teller. Zwölf Jugendliche auf einer einsamen Insel.

Wer war die Nummer dreizehn?

Wer war der Fremde, der mich hinter den Felsen im Meer entführt hatte, bevor er Darling erwürgte? Und vor allem: Wo war er?

In diesem Moment zerbrach die Seifenblase aus Wärme, Licht und Sicherheit um mich herum und der Gedanke, auf der Insel zu bleiben, wurde jetzt noch unerträglicher als zuvor. Nein – wir mussten fort.

Ich schrie auf, als ein Geräusch hinter meinem Rücken ertönte.

»Bist du so weit?« Solo stand in der Tür. Er hatte die Berimbau geschultert, in der einen Hand hielt er einen Rucksack und in der anderen hielt er Neanders Taschenlampe.

Ich stopfte meine Kerze in den Rucksack und wir rannten zur Bucht.

Der Strand vor uns lag da wie verlassen und in wenigen Augenblicken saßen wir im Boot. Mephisto war irgendwo zwischen den Palmen zurückgeblieben. Solo pfiff und rief nach ihm, und als Mephisto endlich ins Boot sprang, wagte ich aufzuatmen.

Doch dann griff Solo nach unten und im nächsten Augenblick hörte ich ihn entsetzt durch die Zähne pfeifen.

»Die Zündschnur«, keuchte er. »Jemand hat sie durchgeschnitten.«

Ich war so schockiert, dass ich kein Wort hervorbringen konnte.

Mit einem Satz war Solo wieder am Ufer. »Zurück zur Felsküste! Scheiße! Wir müssen das kleine Boot nehmen. Das ist unsere einzige Chance, von hier wegzukommen.«

Wie benommen stolperte ich hinter Solo her und im Wald begannen wir zu rennen. Die Panik lähmte mein Denken, während meine anderen Sinne eine Schärfe angenommen hatten, die mir das Gefühl gaben, ein Tier zu sein ... ein wildes Tier, auf der Flucht vor einem Jäger. Der Wind heulte immer wütender und mit ihm kam der Regen.

Prasselnd drang er durch die Wipfel der Bäume herab, durchnässte meine Kleidung, rann mir über das Gesicht und die Arme und kroch mir in den Nacken. Doch ich achtete gar nicht darauf. Ich rannte, keuchte und schwitzte, stolperte, rappelte mich wieder hoch und rannte weiter, ohne meine aufgeschürften Hände zu beachten.

Das andere Boot lag zwischen den Felsen am Ufer und ich brauchte Solo nur anzusehen, um zu begreifen, dass wir auch mit diesem Boot nicht von *Isola* würden fliehen können.

Jemand hatte es verhindert. Wir waren gefangen.

Solo, der in der Höhle noch so gezögert hatte, war jetzt panischer als ich. Er sah aus, als ob er sich ins Meer stürzen und wegschwimmen wollte.

Hektisch blickte ich mich um. Niemand, da war absolut

niemand, nur das Meer, die Felsen und Mephisto, dessen lautes Jaulen plötzlich durch den strömenden Regen zu uns herüberdrang. Im Schein der Taschenlampe entdeckten wir den Hund, er hockte auf einem Felsen in der Nähe des Ufers und sein Jaulen ging mir durch Mark und Bein.

»Verdammt, was ist denn los?«, fuhr Solo seinen Hund an, als wir zu ihm gestolpert waren. Er riss ihn am Halsband, aber Mephisto rührte sich nicht vom Fleck, er hielt nur die Vorderpfote hoch und ich stöhnte auf.

Mephisto war in einen Seeigel getreten.

Sein Jaulen wurde immer erbärmlicher, und als Solo ihn mit Gewalt wegziehen wollte, fing er an zu knurren. »Scheiße«, fluchte Solo. »Scheiße, Scheiße, Scheiße!«

Er drückte mir die Taschenlampe in die Hand, damit er Mephisto zumindest von den gröbsten Stacheln befreien konnte, aber meine Hände, nass und klamm vom Regen, zitterten so sehr, dass mir die Lampe aus den Fingern rutschte und in einen Spalt zwischen den Felsen fiel. Das Licht blieb zum Glück noch an und der Spalt war breit genug, dass Solo mit dem Arm hineingreifen konnte. Er musste sich weit vorbeugen, aber was er wenige Sekunden später mit einem verwirrten Stirnrunzeln in den Fingern hielt, war etwas anderes. Er griff erneut in den Spalt, angelte die Lampe hervor und richtete den Lichtstrahl auf etwas Kleines, Silbernes, das in einer hauchdünnen, durchsichtigen Schutzfolie steckte.

»Ein Handy«, presste er hervor. »Mein Gott, ein Handy.«

Ich starrte auf das Ding in Solos Hand, als wäre es aus einem UFO gefallen. Mephisto winselte empört und zuckte mit seiner verletzten Pfote, aber wir beachteten ihn gar nicht.

»Funktioniert es?«, fragte ich atemlos und sah über die Schulter, nach links, nach rechts.

Niemand. Niemand war hier.

Solo klappte das Handy auf und sofort blinkte ein bläuliches Licht auf. Er starrte auf das Display.

»Was?«, drängte ich und strich mir das klatschnasse Haar aus der Stirn. »Was siehst du?«

Anstelle einer Antwort wischte Solo den Regen von der Schutzfolie des Handys und hielt mir das Display unter die Augen.

Dreiundzwanzig

IM NACHHINEIN frage ich mich, warum wir nicht sofort versucht hatten, jemanden anzurufen – die Polizei, den Notruf, irgendjemanden, obwohl wir dazu erst einmal die richtige Nummer hätten ausfindig machen müssen. Unter 110 würde sich auf einer brasilianischen Insel wohl kaum jemand melden. Aber der Gedanke, irgendwen anzurufen, kam uns gar nicht – nicht in diesem Moment jedenfalls. Wem gehörte dieses Handy? Barg es weitere Informationen? Namen? Nummern? Anrufe? Mitteilungen? Das waren die Fragen, die uns quälten.

1 Mitteilung empfangen.

Das war die Nachricht, die auf dem winzigen Display des Handys stand.

Ohne zu zögern, drückte Solo auf den schwarzen Knopf und das Mitteilungsfenster sprang auf. *Wo steckst du, verdammt? Melde dich!!!*

Während ich die Taschenlampe umklammerte, begann Solo hektisch, das Handy zu durchforsten. Das Adressbuch war leer bis auf eine einzige Nummer, gekennzeichnet mit dem Namen *Tobias.*

»Tobias.« Solo wechselte einen nervösen Blick mit mir,

und als ich den Kopf schüttelte, schwebte sein Finger unschlüssig über der Anruftaste, aber dann klickte er sich zurück zu den Mitteilungen.

Der Mitteilungsausgang war ebenfalls leer, ebenso der Ordner mit den gesendeten Objekten, aber der Posteingang war gefüllt – und zeigte immer denselben Sendernamen an. *Tobias.*

Solo klickte sich bis zur letzten Nachricht nach unten, um von dort die Mitteilungen in chronologischer Reihenfolge zu öffnen. Ich hockte neben ihm, den Blick auf das Display gerichtet, das Solo mit der Taschenlampe beleuchtete und immer wieder von den Regentropfen befreite. Mittlerweile hatte ich keine trockene Faser Stoff mehr am Körper, aber das nahm ich kaum wahr. Auch Mephistos Winseln rückte weit in den Hintergrund. Meine einzige Aufmerksamkeit galt den Nachrichten.

Willkommen auf Isola.

So lautete die erste SMS, die am 1.12.07 um 18:43:11 gesendet worden war.

Besser auf Toilette! Das war die zweite SMS. Gesendet am 2.12.07 um 6:13:44 Uhr.

Ich melde mich, sobald der Erste weg ist, dann weißt du Bescheid. Gesendet am 2.12.07 um 12:41:23 Uhr.

Es ist Milky! Gesendet am 2.12.07 um 18:12:54 Uhr.

Du nervst! Gesendet am 3.12.07 um 22:53:03 Uhr.

Joker hilft Milky! Pass jetzt doppelt auf! Gesendet am 4.12.07 um 12:23:19 Uhr.

Krys ist weg. Alle schlafen. Kameras sind aus. Komm in einer Viertelstunde. Gesendet am 5.12.07 um 4:12:27 Uhr.

Nein, in der KAPELLE! Klappe ist offen, beeil dich! Gesendet am 5.12.07 um 4:42:31 Uhr.

Perfekt! Echter geht's nicht! Meine Hochachtung! Gesendet am 5.12.07 um 6:42:31 Uhr.

Kameras im Wald sind aus. Felsküste dito. Komm, so schnell du kannst, dann zeig ich es dir. Gesendet am 5.12.07 um 1:14:01 Uhr.

Ich brauch ein paar Stunden Schlaf. Bleib wachsam, wenn was ist, melde dich! Gesendet am 6.12.07 um 5:50:09.

Nein, noch nicht. Moon macht mir Sorgen, wir müssen warten. Gesendet am 6.12.07 um 11:14:06 Uhr.

Okay! Wäre aber besser, wenn sie die Höhle finden! Gesendet am 6.12.07 um 14:35:06 Uhr.

Okay! Der Assi ist WEG! Jetzt geht es ums GANZE! Gesendet am 7.12.07 um 8:35:11 Uhr.

Er hat zwei Tabletten genommen, das müsste reichen. Habt ihr den Alkohol? Gesendet am 7.12.07 um 19:35:11 Uhr.

Mord ist im Kasten, er kommt rüber, Boot ist gleich da! Bleib im Gang, dann kannst du uns sehen. Gesendet am 8.12.07 um 00:01:17 Uhr.

SCHEISSE! Lass Joker liegen und mach das Boot klar! Wir müssen ihn wegschaffen. Ich komme, sobald ich kann, HALT DURCH! Gesendet am 8.12.07 00:01:39 Uhr.

Wo steckst du, verdammt? Melde dich!!! Gesendet am 8.12.07 um 00:12:13 Uhr.

Das war die letzte Nachricht.

Wir saßen da wie betäubt. Mephisto lag zu unseren Füßen und leckte sich die Pfote, während vor dem Höhleneingang unablässig der Regen vom Himmel herabströmte. Ansonsten war alles still.

»Mord ist im Kasten?«, flüsterte Solo nach einer kleinen Ewigkeit. *»Er kommt rüber, Boot ist gleich da?* Damit muss mein Vater gemeint gewesen sein. Aber von wem sind die Nachrichten? Und an wen sind sie gerichtet? Verdammt, Vera. Das Ganze muss ein Plan gewesen sein. Aber von wem? Wer spielt hier mit uns? Wer denkt sich so was aus?

Ich presste die Faust vor die Lippen. Ich wusste, wusste, wusste es nicht.

Der Assi ist weg. Auch das war eine Nachricht gewesen. Der Kameraassistent fiel also aus, was offensichtlich ebenfalls Teil des Plans gewesen war.

»Einer von uns«, hörte ich mich mit hohler Stimme sagen. »Es muss einer von uns gewesen sein. Einer von uns muss da mitgemacht haben. Aber wer? Und wie konnte dieser Jemand das Handy verstecken? Ich meine, das muss ...« Ich dachte an Pearl, die ihr Handy mit auf die Insel hatte nehmen wollen. Tempelhoffs Assistentin hatte es eingefordert. Türkis. Pearls Handy war türkis gewesen, nicht silbern, und eine Schutzfolie hatte es auch nicht gehabt.

»Wenn jemand heimlich ein Handy mitgenommen hätte«, fuhr ich fort, »dann hätte dein Vater das sehen müssen. Schließlich waren wir die ganze Zeit überwacht.«

»Nicht in den Toiletten«, erinnerte mich Solo leise.

Besser auf Toilette ... Ich nickte kraftlos. Ich konnte nicht mehr denken. Ich konnte ... gar nichts mehr.

Solo strich sich das triefend nasse Haar aus der Stirn und

drückte noch einmal die Nachrichten durch. »Alpha? Milky?«, murmelte er vor sich hin, aber gleich darauf schüttelte er den Kopf. »Oder Moon? Diese Nachricht, *Moon macht mir Sorgen*, was bedeutet das?«

»Vielleicht hat sie etwas gewusst?«, flüsterte ich. »Oder vielleicht hat sie einfach nur gespürt, dass etwas nicht stimmte.« Das hätte zu ihr gepasst, zu diesem sonderbaren Mädchen mit der Glatze, den zweifarbigen Augen und ihrer toten Schildkröte. Nein, ich glaubte nicht, dass sie etwas damit zu tun hatte. Aber an wen auch immer diese SMS gerichtet waren, dieser Jemand hatte von *Tobias* erfahren, dass Milky der Spielmörder war. Dass Joker mit ihm unter einer Decke steckte. Dass Solo, kurz bevor wir in die Höhle gegangen waren, zwei Tabletten genommen hatte. Dass Tabletten zusammen mit Alkohol eine gefährliche Mischung waren. Und dass Darling kurz darauf vor laufender Kamera ermordet worden war. *Mord ist im Kasten, er kommt rüber, Boot ist gleich da! Bleib im Gang, dann kannst du uns sehen*.

Im Gang? Unwillkürlich blickte ich zu dem Berg empor. Kein Mond war am Himmel zu sehen, keine Sterne, aber der Regen ließ die Nacht erblassen und der Berg stand da wie ein großer schwarzer Riese.

»Natürlich«, presste ich hervor. »Der zweite Höhlengang. Der mit dem Loch im Felsen. Von dort kann man auf die Bucht herabsehen. Dein Vater ist gekommen und hat hier angelegt. Das bedeutet, jemand hat gesehen, wie Tempelhoff mit dir ...«, ich stockte, »... ich meine, mit dem Mann, der aussah wie du, gesprochen hat. Und ab diesem Punkt muss irgendetwas schiefgelaufen sein.«

Lass Joker liegen, mach das Boot klar.

Ein kalter, metallischer Geschmack legte sich auf meine Zunge. Das Gefühl, beobachtet zu werden, ergriff wieder Besitz von mir. Langsam und unerbittlich kroch es an meiner Wirbelsäule empor. Aber etwas war anders. Diesmal waren es nicht die Kameras, die ich im Nacken spürte. Die Monitore waren auf der Nachbarinsel. Aber er – *Tobias?* – musste uns trotzdem gesehen haben. Er hatte die Boote zerstört. Er musste wissen, dass wir hier waren. Aber wo war er? Oben im Berg? Schaute er durch den Spalt auf uns herab? War er in der Höhle gewesen? Jetzt war die Angst überall. In meinem Bauch, in der Brust, in allen Gliedern.

Ich kniff die Augen so fest zu, bis ich grelle Punkte sah. Sie sahen aus wie Sterne. Esperança. Ich hustete, dann fing ich an zu lachen. Esperança! Ich kannte den Notruf nicht, ich wusste nicht, wie man sich von Brasilien nach Deutschland durchwählte, aber ich hatte das Foto meiner Schwester. Und auf der Rückseite war ihre Nummer.

Ich klemmte die Taschenlampe zwischen meine Knie, zerrte Esperanças Foto aus meiner Hosentasche und drückte die Ziffern, die auf der Rückseite standen, in die Tastatur ein. Eine fast heitere Leichtigkeit durchströmte mich. Ich hatte keine Ahnung, was ich sagen sollte, aber ich kam auch nicht dazu, denn gerade als ich die letzte Ziffer eingetippt hatte, zitterte meine Hand.

Nein – nicht meine Hand. Das Handy zitterte. Es vibrierte auf meiner Handfläche. Einmal, zweimal, dreimal …

Ich starrte es an, als wäre es eine tödliche Schlange.

Wie lange dauert es, bis man ein Handy von der Hand zum Ohr geführt hat? Wie viele Sekunden? Drei? Fünf?

Ich tat es. Ich hob das Handy zu meinem Ohr. Ich drückte den Knopf und hörte mich mit einer hohlen, fremden Stimme sagen: »Hallo.«

Die raue Stimme am anderen Ende klang, als wären wir alte Bekannte: »Hallo Vera. Oder soll ich lieber Joy sagen? Wie auch immer. Du brauchst dich nicht umzuschauen. Ich kann dich sehen, egal in welche Richtung du schaust. Wie ist es mit dir? Willst du mich auch sehen?«

Ich sagte nichts. Kein einziger Laut kam über meine Lippen. Ein leises Lachen am anderen Ende. »Es hat dir die Sprache verschlagen. Gut. Dann gib mir doch mal Solo. Oder ... warte. Gib ihn mir nicht. Ich möchte ihn lieber persönlich kennenlernen. Ich bin ganz in der Nähe. Bei der Kapelle. Weißt du noch? Gleich bei dem Marienbild ist eine Klappe. Sie steht offen, ihr werdet sie nicht verfehlen. Hier ist es trocken. Ich mach uns einen Kaffee.« Die Stimme klang heiter, aber ich glaubte, ein Beben in dem vergnügten Tonfall mitschwingen zu hören. »Ach ja, und es ist noch jemand hier. Ein liebender Vater. Wenn Solo ihn wiedersehen möchte, dann würde ich dir raten, niemanden anzurufen. Kommt einfach rüber. Wir möchten euch einladen.« Wieder ein Lachen. »Zu einer kleinen, sagen wir, Familienfeier? Ich setz den Kaffee auf. Also dann. Bis gleich.«

Es klickte.

»WER?«, schrie Solo mir ins Gesicht. »Wer war das? Und was hat er zu dir gesagt?«

Ich schluckte, ich musste die Worte aus mir herauswürgen.

»Er hat gesagt, wir sollen kommen.«

Vierundzwanzig

DIE KLAPPE war leicht zu finden. Sie lag im hinteren Teil der Kapelle, gleich unter dem Marienbild, genau wie die Stimme am Telefon gesagt hatte. Sie stand offen, es war eine Stahlklappe, etwa einen Quadratmeter groß, mit einem Eisenriegel auf der Innenseite. Mephisto hatte aufgeregt zu bellen begonnen und sprang, ohne zu zögern, die Stufen der eingelassenen Treppe hinunter. Solo drehte sich zu mir um und ich nickte. Eine eisige Kälte hatte Besitz von mir ergriffen, es war eine innere Kälte, die aus meinen Knochen zu kriechen schien, feucht und klamm, aber ich holte tief Luft, fest entschlossen, der Panik nicht abermals die Oberhand zu geben. Wir hatten keine Wahl, wir mussten diesen Weg gehen.

Die Treppe führte in einen steinernen, von Neonlicht beleuchteten Flur. Mehrere Stahltüren gingen rechts und links davon ab. Ein unterirdischer Bunker, weit größer als der Raum unter dem Briefkasten, aber ebenfalls mit riesigen Versorgungsrohren, Kabeln und Leitungen ausgestattet. Aus irgendeiner Ferne dröhnte uns das Wummern eines Generators entgegen. Unsere zuckenden Schatten huschten über die Wände, sie waren uns immer einen

Schritt voraus und Solo versuchte, die Türen zu öffnen, vergeblich, sie waren abgeschlossen. Nur eine – ganz am Ende des Ganges – stand einen Spaltweit offen. Mephisto war schon nicht mehr zu sehen, und als Solo die Tür jetzt ganz aufstieß, gab sie ein ächzendes Quietschen von sich. Wir traten in einen etwa fünfzehn Quadratmeter großen Raum, an dessen Decke eine nackte Glühbirne leuchtete. Auch dieser Raum war vollständig verkabelt, aber die Einrichtung war spartanisch. Mein Blick fiel auf ein Metallgestell mit einer Matratze, auf der ein Computerkabel und ein paar CD-Hüllen lagen. Auf dem Boden standen Flaschen, mehrere Gläser, über einem Stuhl hingen Shorts und in einem geöffneten Holzschrank sah ich ein paar weitere Kleidungsstücke. Die Luft war abgestanden, nur ein feiner Windzug hinter dem Schrank verriet, dass sich am anderen Ende des Raumes noch eine Tür verbergen musste. Solo zog mich weiter, und als ich hinter ihm in den zweiten Raum trat, sah ich zunächst nur ein bläuliches Licht, das von einem Laptop ausging. Der Geruch von Kaffee hing im Raum, aber darunter lag noch etwas anderes. Ich roch Schweiß und ich hörte ein Keuchen, unterdrückt und verzweifelt.

Und dann löste sich eine Gestalt aus der Dunkelheit. Das Licht ging an und aus Solos Kehle drang ein erstickter Laut. In der Ecke des Zimmers saß Quint Tempelhoff – und vor uns stand Solos Ebenbild.

Die Ähnlichkeit war so frappierend, dass es fast schon surreal war, als würde man dieselbe Person doppelt sehen. Solo schien so schockiert zu sein, dass er seinen Vater gar nicht wahrnahm. Selbst der Fremde schien um Fassung zu ringen, als er Solo in Augenschein nahm. Er rieb sich die Hände an den Beinen seiner Jeans – derselben ausgeblichenen Jeans, die auch Solo trug. Er setzte ein Lächeln auf, ein gezwungenes, fast klägliches Lächeln und in seiner bemüht lässigen Stimme vernahm ich das unterschwellige Zittern jetzt noch deutlicher als zuvor. »Ungemütlich draußen, nicht wahr? Ihr seid ja bis auf die Haut durchnässt. Aber wie versprochen, der Kaffee ist fertig. Milch und Zucker?« Der Fremde musterte uns und sein Lächeln wirkte immer verzerrter. »Was stelle ich für Fragen – ich weiß es ja.« Er nickte kurz zu dem Laptop rüber, neben dem eine Wasserflasche mit einer welken Orchidee stand. »Wenn ich mich richtig erinnere, nimmt Vera Milch und keinen Zucker, Solo mag es schwarz und süß. Vier Stücke, richtig?«

Der Fremde drehte sich zu einer Anrichte um und Quint Tempelhoff hob die Hände, doch er ließ sie kraftlos wieder sinken, als Solo in den Raum schrie: »Was zum Teufel ist hier los?«

Mephisto, der neben Solos Vater stand, zog den Schwanz ein. Ich ertappte mich bei der Frage, ob dieser Hund in seinem Leben schon einmal jemanden angefallen oder auf das Wort »Fass« reagiert hatte. Er sah nicht so aus.

»Immer mit der Ruhe«, sagte der Fremde. Ich schluckte. Warum kam es mir so vor, als wären diese Worte nicht nur an uns gerichtet? Warum kam es mir so vor, als wäre vor allem *er* derjenige, der mit einer verzweifelten Nervosität kämpfte? Mit zwei dampfenden Tassen in der Hand wandte sich der Fremde wieder zu uns. »Hab ich mich schon vorgestellt? Ich bin Tobias. Tobias Tempelhoff Liebermann. Dein kleiner Bruder. Ich wurde siebenundzwanzig Minuten nach dir geboren.«

Für einen winzigen Moment stand alles still. Jede Bewegung im Raum erstarrte, als hätte jemand ein Bild eingefroren. Der Regisseur auf seinem Stuhl, Mephisto vor ihm auf dem Fußboden, Solo mit offenem Mund, der andere mit den dampfenden Tassen in der Hand. Kaffee. Ich roch das dunkle, tiefe Aroma des Kaffees und dann räusperte sich Solos Gegenüber. Er straffte die Schultern, machte einen Schritt auf Solo zu – und Solo holte aus. Mit einer einzigen Bewegung schlug er dem anderen beide Tassen aus den Händen. Der heiße Kaffee spritzte durch die Luft und die Tassen landeten scheppernd am Boden, die eine zersprang, die andere blieb heil, rollte ein Stück über den Boden und blieb neben dem Stuhl des Regisseurs liegen.

»Ich habe keinen Bruder«, schrie Solo. »Was soll das, wer bist du? Was hast du mit meinem Vater gemacht? Was tust du hier ... was ist hier verdammt noch mal los?«

Quint Tempelhoff saß noch immer starr in seinem Stuhl. Seine Brust hob und senkte sich in rasendem Tempo, aber er sagte keinen Ton und rührte keinen Finger. Für einen Moment überlegte ich, ob er gefesselt war, aber es kam mir so vor, als sei das gar nicht nötig. Er wirkte wie betäubt.

Solo machte einen weiteren Schritt auf diesen Mann zu, der sich sein Bruder nannte und der jetzt mit einer unmissverständlichen Bewegung in die Taschen seiner Jeans griff.

Ein Klappmesser schnellte hervor und Solo zuckte entsetzt zurück.

Das Gesicht von Solos Bruder zuckte ebenfalls, es war wie ein Reflex.

»Du willst wissen, was hier los ist?« Er strich sich eine Strähne aus der Stirn. Mein Gott, wie ähnlich er Solo sah. Die dunklen Haare, das schmale Gesicht, die hohe Stirn. Nur das Flackern in seinen Augen war anders und dann war da noch etwas, das ihn umgab. Ich konnte es nicht benennen, es war eine Energie, vielleicht lag sie auch in seinen Bewegungen, die mir wendiger vorkamen, oder an seinem Körper, der irgendwie aussah, als hätte er mehr erlebt.

Tobias Blick streifte mich, nur für den Bruchteil einer Sekunde, dann fixierte er wieder Solo. »Du wirst erfahren, was hier los ist«, sagte er leise. »Deswegen sind wir ja schließlich hier.«

Er drehte sich zu Quint Tempelhoff um, der jetzt alles andere als schillernd aussah. Seine Haut war fahl und unrasiert, die grauen Haare hingen ihm strähnig über die Stirn. Müdigkeit und Verzweiflung hatten sich tief in seine Gesichtszüge eingegraben. Und seine Augen waren weder flink noch stechend. Sie waren voller Angst. Ich weiß noch, wie ich damals dachte, dass er Angst um Solo hatte. Aber das war es nicht. Quint Tempelhoff hatte Angst vor dem, was Solo erfahren würde.

Solos Zwillingsbruder deutete auf zwei Stühle, die vor dem Computertisch standen. »Setzt euch doch«, sagte er und es kam mir vor, als hätte er die Worte auswendig gelernt, Worte aus einem Skript, das nur er kannte. Ja, es war, als hätte er sich sein ganzes Leben lang auf diese Szene vorbereitet, um jetzt zu merken, dass er ihr nicht gewachsen war. Er räusperte sich.

»Es ist eine längere Geschichte und eigentlich würde ich gerne damit anfangen, warum ich überhaupt hier bin. Mein Motiv – so nennt man das doch im Film, oder?« Tobias wischte sich die linke Hand an der Jeans ab, in der rechten hielt er noch immer das Messer. Solo und ich rührten uns nicht vom Fleck. Ich war dicht an der Tür stehen geblieben, während Mephisto mit eingezogenem Schwanz zwischen uns hin und her sah. Tobias warf dem Hund einen kurzen Blick zu. »Es wäre nett, wenn du ihn hinausbitten würdest«, sagte er zu Solo. »Bis jetzt wirkt er zwar ziemlich treuherzig, aber bei diesem Namen kann man ja nie wissen.«

Mephisto sträubte sich, er winselte, aber schließlich trottete er nach draußen und Tobias gab Solo ein Zeichen, die Tür zu schließen. Dann streckte er die Hand aus. »Dreh den Schlüssel um und gib ihn mir.«

Solo machte eine Vorwärtsbewegung, aber dann hielt er inne und ließ den Schlüssel vor sich auf den Boden fallen. Tobias lächelte nur, als er sich bückte und ihn aufhob. Wieder streifte mich sein Blick und wieder zuckte sein Gesicht wie im Schmerz.

Dann stellte er sich hinter Quint Tempelhoff und legte die freie Hand auf seine Schulter. »So«, sagte er leise. » Ich schlage vor, *du* erzählst. Und wir hören zu. Kinder lieben Geschichten. Erzähl uns von früher, ich meine, von ganz früher. Wie alles anfing. Erzähl, wie wir auf die Welt gekommen sind, *Solo* und ich. Wenn du etwas vergisst, spring ich ein. Ich kenn die Geschichte ja, ich hab sie gelesen, in deinem eigenen Computer. Hilft es eigentlich, sich einer Maschine anzuvertrauen?«

Erst sehr viel später fiel mir auf, dass Tobias uns in diesem Moment in keiner Form körperlich bedrohte. Er hatte das Messer, sicher, aber er setzte es nicht ein. Er brauchte es nicht. Solo griff ihn nicht an, niemand von uns tat es.

Ich sah, wie der Adamsapfel des Regisseurs nach vorne schnellte. Quint Tempelhoff schluckte, während Solo schwankte und verzweifelt nach einem Halt suchte. Aber er stand mitten im Raum, da war nichts, woran er sich festhalten konnte. »Was ist passiert?«, presste er hervor und diesmal wandte sich Solo nicht an Tobias, sondern an seinen Vater. »Erzähl mir, was das alles hier bedeutet.«

»Ich . . .«, setzte Tempelhoff an. »Solo, ich habe dir . . .« Tobias' Hand lag noch immer auf Tempelhoffs Schulter, aber es sah nicht so aus, als wolle er dem Regisseur Mut machen.

Quint Tempelhoff schloss die Augen. Eine lange Zeit. Als er sie wieder öffnete, sah er aus, als wäre er um Jahre gealtert.

»Deine Mutter« setzte er mit einer schwachen, fast flüsternden Stimme an, »ist bei der Geburt gestorben, aber es war nicht so, wie ich es dir erzählt habe. Du kamst zuerst und alles war in bester Ordnung. Deine Mutter hielt dich im Arm, sie lachte vor Glück und dann setzten erneut die Wehen ein. Wir wussten natürlich, dass wir Zwillinge bekommen würden, aber dein Bruder . . . «

Tobias räusperte sich wieder, diesmal heftiger, ungeduldiger. »Könntest du vielleicht ein bisschen *lauter* sprechen.« Es klang nicht wie eine Frage, auch nicht wie eine Bitte. Es war ein Befehl. »Komm schon, du bist doch sonst nicht so schüchtern. Ich meine – jedenfalls nicht, wenn man dich im Fernsehen sieht.«

Quint Tempelhoff rang nach Luft, und als er fortfuhr, war seine Stimme zwar lauter, aber sie rutschte auch eine Tonlage höher. »Als eine halbe Stunde später erneut die Wehen einsetzten, gab es Komplikationen. Etwas war mit der Plazenta nicht in Ordnung, aber das merkten sie erst, als Tobias' Kopf draußen war. Dann kam das Blut. Deine Mutter verlor Blut, viel Blut, und dann ging alles schrecklich schnell. Ich blieb bei dir, während die Hebamme sich um deine Mutter kümmerte, die Operation einleitete ... und ... und ...«

Quint Tempelhoff hielt inne, er sah aus, als wäre jedes einzelne Wort ein grausamer Kampf.

»Und? Mein Gott, du machst es ja richtig *spannend!*« Tobias schlug Quint Tempelhoff auf den Rücken, eine joviale Geste, die grässlich missglückt wirkte.

Solo zuckte zusammen, aber er schien mit dem Boden verwurzelt zu sein. Tobias sah auf seinen Vater hinab. »Na los, hast es doch fast geschafft«, sagte er auffordernd.

»Als mich die Ärztin aus dem Wartezimmer holte«, fuhr Quint Tempelhoff fort, ohne sich aufzurichten, »war Tobias auf der Welt, aber deine Mutter war tot. Sie war an den Folgen der Geburt gestorben.«

Quint Tempelhoffs Körper sackte nach vorn, es sah fast aus, als könnte er sich nicht mehr auf dem Stuhl halten.

Solo rührte sich noch immer nicht und Tobias ballte seine Hand zur Faust. »An den Folgen der Geburt gestorben. Das klingt jetzt aber gar nicht so, wie es in deinem Computertagebuch stand. Komm, Vater, sag deinem Sohn Solo, wie du es in dein Tagebuch geschrieben hast. Los! Sag es ihm.« Die letzten Worte waren schneidend scharf.

»Tobias hat sie umgebracht«, flüsterte Quint Tempelhoff. »Tobias hat meine Frau getötet. Wenn er nicht gewesen wäre, dann wäre Mirjam jetzt noch am Leben.«

»Genau.« Tobias fixierte Solo, der einen sperrigen Laut ausstieß, und dann wandte er sich zu mir. »Das hat Quint Tempelhoff über mich in sein Tagebuch geschrieben. Du hast einen Mörder geküsst, Vera. Einen Muttermörder. Ich habe im stolzen Alter von nicht einmal *einem* Tag meine eigene Mutter getötet.« Tobias holte Luft, ein langer, tiefer Atemzug. »Und ein Mörder muss bestraft werden, nicht wahr?« Er schloss die Augen, schüttelte den Kopf, kurz und heftig, dann gab er sich einen Ruck.

»Jedenfalls habe ich meine Strafe erhalten. Jetzt kommt nämlich Teil zwei der Geschichte.« Er nickte Tempelhoff zu. »Los! Erzähl weiter.«

»Am nächsten Tag holte ich dich ab.« Quint Tempelhoff sah kurz zu Solo, gleich darauf senkte er wieder den Kopf. »Aber ich konnte ... ich konnte Tobias nicht mitnehmen. Ich ließ ihn zurück.«

Eine lähmende Stille erfüllte den Raum.

»Und dann?«, hörte ich Solo flüstern. »Was geschah dann?«

Tobias lachte, harte, trockene Töne. »Dann kam Teil drei.

Soll ich jetzt erzählen? Ich mach es kurz.« Er zeigte mit dem Finger auf Solo. »Du kamst zu unserem Vater. Ich kam ins Heim. Du bist behütet aufgewachsen, ich weniger behütet. Zu einer Adoption hat es nie gereicht, aber das kann passieren. Genau wie das Pech, die falschen Freunde zu erwischen. Tobias hob seine Hand und zeigte uns ein kreisrundes Brandmal. »Mit Details will ich euch nicht langweilen, also weiter im Text. Dass meine Mutter tot war, hatte man mir erzählt, dass mein Vater lebte, ebenfalls. Sie wollten mir nur nicht sagen, wo. Ich dachte ...« Tobias hielt inne. Was er gedacht hatte, erfuhren wir nicht. Es kam mir so vor, als überspränge er eine Stelle, die zu schmerzhaft war, um sie auszusprechen.

»Als ich neun Jahre alt war«, fuhr er fort, »habe ich dann zum ersten Mal ein Bild von meinem Vater gesehen. Es war reiner Zufall. Der Artikel war in einer Zeitschrift, die die Erzieherinnen auf der Bank im Hof hatten liegen lassen. Ich hätte meinen Vater natürlich nie erkannt, aber du warst auch mit auf dem Foto.« Tobias nickte Solo zu. »Für einen Moment hab ich gedacht, dass ich es war. Aber du konntest schöner lächeln. Kein Wunder. Dazu hattest du ja auch mehr Gelegenheit.«

Solo keuchte, während Tobias weitersprach – schneller, hastiger, atemloser.

»Einen Artikel gab es auch. Dort wurde Quint Tempelhoff nicht nur als vielversprechender Nachwuchsregisseur, sondern auch als ein beispielloser Vater gelobt. Ich zitiere wörtlich: *Als alleinerziehender Vater lebte er die ersten Jahre ganz und gar für seinen einzigen Sohn.*«

Tobias hielt inne und biss sich auf die Unterlippe. Für einen Moment kam er mir entsetzlich verloren vor.

»Mit zwölf Jahren habe ich ihn dann besucht«, fuhr er fort. »Es war Abend, ich war aus dem Heim abgehauen, nachdem ich herausgefunden hatte, wo ihr wohnt. Eure Adresse hat damals sogar im Telefonbuch gestanden. So.« Tobias stieß Tempelhoff gegen die Schulter. »Jetzt bist du wieder dran. Erzähl deinem *einzigen* Sohn, was an dem Abend geschehen ist, als ich bei euch vor der Tür stand.«

Solo hatte sich mittlerweile auf den Stuhl gesetzt. Er saß mit dem Bauch gegen die Lehne gelehnt, ich konnte nur seinen Rücken sehen, aber dass sein ganzer Körper zum Zerreißen gespannt war, erkannte ich selbst von hier.

»Was?«, raunte er. »Was ist geschehen?«

Quint Tempelhoff zuckte mehrmals schnell hintereinander mit den Augen und sog dann flatternd den Atem ein. »Ich habe ihm Geld gegeben. Damit er uns in Ruhe lässt.«

»Damit er ... WAS?«

Solo sprang vom Stuhl auf. Er sah aus, als wollte er auf seinen Vater zustürzen, aber dann blieb er stehen und ballte die Fäuste. »Ich habe ihn gesehen«, schrie er. »Ich habe ... ich habe euch gesehen, es war Abend, später Abend. Ich war schon im Bett, aber dann bin ich aufgewacht. Ich hab am Fenster gestanden und gesehen, wie ein Junge aus unserem Gartentor ging. Ich hab dich gefragt, wer das war. Du hast gesagt, ich hätte geträumt. GETRÄUMT! Und eine Woche später sind wir in eine andere Stadt gezogen!«

Tempelhoff nickte, er schien am Ende seiner Kräfte zu sein.

In Tobias' Gesicht geschah etwas Seltsames, als er sah, wie sein Bruder aus der Fassung geriet. Damit schien er nicht gerechnet zu haben. Seine wie mühsam aufgesetzte Maske bröckelte immer stärker. Es kam mir vor, als warte er verzweifelt auf eine Anweisung von außen, von jemandem, der ihm sagte, was zu tun war.

Aber dann gab er sich einen Ruck und seine Gesichtszüge verhärteten sich wieder. »Zwanzigtausend Deutsche Mark«, sagte er tonlos. »Das habe ich von unserem Vater bekommen. Ein nettes Taschengeld, aber natürlich hatte mich das auch ein Versprechen gekostet. Ich sollte euch in Ruhe lassen. Genau das hat er gesagt. Ich sollte mich nie wieder blicken lassen.«

Tobias fuhr sich mit dem Handrücken über die Stirn. »Und daran habe ich mich gehalten. An diesem Abend hat mich die Polizei von der Straße aufgelesen und dann ging's zurück ins Heim. Aber das Geld hab ich gespart und mir damit einen besonderen Wunsch erfüllt. Einen Computer und ein paar Hackerwerkzeuge. Zeit zu warten, hatte ich genug. Und dann kam die Gelegenheit. Das Geld reichte noch für eine Reise nach Brasilien und für die stille Teilnahme an einem Spiel. Oder genauer gesagt, an einem Spiel*film*. Von Quint Tempelhoff. Er hat es gut vorbereitet, hat alles in seinem Computer festgehalten. Ich konnte mich bestens orientieren, ich hatte die gesamten Informationen, die gesamte Korrespondenz. Und an das Versprechen, mich nicht blicken zu lassen, habe ich mich bis fast zum Schluss auch vorbildlich gehalten. Dazu brauchte ich nichts weiter, als das hier.« Tobias ging zu seinem Laptop und drückte eine Taste. Auf dem Bildschirm erschienen in Kleinformat die vierzehn Monitore.

»Ich hatte alles im Blick«, sagte Tobias mit einem bitteren Stolz. »Der Apfel fällt nicht weit vom Stamm, so sagt man es doch, oder? Genau wie der große Quint Tempelhoff habe auch ich mein Auge auf euch geworfen.« Tobias sah zu Solo. »Aber ich konnte noch mehr, denn unser Vater hat nicht gemerkt, dass ich mich in sein System eingeloggt habe. Ich konnte Bilder einfrieren oder Loops einstellen oder Kameras ausschalten, ganz wie ich wollte. Und wenn du geschlafen hast, dann konnte ich sogar nach draußen und ein bisschen Solo spielen.«

Der letzte Satz kam als Krächzen aus ihm heraus. Tobias wandte sich zu mir und diesmal hielt sein Blick mich fest. Er sah mir tief in die Augen und der Ausdruck darin traf mich so unvorbereitet, dass ich nach Luft schnappte.

Der Kuss im Meer, dachte ich. Er hat ihn berührt, genau so sehr wie mich. Ich schloss die Augen, ich konnte es nicht ertragen, ihn weiter anzusehen, und als ich die Augen wieder öffnete, hatte sich Tobias von mir abgewandt.

Er räusperte sich mehrere Male, bevor er fortfuhr, aber seine Stimme schien ihm nicht mehr zu gehorchen. »Das war's«, presste er heiser hervor. »Das war die ganze Geschichte. Noch Fragen?«

Solo schwieg. Mir war so übel, dass ich mich kaum noch auf den Beinen halten konnte.

Ja, ich hatte Fragen. Viele Fragen. Wie er den Mord an Darling so punktgenau hatte planen können, was mit Joker geschehen war, wem das Handy gehörte, auf dem Solo und ich die ganzen Nachrichten gelesen hatten, wie Tempelhoff auf die Insel gekommen und wie er seinem Sohn begegnet war. Was Tobias mit ihm vorhatte, ob er ihn erpressen wollte, was jetzt mit uns geschehen würde ... und unzählige Fragen mehr. Aber ich brachte keine über die Lippen. Ich stand nur da und sah Tobias an und hasste mich für das warme Gefühl, das mich dabei überkam und das gleich darauf von einer kalten Welle der Angst überrollt wurde.

Meine Hand steckte in meiner Hosentasche und darin lag das Handy, die ganze Zeit schon, es schien zwischen meinen Fingern zu schmelzen, aber ich konnte es nicht benutzen und ich hatte panische Angst, dass Tobias es einfordern würde, bevor es zu spät war. Bevor ich jemanden anrufen konnte.

Tobias sah jetzt wieder zu Solo, der auf seinen Vater zuging, vor ihm auf die Knie fiel, mit den Fäusten auf ihn einschlug und ihn anschrie. Dass er Träume gehabt hatte, dass er immer dieses Gefühl gehabt hatte, dass etwas nicht stimmte ... aber ich hörte nicht mehr hin. Ich zog das Handy aus meiner Hosentasche, langsam, Zentimeter für Zentimeter, immer den Blick auf Tobias gerichtet, dessen gesamte Aufmerksamkeit jetzt seinem Bruder und seinem Vater galt. Eine seltsame Ruhe breitete sich in mir aus. Ich war seit neun Tagen ununterbrochen von unsichtbaren Kameras überwacht worden und jetzt, wo ich den Raum mit einem Mörder teilte, der mir mit größter Wahrscheinlichkeit ebenfalls etwas antun würde, wenn er merkte, was ich vorhatte, fühlte ich mich trotzdem sicherer als zuvor.

Die Kameras hatte ich nie gesehen. Sie waren unsichtbar gewesen. Aber Tobias *konnte* ich sehen. Er war eine Gefahr, die ich einschätzen konnte – während er mich nicht mehr wahrzunehmen schien. Er war ganz auf Solo und seinen Vater konzentriert. Ich klappte das Handy auf, schielte kurz auf das Display, klickte auf *Anruflisten*, sah zu Tobias und wieder auf das Display. Klickte auf *Gewählte Rufnummern*, bis die vorhin von mir gewählten Ziffern aufleuchteten. Sah wieder zu Tobias, klickte rechts unten auf die grüne Wahltaste. Wartete. Hielt die Hand mit dem Handy hinter meinen Nacken, ließ meine Haare darüberfallen, legte den Kopf schräg, lauschte, hörte ein leises Klingeln, versuchte, Solos Geschrei in den Hintergrund zu drängen und mich ganz auf dieses Geräusch zu konzentrieren, hörte eine Stimme, leise, so leise, dass ich sie nicht erkennen konnte, und murmelte: »This is Vera. Vera Marcondes. I am with Quint Tempelhoff. German Director. Filmproject in Brasil. Isola. Small island by Angra dos Reis. SOS. Help!«

Panisch hielt ich inne, weil Tobias zu mir herumfuhr, die Stirn runzelte, sich dann aber wieder Solo zuwandte, der immer noch auf seinen Vater einschrie. Ich hörte die leise Stimme aus dem Handy, verstand kein einziges Wort, dann war die Stimme ruhig und ich sagte: *Cuidem dela. Cuidem de minha irmã caçula. Ela não pertence à este lugar.*«

Das war der Satz, den meine Schwester vor vierzehn Jahren zu meinen Adoptiveltern gesagt hatte. Ich wusste nicht, wer ihn jetzt hörte. Ich wusste nicht, ob ihn überhaupt jemand gehört hatte. Was ich tat, war der reinste Irrsinn. Aber es war das Einzige, was ich tun konnte. Dann klappte ich das Handy zu, ließ es hinten in meinen T-Shirt-Ausschnitt fallen und erstarrte, als Tobias jetzt wieder die Stirn runzelte und auf mich zukam. In seiner Hand blitzte das Messer.

»Das Handy«, sagte er. Seine Stimme war immer noch heiser, aber darunter lag eine schneidende Schärfe. »Wo ist das Handy?«

Ich sagte nichts. Das Handy war in meinem Rücken und es vibrierte. Es schlug rhythmisch wie ein nacktes Herz gegen meine Rückenwirbel und ich presste mich an die Wand, so fest ich konnte, bis das Vibrieren nachließ. Aber das würde mir nichts nützen. Wenn Tobias das Handy aufklappte, dann würde er feststellen können, dass ich jemanden angerufen hatte – und dass mich womöglich dieselbe Person gerade zurückgerufen hatte.

Ich würgte.

Tobias hielt das Messer vor meine Brust, seine Knöchel krampften sich um den Griff, ganz weiß traten sie hervor. »Das Handy«, sagte er noch einmal. »Gib es mir. Ich werde vor nichts zurückschrecken, Vera. Also gib – mir – das Handy.«

Das Zimmer fing an, sich zu drehen, als ich meine Hand hinter den Rücken schob und das Handy aus meinem T-Shirt herauszog.

Solo und sein Vater waren still geworden, sie sahen zu uns herüber, Solo schüttelte verwirrt den Kopf und machte einen Schritt auf mich zu, aber Tobias fuhr blitzschnell herum. »Eine falsche Bewegung und es gibt noch eine Tote.«

Er hielt mir seine ausgestreckte Hand hin. Mit einem tiefen Atemzug legte ich das Handy hinein. Dann schloss ich die Augen.

»Na so was«, sagte Tobias nach einer kleinen Ewigkeit. »Akku leer. So ein Pech aber auch. Da hätte ich ja gar keinen Wirbel machen müssen. Etwas dagegen, wenn ich es trotzdem behalte?«

Ich öffnete die Augen, das Blut rauschte mir bis in die Ohren. »Nein«, brachte ich hervor.

»Gut«, Tobias steckte das Handy in seine Hosentasche, ging zum Tisch und griff nach einem Strick, der neben dem Laptop lag. Er warf Tempelhoff einen warnenden Blick zu, dann deutete er mit dem Kopf zu den beiden Stühlen in der Mitte des Raums.

»Setzen«, befahl er Solo und mir. »Hände hinter den Rücken und keine Bewegung, sonst ...« Er schwenkte sein Messer und wirkte plötzlich viel entschlossener als noch wenige Augenblicke zuvor.

Mit schnellen Griffen schnitt er den Strick durch, fesselte erst Solo, dann Tempelhoff und zuletzt mich an die Stühle, dann nahm er den Laptop vom Tisch und wandte sich zur Tür.

»Ich hab noch ein paar Dinge zu erledigen, bevor ich euch verlasse, aber ich denke mal, ihr werdet euch nicht langweilen.«

Tobias tippte sich mit zwei Fingern gegen die Stirn, verließ den Raum und drehte den Schlüssel hinter sich um.

Wir waren allein.

Fünfundzwanzig

Im Nebenraum brach ihm der kalte Schweiß aus. Er stellte den Laptop neben seine Pritsche und schleppte sich hinaus in den Flur, jeder Schritt eine qualvolle Anstrengung. Als er an die erste Tür im Gang klopfte, dreimal kurz, zweimal lang, fühlte er sich, als ob er sich jeden Moment übergeben müsste. Sie öffnete ihm die Tür und trat zur Seite, um ihm den Weg frei zu machen. Auf dem Boden neben einem verstaubten Sessel aus grauem Kunstleder lag Mephisto. Träge hob er den Kopf und wedelte mit dem Schwanz, dann vergrub er seine Nase wieder zwischen den Pfoten und döste weiter.

Sie deutete zum Sessel, er aber ließ sich auf die Matratze in der anderen Zimmerecke fallen, ein altes, durchlöchertes Ding, mit einem zusammengerollten Schlafsack, der nach Mottenpulver roch. Er lehnte sich mit dem Rücken an die Wand und wischte sich die Stirn ab. Stockend erzählte er ihr, was geschehen war. Nur das Nötigste, nur die sachlichen Details, alles andere ließ er aus. Jedes Wort kostete Kraft – und die hatte er nicht mehr.

Er war am Ende.

Er wusste, dass er sich das jetzt nicht leisten konnte. Er wusste, dass er einen klaren Kopf behalten und handeln musste, aber er wusste nicht, wie. Er wusste nicht weiter.

Sie dagegen war die Ruhe selbst. Fast lässig streckte sie die Hand nach dem Handy aus. Sie schloss es ans Netzwerk an, schaltete es ein, und noch ehe sie die Mitteilungen löschte, sagte sie ihm, dass Vera vorhin jemanden angerufen hatte. Im Ordner Gewählte Rufnummern war dieselbe Nummer zweimal eingegeben worden. Und Veras Anruf war erwidert worden, nur wenige Sekunden später.

»Was?«, flüsterte er. »Was sollen wir jetzt tun?«

»Wir?« Ihre Stimme klang nüchtern wie immer »Wieso wir? Ich habe schon etwas getan. Ich habe Joker getötet – für uns. Für unseren Plan. Hast du das etwa vergessen?«

Er starrte sie an und merkte, dass sie nichts verstand. Sie hatte nicht begriffen, dass ihr Plan aus dem Ruder gelaufen war – spätestens in dem Moment, als Joker sie entdeckt hatte. Er schloss die Augen und dachte daran, wie er mit seinem Vater in der Bucht gestanden hatte. Er dachte an den grässlichen Laut hinter seinem Rücken, den er nie, niemals aus seiner Erinnerung würde löschen können. Er hatte Joker nicht gesehen, aber er hatte ihn sterben hören. Nur sie hatte er gesehen, hoch oben im Spalt zwischen den Felsen. Ihr Gesicht, auf das der Mond gefallen war, blass, erschrocken. Und er hatte gewusst, dass das der Anfang vom Ende war.

Als er die Augen wieder öffnete, war ihr Gesicht beherrscht wie immer. »Ich finde, jetzt bist du mal wieder dran«, sagte sie. »Du weißt doch genau, was zu tun ist.«

»Nein!« Er krampfte seine Hände ineinander, die furchtbar zu zittern begonnen hatten. Nein, er wusste es nicht. Er wollte es auch nicht wissen. Er wollte einfach nur hier weg.

Sie wurde ungeduldig. »Hör zu, es ist doch ganz einfach: Vera *hat gerade versucht, Hilfe zu rufen, und wenn diese Hilfe kommt, dann werden die Überlebenden auf Isola schon sehr bald eine Geschichte zu erzählen haben. Eine ganz unglaubliche Geschichte, mit vielen Fragenzeichen und mit zwei verschiedenen Versionen.«*

Sie streckte ihren Daumen in die Höhe. »Erstens wäre da die Version von den Zeugen auf der Nachbarinsel. Ihre Aussage wird relativ simpel sein: Es hat einen Toten im Meer gegeben – sie wissen nicht, wann und wie er gestorben ist – und es hat eine Tote in der Höhle gegeben, deren Ermordung man sogar live und in Farbe hat. Zweitens«, sie streckte den Zeigefinger aus, »gibt es die Version von Solo, deinem Vater und Vera. Da wird es schon etwas komplizierter. Denn in dieser Version war der durchgeknallte Höhlenmörder angeblich das Opfer seines bösen Zwillingsbruders, der sich auf Isola eingeschlichen und heimlich mitgemischt hat.« Sie setzte sich auf die Sessellehne, legte die Stirn in Falten und tat, als würde sie angestrengt nachdenken. »Hmm ... was wird man von dieser Version wohl zu halten haben? Vor allem, wenn man bedenkt, dass du Deutschland offiziell nie verlassen hast. Und wenn wir das Computertagebuch deines Vaters löschen, dann hätten wir damit sogar dein Motiv verwässert. Die Mitteilungen im Handy sind ebenfalls gelöscht, und da es ein Prepaid-Handy ist, kann man zwar die Nummer nachvollziehen, die Vera durch ihren Anruf hinterlassen hat, aber nicht den Besitzer des Handys. Damit wäre die Aussage, dass Solos rätselhafter Zwillingsbruder auch noch einen Komplizen in der Gruppe hatte, ebenfalls nicht zu beweisen. Mal sehen, wem würde man diese abstruse Geschichte dann noch abnehmen? Solo? Dem Regisseur?« Sie neigte den Kopf und sah ihn an. »Eher nicht, oder? Ich meine, wo die beiden doch eindeutig als Täter und Mittäter infrage kommen. Aber dann wäre da ja immer noch . . .«

Sie legte eine kunstvolle Pause ein und er brachte den Satz mit einem kläglichen Krächzen zu Ende.

»Vera.«

»Richtig!« Sie schnippte mit den Fingern. »Da wäre ja immer noch Vera. Die kommt nämlich weder als Mörderin infrage noch gehört sie zur befangenen Familie. Womit sie eindeutig als Zeugin ernst zu nehmen wäre. Stimmt's?«

Sie wartete seine Antwort nicht ab, sondern nickte. »Stimmt. Und genau daran wirst du etwas ändern. Soll ich dir sagen, wie?«

Er schüttelte kraftlos mit dem Kopf. Sie aber fuhr fort, fast im Plauderton, als planten sie einen Sonntagsausflug. »Du gehst nach nebenan und nimmst Vera mit zur Höhle. Wenn du es nicht schaffst, das Messer oder deine Hände zu benutzen, dann führ sie zum Gang und stoße sie die Felsen hinunter. Das geht ganz leicht. Nur ein kleiner Schubs und sie fliegt. So hat es bei Joker auch funktioniert.«

»Und die anderen?«, presste er hervor. »Was werden die anderen denken?«

Sie schlug die Beine übereinander. »Was die anderen denken werden? Du bist heute wirklich schwer von Begriff. Für die anderen wird der Grund ihres Todes ganz offensichtlich sein. Ihre Freunde haben schließlich mitbekommen, dass Vera von der Nachbarinsel fortgefahren ist, um ihrem süßen, kleinen Solo beizustehen. Die Ärmste hatte tatsächlich an seine Unschuld geglaubt. Aber damit hat sie sich ihr eigenes Grab geschaufelt. Solo war nicht unschuldig. Und weil Vera dumm genug war, ihm zu folgen, musste er sie ebenfalls töten.«

Tobias starrte sie an. »Dann ist mein Bruder ein dreifacher Mörder«, stammelte er fassungslos.

Sie nickte. »Stimmt. Und wir haben die Million deines Vaters und sind frei. Damit kann ich leben, schließlich war das Geld der Grund, warum ich bei der ganzen Sache überhaupt mitgemacht habe. Und du solltest deine sentimentalen Gefühle jetzt schleunigst unter Kontrolle bekommen. Die Alternative ist nämlich, dass Vera ihre Aussage macht und wir den Rest unseres Lebens von der Polizei gejagt werden. Ist dir das lieber?«

Er dachte Ja und sagte Nein. Und dann beugte er sich vor und übergab sich unter krampfhaften Zuckungen auf den Steinboden.

Sie kam zu ihm und legte ihm die Hand auf die Schulter. »Los jetzt«, sagte sie beruhigend. »Du schaffst das. Bereite dich vor, denn das traurige Ende dieser Szene wirst du nur ein einziges Mal durchziehen können. Aber lass dir auch nicht zu viel Zeit, denn die haben wir nicht mehr.«

Er nickte mechanisch. Dann stand er auf, ging zurück in den Nebenraum, in dem seine Sachen standen, und stellte ein letztes Mal seinen Laptop an. Er wusste noch nicht, ob er das, was er vorhatte, über sich bringen würde. Aber eine Sache wollte er zu Ende bringen – und vielleicht würde ihm das die nötige Kraft geben.

NEBEN DER Wasserflasche auf dem Tisch lag ein Bild. Es war ein Ausdruck, ein Computerausdruck, ziemlich zerknittert, als hätte ihn jemand viele Male in den Händen gehalten. Das Gesicht auf dem Bild war dasselbe, das ich in

Tempelhoffs Buch gesehen hatte. Ein schmales Gesicht mit einer hohen Stirn und dunklen Augen. Mirjam Liebermann, die Mutter von Solo und Tobias. Ich starrte es an, die ganze Zeit, auch als ich Solo und seinem Vater erzählte, wen ich angerufen hatte.

»WAS?« Solos Stimme klang fassungslos und ich nickte. Die Fesseln um meine Handgelenke schnürten mir das Blut ab. Schon jetzt fühlten sich meine Finger halb taub an.

»Ich habe meine Schwester angerufen«, wiederholte ich. »Ob sie mich verstehen konnte, ob die Nummer überhaupt richtig war, das weiß ich nicht. Aber ich habe am anderen Ende etwas gehört. Und ich habe einen Rückruf erhalten, bevor mir dein Bruder das Handy abgenommen hat.«

»Mein Bruder.« Solo stand noch immer unter Schock. Er wandte sich zu Quint Tempelhoff, der mit hängendem Kopf auf seinem Stuhl saß.

»Was ist geschehen?«, fragte Solo. »Ich meine, was ist geschehen, nachdem du den Mord an Darling gesehen hast? Du bist zur Insel gefahren?«

Der Regisseur nickte. »Ja. Mit dem Boot. Ich bin direkt zur Felsküste gefahren, dort hat Tobias mich dann in Empfang genommen. Es war dunkel und ich war so von Sinnen, dass ich ihn nicht erkannt habe.«

Tempelhoff stöhnte auf. »Ich habe ihn angeschrien, im Glauben, du seiest es. Ich hatte euch in der Höhle gesehen, natürlich war mir klar, dass in Jokers Wasserflasche kein Wasser war. Ich habe gesehen, dass du Tabletten genommen hattest, ich dachte, du seiest durchgedreht. Das alles habe ich ihm ins Gesicht gebrüllt und dann ...«

Solos Vater schloss die Augen. ». . . dann fiel uns Joker quasi vor die Füße. Wie ein großer schwarzer Vogel stürzte er vom Himmel und prallte auf den Steinen auf. Er muss aus dem Spalt im Felsen gefallen sein. Dein Bruder schrie auf und in diesem Moment erkannte ich ihn. Ich war wie gelähmt, aber er hatte sich gleich wieder in der Gewalt. Er hatte nicht viel Mühe, mich zu überwältigen. Er brachte mich hierher und dann erfuhr ich alles. Er hat mich erpresst. Das war sein eigentlicher Plan. Eine Million Euro habe ich ihm per Computer überweisen müssen. Er drohte damit, das Material an die Presse zu schicken. Darum ging es. Wenn ich nicht tat, was er sagte, würde alle Welt im Fernsehen miterleben, dass nicht nur das viel kritisierte Inselprojekt aus dem Ruder lief, sondern auch noch mein eigener Sohn darin zum Mörder wurde.«

Ich starrte Tempelhoff an und alles, was ich denken konnte, war, wie jämmerlich ich diesen Mann plötzlich fand.

»Tobias zwang mich, meinen Assistenten anzurufen«, fuhr Tempelhoff fort, »und ihm zu sagen, dass ich das Projekt unterbrochen hätte. Dass ich bei euch auf der Insel wäre und dass er warten sollte, bis ich mich wieder bei ihm melde.«

Ich runzelte die Stirn. »Und das hat er Ihnen abgenommen?«

Tempelhoff nickte schwach. »Ja. Wenn ich eine Anweisung gebe, kann ich damit rechnen, dass sie befolgt wird. Und ab dann war ich hier.« Er sah sich im Raum um.

»Tobias hatte die Kameras wieder eingeschaltet, wir

konnten euch über den Computer sehen. Sogar auf der Nachbarinsel. Der Monitorraum war ebenfalls überwacht und Tobias hat euch die Sequenzen eingespielt. Oh, mein Gott, Solo, ich ... «

»Halt die Klappe«, fuhr Solo seinem Vater über den Mund. »Ich will wissen, wer Tobias geholfen hat. Von wem war das Handy? Wem hat Tobias diese ganzen Mitteilungen geschickt?«

Tempelhoff schüttelte den Kopf. »Ich habe keine Ahnung. Tobias ist furchtbar nervös geworden, als ihr das Handy zwischen den Felsen gefunden habt. Er hat sofort versucht, euch anzurufen, aber es hat offensichtlich nicht gleich geklappt. Wir konnten sehen, wie ihr die Mitteilungen geöffnet habt. Und als du«, Tempelhoff nickte mir zu, »vom Felsen aus Hilfe rufen wolltest, bekam Tobias eine Verbindung. Er hat euch abgepasst, genau im richtigen Moment.« Tempelhoff wand sich auf seinem Stuhl, er sah aus, als hätte er starke Schmerzen. »Das Handy muss jemandem aus der Gruppe gehört haben«, sagte er. »Aber wem?«

Ja, dachte ich. Aber wem?

Noch einmal ging ich in Gedanken die Mitteilungen durch. Wer auch immer es war, die Person war bis zur Mordnacht dabei – und mehr als wahrscheinlich auch an allem beteiligt gewesen. Demnach fielen die Opfer von Tempelhoffs Spiel aus. Darling und Joker kamen auch nicht infrage, die waren tot. Übrig blieben also Solo, Alpha, Milky, Elfe und ich. Solo konnte es nicht gewesen sein, Milky auch nicht, denn von ihm war in einer SMS die Rede gewesen.

Damit blieben Alpha und Elfe und ab da drehten sich meine Gedanken wieder im Kreis.

»Ich weiß es nicht«, flüsterte ich. »Und ich weiß auch nicht, was es uns nützt, weiter darüber nachzudenken. Was passiert jetzt mit uns? Was hat Tobias mit uns vor? Wenn er eine Möglichkeit hat, das Handy aufzuladen, wird er rausfinden, dass ich Hilfe gerufen habe und ...«

Ich konnte nicht weitersprechen.

Die Tür öffnete sich. Tobias stand im Raum, mit dem Laptop unter dem Arm. Sein Gesicht war aschfahl, die Haare klebten ihm an der Stirn und seine Augen glühten. Mit schweren Schritten ging er auf den Tisch zu, schob das Bild seiner Mutter zur Seite, stellte den Laptop ab und schaltete ihn ein. In einer unglaublichen Geschwindigkeit fuhr der Computer hoch. Tobias drückte ein paar Tasten und auf der Bildfläche erschienen die Monitore. Solo und sein Vater fingen an, auf Tobias einzureden, wild durcheinander, aber ich verstand ihre Worte nicht. Ich fühlte mich wie unter Wasser, vor meinen Augen verschwamm alles und ein Druck legte sich auf meine Ohren, bis ich nur noch ein Rauschen hörte. Ich nahm wahr, wie Tobias auf mich zukam und mir mit dem Messer die Fesseln durchschnitt. Aber seine Stimme klang wie ein weit entferntes Echo, als ich ihn sagen hörte:

»Du kommst jetzt mit mir.«

Sechsundzwanzig

ES DÄMMERTE. Der Himmel war eine weiche blassblaue Fläche, in die sich ein rötlicher Schein mischte, eher eine Ahnung als eine Farbe. Auf der Meeresoberfläche kräuselten sich sanfte Wellen und die Luft war samtig und warm.

Tobias hatte mich zum Spalt im Höhlengang geschoben. Er stand hinter mir, so dicht, dass ich seinen Herzschlag in meinem Rücken fühlte. Seine Hand presste sich auf meinen Mund, mit der anderen hielt er das Messer. Ich spürte, wie er zitterte, am ganzen Körper, aber ich fühlte mich seltsam ruhig, und als ich die Augen schloss, erschienen vor meinem inneren Auge Bilder. Ich sah Esperança, wie sie mit mir und meinen Brüdern durch die Straßen von Rio lief, ich sah den alten Mann, der mir eine Mango angeboten hatte. Ich sah Erika, wie sie nachts an meinem Bett gesessen und mir Geschichten vorgelesen hatte, und Bernhard, wie er mir das Fahrradfahren beibrachte. Ich sah den *Dois Irmaos*, den Berg der zwei Brüder, und ich sah Solo, der sich vom Beifahrersitz des Autos zu mir umwandte und mir direkt in die Seele blickte. Ich spürte, wie mir Tränen die Wangen herunterliefen, und ich fühlte, wie Tobias immer stärker zitterte und dann einen furchtbaren Laut ausstieß, als tobte die Hölle in ihm.

Ich atmete. Ein und aus. Ein und aus. Unter mir konnte ich die Felsen sehen, schwarz und schroff.

Würde ich denken, wenn ich fiel? Wie schnell würde ich unten aufkommen? Wie würde ich aufkommen? Würde ich mich mit den Händen abstützen, würde ich fühlen, wie mir die Knochen brachen? Wie lange musste man leiden, wenn man starb? Wie lange musste man die Schmerzen aushalten? Ich dachte an Darling, an ihre Schreie, an ihr Zucken und an ihren angstverzerrten Blick, und ich dachte an Jokers Körper, wie er leblos im Meer gelegen hatte. Tobias tat nichts. Er stand nur da und hielt mich fest und plötzlich ertappte ich mich bei dem Wunsch, dass er anfing. Dass er es zu Ende brachte.

Von draußen wehte der Wind in den Höhlengang. Ich spürte ihn auf meiner Wange, aber ich hörte ihn nicht. Da war nur das Rauschen in meinen Ohren. Ich fragte mich, aus welcher Perspektive wir gefilmt wurden. Ob die Kameras in unserem Rücken oder über unseren Köpfen waren. Ich fragte mich, in welchem Ausschnitt Tobias und ich jetzt zu sehen sein würden, und ich stellte mir vor, wie Quint Tempelhoff und Solo jetzt in den Computer starrten. Der Gedanke an Solo drehte mir den Magen um. Ich wollte nicht, dass er sehen musste, wie ich starb. Ich wollte nicht, dass er litt.

Tobias schob mich noch ein Stück weiter an den Abgrund. »Ihr habt gesehen, dass ich Darling getötet habe«, hörte ich ihn sagen. Seine Stimme bebte und die Worte kamen stockend, als läse er einen undeutlichen Text ab. »Ihr habt gesehen, dass ich sie erwürgt habe, in dieser Höhle. Ein Mord vor der Kamera. Ich habe meinen Vater an der Küste empfangen und dann habe ich ihn in den Bunker geführt. Joker musste sterben, weil er gewusst hatte, was geschehen war. Jetzt soll ich dich töten.«

Tobias hielt inne, eine kleine Ewigkeit lang. Das Rauschen in meinen Ohren hörte auf. Irgendwo im Höhlengang tropfte es, es waren rhythmische, fast muntere Töne. Plick-plock, plick-plick-plock ... Dann legten sich Tobias' Arme fest um meinen Körper und er riss mich mit einem Ruck zurück. Er presste mich gegen die Höhlenwand und sah mich an. Tief in die Augen sah er mir und sein Gesicht war plötzlich ganz ruhig, als erfülle ihn ein tiefer Frieden.

»Aber ich werde es nicht tun«, sagte er mit einer Stimme, die jetzt fest und sicher klang. Er wandte sich von mir ab und fixierte einen Punkt im Felsen schräg über meinem Kopf. »Mein Name ist Tobias Tempelhoff Liebermann«, sagte er. »Ich bin Solos Zwillingsbruder, der Sohn von Quint Tempelhoff und Mirjam Liebermann. Ihr kennt die Details, ihr braucht nur auszusagen.«

Tobias sah wieder zu mir. Ich hielt den Atem an und stand ganz still. Tobias ließ das Messer fallen. Mit einem harten Klirren landete es auf dem Steinboden. Dann hob er die Hand und wickelte eine Strähne meines Haares um seinen Zeigefinger. Seine Hände waren jetzt ganz ruhig. Ich konnte seinen Atem hören, der tief und regelmäßig ging. »Ich habe ein Abschiedsgeschenk für dich«, flüsterte er kaum hörbar. »Es liegt im Bunker, in meinem Raum unter der Matratze.«

Mit diesen Worten ließ er meine Haarsträhne los und strich mir mit der Kuppe seines Zeigefingers über die Wange, eine hauchzarte Berührung, als streifte mich der Flügel eines Schmetterlings.

Dann drehte er sich um. Er trat an den Spalt, breitete seine Arme aus und ließ sich fallen.

Die Luft war still, nichts regte sich, selbst das Tropfen hatte aufgehört. Kein Geräusch, kein Gefühl, kein Gedanke, kein Ich, keine Insel, keine Welt. Nur irgendwann der Himmel. Das war das Erste, was ich durch den Spalt im Felsen sah. Erst dann konnte ich mich bewegen.

Über dem Meer ging die Sonne auf. Ein schmaler glutroter Streifen schob sich aus der glitzernden Oberfläche. Höher und höher stieg er, wie in Zeitlupe, und tauchte den Himmel in ein herrliches, glühendes Rot.

Und als ich an den Rand des Abgrunds trat, sah ich das Boot.

Es war ein gelb-schwarzes Schlauchboot, das am Ufer der Felsküste lag, bereit zur Abfahrt. Vor dem Boot stand Darling.

Sie hob den Kopf und sah zu mir herauf. Ihre blonden Haare glänzten im Licht der aufgehenden Sonne, und als sie wie zum Gruß ihre Hand hob, blitzte das silberne Handy auf. Die rote Gelenkschiene an ihrem Handgelenk fehlte.

Ich meinte, ein Lächeln auf ihrem Gesicht zu erkennen.

Dann stieg sie in das Boot, ließ den Motor an und fuhr davon. Sie war kaum noch ein Punkt auf dem Meer, als sich über ihr, direkt vor der Silhouette der rot glühenden Sonne die Helikopter unserer Insel näherten.

Siebenundzwanzig

NUR WENIGE TAGE bevor ich meine Reise nach *Isola* antrat, sah ich mir mit Bernhard und Erika einen Spielfilm im Fernsehen an. Ich erinnere mich nicht mehr an den Namen und von der Handlung habe ich nur noch behalten, dass es ein ziemlich kitschiger Liebesfilm war, bei dessen Happy End Erika laut schluchzend in ihrem Ledersessel saß, während ich mich über einen Drehfehler beschwerte. Als die Frau in der letzten Szene ihrem Liebsten hinterherlief, um ihn daran zu hindern, ins Flugzeug zu steigen, trug sie rote Glitzerohrringe, die ich deshalb deutlich sah, weil ihr die Haare beim Laufen aus dem Gesicht wehten. Als der Mann in der nächsten Einstellung ihr Gesicht in den Händen hielt, um sie zu küssen, fehlten die Ohrringe. Erika meinte schniefend, das sei ja wohl Nebensache, ich behauptete, es wäre Schlamperei, und Bernhard, der ein Filmfreak ist, musste lachen.

»Solche Details nennt man im Film Anschlussfehler«, informierte er mich, »und sie können unter anderem dadurch entstehen, dass einzelne Einstellungen nicht in der Reihenfolge gedreht werden, in der sie im fertigen Spielfilm erscheinen.« Er erklärte mir auch, dass bei Filmproduktionen in der Regel eine einzelne Person damit betraut war, diese Fehler auszumerzen, und schlug mir scherzhaft vor, mich für diese Aufgabe bei der Postproduktion von *Isola* zu bewerben.

Zu dieser Postproduktion war es natürlich nie gekommen. Als die Helikopter *Isola* erreichten, stand ich noch immer im Gang bei den Felsen und war die Einzige, die Darling lebend gesehen hatte.

Solo und Quint Tempelhoff waren im Bunker gefesselt, Milky, Alpha und Elfe hockten auf der Nachbarinsel, die Polizei hatte kein Boot im Wasser bemerkt.

Solo war der Einzige, der mir glaubte, die anderen warfen mir mitleidige Blicke zu. Ich hatte viel durchgemacht und nach einem Erlebnis, bei dem man dem Tod ins Gesicht gesehen hat, spielen einem die Sinne schon mal einen Streich. Ich weiß selbst nicht, wieso ich in diesem Moment auf Darlings Kleid kam. Auf das cremefarbene Kleid mit den Spaghettiträgern – und dem feinen Riss über der linken Brust, der mir bei unserer Höhlenparty auf so unerklärliche Weise ins Auge gesprungen war. Und ich weiß auch nicht, warum ich mich an diesen Riss klammerte, warum ich darauf beharrte, unsere Nacht in der Höhle noch einmal sehen zu wollen – und zwar jetzt. Jetzt und hier, wo all das Schreckliche geschehen war. Es war Quint Tempelhoff, der die Polizei schließlich überredete, noch einmal zur Nachbarinsel zu fahren.

Und dort auf Tempelhoffs Monitoren sahen wir es dann alle. Der feine Riss in Darlings Kleid, direkt über dem linken Busen. Als Darling in der Höhle tanzte, war er genau zu erkennen. Aber in der Anschlussszene, in der Darling von Tobias erwürgt wurde, war der Riss nicht mehr da.

Ihr habt gesehen, dass ich sie erwürgt habe, in dieser Höhle.

Das hatte Tobias zu mir gesagt, bevor er sich vom Felsen gestürzt hatte.

Ja, wir hatten es gesehen. Aber es war nicht echt gewesen.

Und dieser Anschlussfehler, dieses winzige Detail, war der Beweis dafür, dass ich mich nicht getäuscht hatte.

Darling lebte.

Ihr hatte das Handy gehört und plötzlich war mir auch klar, warum sie die rote Handgelenkschiene getragen hatte und warum sie an dem ersten Morgen auf *Isola* so nervös gewesen war, als ich sie aus der Toilette hatte kommen sehen. *Frei von Überwachungskameras sind Duschen, Toiletten und Umkleidekabinen.* Darling war Tobias' Komplizin gewesen.

Was genau geschehen war, konnten wir uns in den folgenden Tagen, an denen wir einzeln von der Polizei, im Beisein eines Dolmetschers verhört wurden, nur zusammenreimen. Sicher war nur so viel: Darling und Tobias hatten die Mordszene gefilmt, bevor wir die Höhle betreten hatten. Da in Tobias' Computer alle Aufnahmen, bis auf das Geständnis am Schluss, gelöscht waren, vermuteten wir, dass Darling und er diese Szene in verschiedenen Versionen aufgenommen hatten, um auf diese Weise den bestmöglichen Anschluss an das Ende unserer Höhlenparty auszuwählen. Wir vermuteten auch, dass Tobias die Szene von seinem Computer im Bunker aus eingespielt hatte, damit Quint Tempelhoff sie auf der Nachbarinsel sehen würde, während in Wirklichkeit eine sehr lebendige Darling in der Höhle saß und einen von Tabletten und Alkohol benommenen Solo in Schach hielt, bis er einschlief. Ein genialer Spielzug, der erst dann zu scheitern drohte, als sich Joker in den zweiten Höhlengang verirrte und aus dem Spalt des Felsens auf die Bucht hinuntersah, wo Quint Tempelhoff außer sich vor Entsetzen seinen Sohn anschrie, was in aller Welt in ihn gefahren wäre, Darling zu töten.

Und dann war Darling ebenfalls in dem Höhlengang aufgetaucht, um dort auf Tobias zu warten. *Mord ist im Kasten, er kommt rüber, Boot ist gleich da! Bleib im Gang, dann kannst du uns sehen.*

Aber Joker hatte die beiden ebenfalls gesehen, er hatte alles mit angehört – und dann war ihm Darling in die Arme gelaufen.

Darling war nicht das Opfer eines Mordes. Sie war die Mörderin. Sie hatte Joker den Felsen hinuntergestoßen.

Und Joker hatte nicht sterben müssen, weil er Zeuge eines Mordes geworden war, sondern weil er bezeugen konnte, dass es gar keinen Mord gegeben hatte.

Tobias hatte niemanden getötet – außer sich selbst.

Darling war fort. Die Polizei würde sie suchen, das Geld, das Tobias für sie beide von seinem Vater erpresst hatte, würde sie nicht bekommen. Aber ob man sie finden würde, in einem Land mit fast zweihundert Millionen Einwohnern, das stand in den Sternen.

Wir übernachteten in Rio in einem Luxushotel vor dem Leblon-Strand, aber ich kann mich kaum an etwas erinnern, nicht an das Essen, nicht an die Zimmer, nicht an den Anblick, all das zählte nicht, all das war unwichtig. Ich weiß nur, dass Maja, Quint Tempelhoffs Assistentin, unsere Rückflüge für den nächsten Tag buchen wollte, aber ich konnte sie überreden, dass sie mir noch ein paar Tage Zeit ließ. Morgen war mein Geburtstag, morgen wurde ich achtzehn und ich wollte meine Kerze nicht im Flugzeug anzünden, sondern bei meiner Schwester. Bei Esperança, die meinen Anruf erhalten und von Rio aus die Polizei informiert hatte.

Elfe, Milky und Solo wollten ebenfalls bleiben – und natürlich blieb auch Mephisto. Alpha flog zurück, zusammen mit dem Kameraassistenten. Quint Tempelhoff würde sich noch der Polizei zur Verfügung halten müssen und Solo wollte nicht in seiner Nähe sein. Noch nicht.

Als uns das Taxi am Abend des 13. Dezembers vor einem kleinen, von Palmen gesäumten Haus im Stadtteil Ipanema absetzte, schlug mir das Herz bis zum Hals. Ich klammerte mich an Solos Hand, und als mir ein kleines Mädchen die Tür öffnete, hatte ich im ersten Moment das Gefühl, mich selbst zu sehen. Das Mädchen hatte olivfarbene Haut und schräg stehende grüne Augen, ihr helles Haar war zu vielen kleinen Zöpfen geflochten.

»Tia Vera?«, fragte sie mit einem schüchternen Lächeln. Ich nickte, mit Tränen in den Augen. Dann tauchte eine Frau im Türrahmen auf und im nächsten Moment lag ich in den Armen meiner Schwester.

Meine Nichte hieß Vera, genau wie ich. Sie war sieben Jahre alt, ihre Brüder, Eduardo und Fernando, waren neun und fünf. Die drei wichen keine Sekunde von meiner Seite, zogen mich in ihr Zimmer und zeigten mir ihre Schätze, zu denen neben jeder Menge Barbiepuppen, Plastikspielzeugen und Computerspielen auch eine Berimbau zählte. Sie gehörte Eduardo, meinem älteren Neffen, er besuchte, wie Esperança mir auf Englisch erzählte, eine Capoeiraschule und hatte die Berimbau unter der Anleitung seines Meisters selbst angefertigt.

Esperanças Mann war Journalist und gerade in Bahia, wo er eine Reportage über Musiker machte. Als Esperança von ihm sprach, erzählten ihre Augen von einer glücklichen Ehe. Sie sah anders aus als auf den Bildern, die ich im Internet von ihr gefunden hatte, runder, sie trug keine Schminke und ihre schwarzen Locken wurden von einem einfachen Haargummi zusammengehalten, aber ihr leuchtender Blick hatte sich nicht verändert.

Esperanças Wohnung war klein und schlicht. Neben dem Kinderzimmer, das sich die drei Kinder teilten, gab es eine winzige Küche, ein Duschbad, ein Schlafzimmer und ein Wohnzimmer, in dem der Tisch bereits für uns gedeckt war. An den Wänden hingen Fotos von Straßenkindern, auch ein Bild der Kapelle war dabei, dem Ort, an dem mich Esperança damals meinen Adoptiveltern Bernhard und Erika überlassen hatte. Und an einer Seite der Wand hing eine Galerie von Bildern, die mich zeigten. An meinem ersten Schultag, mit braunen Zöpfen und einer großen Schultüte im Arm. Ich auf dem Fahrrad, mit Stützrädern, roten

Wangen und stolzem Lächeln. Ich als schwarze Raubkatze, verkleidet zum Karneval, in einem Kostüm, das Erika für mich genäht hatte. Ich beim Tanzen in unserem Garten in Hamburg, vor den großen Buchsbäumen, die Erika so liebte.

»Bernhard hat mir geschrieben«, sagte Esperança, als sie hinter mich trat und mir ihre Hand auf die Schulter legte. »Er hatte meine Adresse durch die Organisation erfahren, für die ich arbeite, und in jedem Brief hat er Fotos geschickt. Du siehst glücklich aus.«

Ja, dachte ich und auf einmal hatte ich Sehnsucht nach meinen Eltern. Nach Erika und Bernhard. Ich würde sie anrufen – aber nicht jetzt. Erst heute fällt mir ein, dass ich Esperança an diesem Abend gar nicht nach meinen richtigen Eltern gefragt hatte. Dass sie gestorben waren, erzählte mir Esperança später, auch dass sie keinen Kontakt mehr zu meinen Brüdern hatte, die mittlerweile in der Favela mit Drogen dealten.

Wir setzten uns um den Esstisch, Milky, Elfe, Solo, meine Nichte Vera, meine Neffen und ich. Esperança hatte Feijoada gekocht, einen brasilianischen Bohneneintopf, der in den Zeiten der Sklaverei entstanden ist und für mich eins der köstlichsten Beispiele dafür ist, dass die Not erfinderisch macht. Früher verkochten die Sklaven die Abfälle, die das Herrscherhaus für sie abwarf; minderwertige Fleischreste, wie Schweinefüße und -ohren mit Gemüse und Bohnen. Heute gilt Feijoada als das Nationalgericht Brasiliens und wird neben Schweinefleisch auch mit Räucherwürstchen, Trockenfleisch, Knoblauch und Pfefferschoten zubereitet. Dazu gibt es Reis, brasilianischen Grünkohl, Orangenscheiben und Farofa – ein geröstetes Maniokmehl.

Milky, der zwischen Elfe und meiner Nichte Vera saß, nahm sich reichlich und ließ sich von Vera brasilianische Worte vorsagen, die er zum größten Vergnügen meiner Nichte so lange wiederholte, bis sie halbwegs richtig klangen. Sein Ausschlag auf den Armen sah noch immer übel aus, obwohl ihm Tempelhoffs Assistentin eine Salbe besorgt hatte, aber sein Gesicht wirkte an diesem Abend entspannt und meine kleine Nichte entlockte ihm alle paar Minuten ein Lachen, während Eduardo Mephisto heimlich mit Fleischstücken fütterte.

Elfe sagte den ganzen Abend über kaum ein Wort, aber als meine Schwester ihr Glas hob, um auf meinen Geburtstag anzustoßen, sah mich Elfe aus ihren goldbraunen Augen an und lächelte. Es war ein Lächeln, in dem sich vieles mischte, Schmerz und Verzweiflung, aber auch Dankbarkeit und Freundschaft. Elfe und ich sind Freundinnen bis heute. Neben Solo, Neander und Esperança gehört sie zu den wichtigsten Menschen in meinem Leben.

Solo saß neben mir und drückte meine Hand, und als ich meine Kerze auf den Tisch stellte, nahm er mir das Feuerzeug aus der Hand und zündete sie an. Für ein paar Sekunden saßen wir alle ganz still und ich beobachtete die kleine Flamme, wie sie unruhig hin und her flackerte, bis das Feuer den ganzen Docht erfasst hatte und die Flamme ruhig werden ließ.

Ich erinnere mich noch genau, dass ich in diesem Augenblick zum ersten Mal die Empfindung hatte, dass Leben vor allen Dingen Licht ist und dass es nur sehr wenig braucht, um dieses Licht zum Erlöschen zu bringen.

Als ich zu Solo sah, war sein schönes Gesicht starr vor Schmerz und ich wusste, dass er an seinen Bruder dachte. An seinen Zwillingsbruder, den er unter so schrecklichen Umständen gefunden und gleich darauf wieder verloren hatte.

Die Kinder waren längst aufgestanden und spielten mit Mephisto, im Hintergrund hörte ich sie lachen und streiten, ein paar Mal ertönte Mephistos Bellen und irgendwann kam meine Nichte Vera, um mir ein Bild in die Hand zu drücken, das sie für meinen Geburtstag gemalt hatte. Es war ein Strichmännchen oder vielmehr: ein Mädchen, mit grünen Punkten als Augen und einem kirschroten, lachenden Mund. Unter ihr war ein blauer Streifen für das Meer und über ihr ein gelber Kreis für die Sonne, die ebenfalls einen lachenden Mund hatte.

»Wir haben gar nichts«, sagte Milky. »Wir haben gar kein Geschenk für dich.«

Ich winkte lächelnd ab. Aber dann fiel mir ein, dass ich doch ein Geschenk hatte. Ein Geschenk von Tobias. Ich hatte es vor unserer Abfahrt von *Isola* im Bunker unter der Matratze des Metallbettes hervorgeholt und unbemerkt in meine Jeans geschoben. Es war eine CD, zumindest dachte ich, dass es eine wäre, aber als ich sie aus der Hülle zog, las ich die Aufschrift DVD auf der silbernen Scheibe. Daneben stand in der schräg stehenden Handschrift eines Linkshänders das Wort *Isola*.

In Esperanças Schlafzimmer gab es einen Fernseher mit DVD-Player, und bevor ich die DVD einlegte, schloss ich die Tür.

Ich hätte weglaufen können. Das war der Gedanke, der mir so oft in den Kopf gekommen war. Aber ich war nicht weggelaufen. Ich war geblieben und bis zu diesem Zeitpunkt hatte ich nur die schrecklichen Momente im Kopf gehabt, all das Furchtbare, was auf der Insel geschehen war.

Doch Tobias hatte mir eine andere Insel geschenkt. Eine Insel, die es auch gegeben hatte, für mich – für alle vielleicht – und damit hoffentlich auch für ihn. Daran will ich glauben, daran halte ich fest.

Ich sah mich aus dem Boot steigen, als Letzte der Gruppe stand ich am Strand, zog das Foto meiner Schwester aus der Tasche und betrachtete es, bevor ich den Kopf hob und in die Kamera schaute. Mein Blick war skeptisch und wach, meine grünen Augen funkelten im Licht der untergehenden Sonne.

Ich saß am Glastisch im Haupthaus und lachte, bis mir die Tränen die Wangen herunterliefen. Es war der Augenblick, in dem Joker seine Gummipuppe aufgeblasen hatte.

Ich trat allein in den nächtlichen Garten, um meinen Körper hatte ich ein weißes Bettlaken gewickelt. Mit meinem Feuerzeug in der Hand blickte ich in einen Himmel voller Sterne und ging dann langsam durch das Dickicht der Palmen zum Ufer.

Ich hockte neben Neander im Wald und hörte mich fragen, was das für ein Vogel sei, von dem dieser Gesang käme, und Neander wisperte zurück: *»Es ist ein Bem-Te-Vi. In Brasilien kennt ihn angeblich jedes Kind. Er soll auf den ersten Blick sehr unscheinbar sein, braune Federn, schwarz-weißer Kopf, kaum größer als ein Spatz. Aber wenn er seine Flügel ausbreitet, zeigt er seine leuchtend gelbe Brust und in der Luft soll er aussehen wie eine fliegende Zitrone. Sein Name klingt genau wie sein Ruf,* Beng-Tschiwi. *Auf Deutsch heißt das: Ich hab dich gesehen.«*

Ich saß mit den anderen beim Frühstück im Haupthaus. *»Und woher kommst du, Katzenauge?«*, hörte ich Jokers Stimme im Hintergrund fragen und ich sah mich selbst mit einer ruhigen Gelassenheit antworten: *»Aus einer Favela in Rio.«*

Ich lag im Bett unter dem weißen Baldachin. Es war Nacht, in meinen Armen hielt ich Moon, ihre Stimme war kaum mehr als ein Wispern. *»Du siehst ihr ähnlich ... dem Mädchen auf dem Foto.«*

Ich saß zwischen Pearl und Elfe am Strand, Pearl hatte ihr grünes Riesenwollknäuel auf dem Schoß und ich sah ihr beim Stricken zu, bevor mein Blick zum Strand schweifte, wo Solo mit Milky Frisbee spielte.

Ich tanzte – am Feuer, zu der Musik von Solo. Ich wirbelte meine Arme durch die Luft, ich hatte die Augen geschlossen und war völlig selbstvergessen, während sich auf Solos Gesicht die Flammen des Feuers spiegelten. Seine Haut hatte einen rötlichen Teint und seine Augen glänzten wie schwarze Kohlen.

Ich stand mit Solo vor dem Haupthaus, es war dieselbe Nacht und Solo flüsterte mir zu: *»Du bist aus Rio, nicht wahr? Du bist Brasilianerin.«*

Ich lag mit Elfes Märchenbuch in der Kissenecke, gegenüber von mir saß Moon, mit ausgestreckten Beinen, und ihre nackten Zehen berührten meine Beine.

Ich saß auf meinem Bett, mit geschlossenen Augen, neben mir saß Solo und ich flüsterte leise die Worte von Esperança. *»Sorgt für sie. Sorgt für meine kleine Schwester. Sie gehört nicht an diesen Ort.«*

Ich stand mit Solo in der Höhle. Er berührte mein Gesicht, mit dieser zaghaften Scheu, dann küssten wir uns, lange und innig, und als ich mich von ihm löste, sagte ich halb verstört und halb erleichtert: *»Du warst es nicht.«*

Nach dieser Szene blendete das Meer ein, am Himmel über unserer Bucht schien die Sonne und die Musik, die Tobias unter die Bilder gelegt hatte, wurde lauter – die Akkorde tanzten wie Drachen im Wind, aber das Spiel der Wellen war ruhig und friedlich. Erst später erfuhr ich von Solo, dass diese Musik ein Stück von Debussy war. Es hieß *La Mer* und war, soweit Solo wusste, das Lieblingsstück seiner Mutter gewesen.

Zuletzt streifte die Kamera über das Ufer und ich sah mich unter einer der Palmen liegen und schlafen. Es war der Tag, an dem wir das Spiel entdeckt hatten, der Tag, an dem ich das Schneckenhaus im Sand gefunden hatte. Aber ich hatte es nicht gefunden. Es war ein Geschenk von Solo, der jetzt im Bild erschien. Aus seinen nassen Haaren tropfte das Wasser und seine Haut glänzte in der Sonne, als er mit lautlosen Schritten auf mich zukam. Er kniete vor mir nieder und betrachtete mich, zögernd und zärtlich, dann legte er mir das Schneckenhaus in die geöffnete Handfläche und verschwand, ebenso lautlos, wie er gekommen war. Die Kamera zoomte auf mich. Ich murmelte etwas Unverständliches im Schlaf, dann schloss sich meine Hand fest um das Schneckenhaus und ich drehte mich zur Seite. Auf meinem Gesicht lag ein Lächeln, das einfach nur glücklich war. Und dann zog die Kamera auf und aus der Palme, ganz oben aus ihren grünen Wipfeln, erhob sich ein Vogel. Er sah aus wie eine fliegende Zitrone, und als die Musik langsam leiser wurde, vernahm ich seinen fröhlich verschmitzten Ruf:

Bem-te-vi … bem-te-vi …

Danksagung

Im November 2004 in der Würzburger Residenz überfiel mich die Idee für *Isola*. Warum ausgerechnet dort – das weiß ich nicht. Aber ich sehe mich noch: auf den Treppenstufen der prachtvollen Eingangshalle hockend und wie unter Diktat die ersten Gedanken niederkritzelnd.

Der Weg zum fertigen Buch war lang und nicht selten habe ich mich dabei gefühlt, wie es auch Vera einmal beschreibt: wie eine einsame Insel mitten im Meer.

Aber immer dann kam ein Boot – und ich danke den Menschen, die vor meiner Insel ankerten, um mir Beistand zu leisten:

Birgit Permantier, mit deren Hilfe meine ersten Gedanken zu einer Romangrundlage wurden; Petra Schaeber aus Bahia und Michael Lehmann, die mich mit ausführlichen und inspirierenden Insel-Eindrücken versorgten;

Olaf Wildenhaus und Torsten Wacker, die mir wertvolle Informationen zu versteckten Kameras, Monitoren und technischen Details gaben;

Antje Frers, die mich mit ihren Computer-Kenntnissen überraschte und rettete;

Andreas Henze, der das Handgepäck sicherte und die Kontroversen zum Inselprojekt verschärfte;

Sylvia Englert, die mir Elfe schenkte, mich mit ihren täglichen E-Mails über Wasser hielt und meine erste Manuskriptfassung postwendend mit kostbaren Verbesserungsvorschlägen zurückschickte;

Tamara Steg, die meine Lesungen organisierte, damit ich in Ruhe schreiben konnte;

meiner Mutter Barbara Abedi, die auch in schweren Zeiten ihren (mittlerweile viel zitierten) Besen und Industriestaubsauger bereithielt, um mir den Kopf freizupusten;

Lena Grünwald, die zweitmütterlich mitlas und mich bestärkte;

meinen Töchtern Sofia und Inaié, die mir zuhörten, zuhörten, zuhörten ...

und meinem Mann Eduardo Macedo, der mir auch diesmal in langen Gesprächen zur Seite stand, am Festland die Stellung hielt, damit ich auf der Insel sein konnte – und dem ich Brasilien und den Bem-Te-Vi-Vogel verdanke. (Du hast mich gesehen!)

Ein besonderer Dank gilt der Mannschaft vom Arena-Verlag, womit ich wieder in Würzburg gelandet wäre.

Mein größter Rettungsanker war zweifelsfrei Christiane Düring – und hier weiß ich gar nicht, wo ich anfangen soll. Beim Beruhigungsengel, der mich an einem stürmischen Tag per Flaschenpost erreichte? Bei den E-Mails und stundenlangen Telefongesprächen? Bei dem wohl legendärsten SMS-Austausch meiner Schreibgeschichte – an allen möglichen und unmöglichen Orten, wo mir der Zugang zu anderen Medien fehlte, ich aber dringend Hilfe brauchte? Ich sage der Einfachheit halber: danke – für alles an eine ganz besondere Lektorin!

Ich danke auch Frauke Schneider aus der Grafik, die *Isola* mit ihrem genialen Cover krönte und Nicole Hartmann aus der Presse, die sogar dann für mich da war, wenn sie mal nicht da war.

Ich danke Albrecht Oldenbourg, meinem Verleger, der sein Vertrauen in mich setzte und mir einen sicheren Hafen gab – und last but not least danke ich den Arena-Vertretern, die jetzt dafür sorgen, dass *Isola* die Reise in den Buchhandel antritt, um von dort in die Hände der Leser zu gelangen.

Isabel Abedi

Isabel Abedi

Lucian

Immer wieder taucht er in Rebeccas Umgebung auf, der geheimnisvolle Junge Lucian, der keine Vergangenheit hat und keine Erinnerungen. Sein einziger Halt ist Rebecca, von der er jede Nacht träumt. Und auch Rebecca spürt vom ersten Moment an eine Anziehung, die sie sich nicht erklären kann. So verzweifelt die beiden es auch versuchen, sie kommen nicht voneinander los. Aber bevor sie noch erfahren können, was ihr gemeinsames Geheimnis ist, werden sie getrennt. Mit Folgen, die für beide grausam sind. Denn das, was sie verbindet, ist weit mehr als Liebe.

Arena

560 Seiten
Klappenbroschur
ISBN 978-3-401-50387-5
www.arena-verlag.de

Isabel Abedi

Whisper

Eine unwirkliche Stille liegt über Whisper, dem alten Haus, in dem Noa ihre Ferien verbringen soll. Das alte Gebäude birgt ein Geheimnis, über das niemand im Dorf spricht. Furcht und neugierige Erwartung führen Noa immer tiefer auf die Spur eines rätselhaften Verbrechens. Gemeinsam mit David nähert sich Noa der Wahrheit eines nie geklärten Mordes…

Arena
280 Seiten
Arena-Taschenbuch
ISBN 978-3-401-02999-3
www.arena-verlag.de

Isabel Abedi

Imago

Wanja liebt sie – diese Minuten vor Mitternacht, kurz bevor auf ihrem Radiowecker alle vier Ziffern auf einmal wegkippen und eine ganz neue Zeit erscheint. Doch heute um Mitternacht verändert sich nicht nur das Datum für Wanja. Sie bekommt eine geheimnisvolle Einladung zu der Ausstellung Vaterbilder. Und damit einen Schlüssel, der die Tür zu einer anderen Welt öffnet: in das Land Imago.

Arena
408 Seiten
Arena-Taschenbuch
ISBN 978-3-401-02908-5
www.arena-verlag.de